취적취무

설봉 新무협 판타지 소설

FANTASTIC ORIENTAL HEROES

취적취무 1
설봉 新무협 판타지 소설

초판 1쇄 찍은 날 § 2011년 5월 24일
초판 1쇄 펴낸 날 § 2011년 5월 31일

지은이 § 설봉
펴낸이 § 서경석

총괄팀장 § 유경화
편집책임 § 주소영
편집 § 어정원

펴낸곳 § 도서출판 청어람
등록번호 § 제1081-1-89호
등록일자 § 1999. 5. 31
어람번호 § 제2-2094호

주소 § 경기도 부천시 원미구 심곡2동 163-2 서경B/D 3F (우) 420-822
전화 § 032-656-4452 팩스 § 032-656-4453
http://www.chungeoram.com
E-mail § chungeoram@chungeoram.com

© 설봉, 2011

ISBN 978-89-251-2519-0 04810
ISBN 978-89-251-2518-3 (세트)

※ 파본은 구입하신 서점에서 교환하여 드립니다.
※ 저자와 협의하여 인지를 붙이지 않습니다.
※ 이 책은 도서출판 청어람과 저작자의 계약에 의해 출판된 것이므로,
  무단 전재 및 유포·공유를 금합니다.

1

불백지원(不白之冤)
씻어버릴 수 없는 억울한 누명

취적취무
醉笛醉舞

한 잔 술에 취해 곡조 없는 피리를 분다.
술기운을 빌어 흥거운 가락에 몸을 맡긴다.
취하자, 춤추자.
오늘 하루만, 이 시간만이라도 그저 취하고 웃어보자.

설봉 新무협 판타지 소설
FANTASTIC ORIENTAL HEROES

目次

序一	7
序二	11
第一章 입각(入殼)	13
第二章 겁화(劫火)	47
第三章 당우(戇牛)	83
第四章 성조(腥臊)	115
第五章 발악(發惡)	149
第六章 착각(錯覺)	177
第七章 피조(披抓)	209
第八章 정혼(精魂)	241
第九章 참패(慘敗)	273
第十章 앙월(仰月)	305

序一

 풀 한 포기, 나무 한 그루 자라지 않는 절곡(絶谷)에 사람들이 들어섰다.
 "꼼꼼히 살펴야 할 것이야! 뒤져!"
 사내의 음성이 절곡을 쩌렁 울렸다.
 명령을 받은 수하들이 질서정연하게 움직였다.
 선두에 열 명, 가운데 열 명, 맨 후미에 열 명이 섰다.
 서로 간에 간격은 일 장, 선두와 중간, 그리고 후미가 서로 교차하도록 열을 맞췄다.
 착!
 선두에 선 열 명이 일제히 발을 내딛으며 주위를 살폈다.
 착!

중간에 서 있던 열 명도 걸음을 옮겼다.

착! 착! 착!

선두가 먼저 움직이고, 중간이 움직이며 가장 마지막으로 후미가 이동한다.

움직이는 시간 차이는 약 두 호흡 정도, 움직인 후에는 독수리처럼 날카로운 눈빛이 사방을 구석구석 훑는다.

착! 착! 착!

그들은 점점 절곡 안으로 들어섰다.

그들이 뒤지는 절곡이 사방이 온통 흰 바위뿐인지라 백곡(白谷) 혹은 백석곡(白石谷)이라고 불린다. 암석의 재질이 푸석하고 험준하며 산사태가 자주 발생해서 인적이 닿지 않는 곳이다.

그들은 평지에서 점점 가파른 곳으로 이동해 갔다.

쉬익! 쉬익! 쉬이익!

선두에 선 열 명이 익숙한 솜씨로 바위를 타기 시작했다. 본격적으로 험준한 절곡을 탐색하기 시작한 것이다.

쉬익! 쉬이익!

중간에 선 열 명도 앞 조를 따라서 신형을 날렸다. 한데 그 순간!

신형을 날리던 열 명 중 한 명이 문득 걸음을 멈추더니 손을 번쩍 들어 올렸다.

쉬이익!

그가 손을 들기 무섭게 일행을 이끌고 선 사내가 신형을 쏘아왔다.

"오공(五空)?"

"오공, 맞습니다."

대답은 필요없었다. 사내의 눈길이 벌써 흰 바위에 움푹 파인 다섯 구멍을 훑고 있었다.

사내는 조심스럽게 오공 앞에 앉았다.

아주 위험한 물건을 다루듯…… 건드리기만 하면 깨지는 유리그릇을 만지듯…….

사내는 오공을 이리저리 살피다가 구멍 가까이 코를 대고 냄새를 맡았다. 하나 그는 냄새를 맡기 무섭게 인상을 팍 찡그리면서 머리를 발딱 치켜들었다.

"웃!"

비명인지 신음인지 모를 소리도 동시에 터져 나왔다.

사내는 찡그린 인상을 풀지 않은 채, 품에서 손가락만 한 호로병을 꺼내 마개를 열었다.

마개만 열었을 뿐인데 청량한 냄새가 백곡을 아우른다.

사내는 호로병 속에 든 호박색 액체를 오공 속에 부어 넣었다.

치이익!

오공에서 거센 소리와 함께 흰 연기가 뿜어져 나왔다.

"맞군……."

사내가 신음하듯 말했다.

"또 있을 것이다. 찾아봐!"

사내는 그런 말을 할 필요가 없었다.
"여기 있습니다."
"여기도 있습니다."
"여기도요! 여기는 약 서른 개가량 있는데요."
선두에 선 열 명이 거의 일제히 손을 들었다.
"투골조(透骨爪)! 투골조를 수련하는 놈이 있다니!"
사내가 입술을 비틀며 씩 웃었다.
쥐를 발견한 고양이처럼…… 눈가에 살광(殺光)이 이글거리기 시작했다.

序二

빌어먹을 새끼!
투골조? 겨우 투골조? 하고많은 무공 중에 겨우 투골조라니!
이 빌어먹을 새끼야!
투골조! 투골조! 투골조!
우하하하하하!

第一章
입각(入殼)

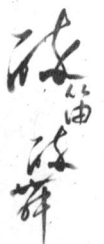

1

　입춘대길(立春大吉) 건양다경(建陽多慶).
　대문 한복판에 어둡고 긴 겨울이 물러가고 새봄이 왔음을 알리는 글귀가 붙었다.
　"아휴! 지독히도 춥다!"
　"까마귀도 얼어 죽겠네. 입김이 그대로 얼어붙는다니까."
　긴 겨울 동안 사람들은 이런 말을 입에 달고 살았다. 그러나 백 년이래 가장 추웠다는 겨울도 실바람을 타고 살살 불어오는 춘풍(春風)에는 견디지 못하고 물러갔다.
　산과 들에 푸릇푸릇한 풀들이 자란다.
　겨우내 움츠렸던 산새들이 마음껏 지지배배 울어대고, 가지만 앙상하던 나무에도 푸른 잎이 돋는다.

세상은 막 깨어나는 중이다.

중장천검(重藏天劍) 류장위(劉長偉)는 손바닥으로 탁자를 힘껏 내려쳤다.

탕!

탁자가 마른 진흙 뭉개지듯 부서졌다.

육십 노안(老顔)에 노기(怒氣)가 충천했다.

여든 근 천검이 금방이라도 휘둘러질 듯 들썩인다. 바람도 없는데 흰 수염이 파르르 떨린다. 노구(老軀)의 양어깨는 긴장으로 딱딱하게 굳어버렸다.

대청은 일순간에 싸늘해졌다.

분노는 바싹 다가서던 봄 향기를 멀찌감치 밀어냈다. 계절을 순식간에 엄동설한(嚴冬雪寒)으로 되돌려 버렸다.

"지금…… 투골조라고 했는가! 정녕 투골조더냐!"

"맞습니다. 투골조였습니다."

맞은편에 앉은 사내가 차분하게 대답했다.

사내는 영준하다. 하나 냉혹하다. 너무 냉혹해서 영준함이 눈에 들어오지 않는다.

그를 본 사람은 잘생겼다는 말 대신에 무섭다는 말부터 한다.

그는 중장천검 앞에서도 냉혹함을 풀풀 날렸다.

중장천검도 물러서지 않았다. 전신에서 살기를 무럭무럭 피워내며 일갈을 내질렀다.

"뚫린 입이라고 말을 함부로 하지 마라! 아무리 추포조두(追捕組頭)라 할지라도 용서할 일이 아니니!"

사내, 추포조두라고 불린 사내는 중장천검의 분노를 태연히 받아들였다. 이런 일에는 아주 이골이 난 듯 눈썹 한 올 까딱하지 않고 정면으로 시선을 응시하며 맞받았다.

"제가 언제 빈말을 한 적이 있더이까."

"으음!"

중장천검은 몸을 의자 깊숙이 묻었다.

침묵이 흘렀다.

추포조두는 실수하지 않는다. 또한 놓친 적도 없다. 그가 꼬리를 잡았다면 몸통이 드러나는 건 시간문제다.

"내 직접 확인해 보지. 그런 후에 다시 거론함세."

"그렇게는 안 됩니다."

"뭐야! 네놈이 감히!"

"제 행동에 불만이 있으시면 본문(本門)에 연락을 취해주시지요. 본문에서 명이 떨어지면 언제든지 물러가겠습니다."

"네놈이 정녕 날 능멸하는 게냐!"

"능멸로 받아들이시면 곤란합니다. 전 본문에서 정한 규칙대로 일을 처리해 나가고 있을 뿐입니다. 협조해 주십시오."

"오냐. 하지만 네놈의 실수가 드러난다면 내 결단코 용서하지 않을 것이니."

중장천검은 이를 부드득 갈았다.

추포조두를 막을 수는 없다. 그는 본문에서 정한 시행 규칙

입각(入殼) 17

대로 움직이고 있다. 다만 자신의 체면을 염두에 두지 않고 곧이곧대로 일을 진행시켜 나가는 것이 괘씸할 뿐이다.
추포조두가 일어서며 말했다.
"협조해 주신다니 감사합니다. 그럼 이 시간부로 제 조사가 끝날 때까지 백곡은 물론 천검가(天劍家)까지 일괄 봉쇄하겠습니다."
"오……냐."
중장천검은 이를 부드득 갈며 말했다.

중장천검은 추포조두가 물러간 후에도 한참 동안 움직이지 않고 깊이 생각했다.
아니 땐 굴뚝에 연기 나는 법 없다.
특히 추포조두는 '투골조'라는 사공(邪功)을 정확히 들이댔다.
'함정!'
코흘리개 철부지 시절에 검을 잡은 후 오십여 성상을 강호에서 보냈다. 그동안 참으로 힘들게 겪어낸 고전(苦戰)만 거론해도 열 손가락이 모자란다.
그는 본능적으로 일이 심상치 않다는 사실을 직감했다.
난데없이 투골조라니!
'빠르면 하루, 늦어도 내일까지는 결단날 터…….'
그는 추포조두의 일 처리 방식을 안다.
추포조두는 예의상 하루나 이틀 정도 시간을 준 후, 본격적으로 치고 들어올 것이다.

그는 이미 모든 증거를 확보해 놓았다. 도저히 빠져나갈 수 없다고 확신을 했다. 온갖 수단 방법이 동원되겠지만 자신의 손아귀를 빠져나갈 수 없다고 생각했기에 통보해 준 게다.

이런 통보도 천검가라는 존재가 검련십가(劍聯十家)에 이름을 두고 있기 때문에 정말 어쩔 수 없이 해준 것이다. 검련십가에 해당되지 않는 다른 삼십일가(三十一家) 같은 경우에는 지금쯤 추포, 처단하고 있으리라.

투골조는 존재한다. 천검가 무인이 수련했고, 추포조두에게 꼬리까지 잡혔다.

이런 점을 부인하면 안 된다. 인정할 것은 인정하고 후속 대책을 준비해야 한다.

'어떤 놈이!'

중장천검의 생각은 누가 투골조를 수련했느냐 하는 점보다 어떤 놈이 이런 함정을 준비했느냐 하는 데 집중되었다.

틀림없이 어떤 놈이 천검가를 곤란하게 만들 목적으로 함정을 팠다. 하나 그놈을 찾아내는 일은 급하지 않다. 지금은 당면한 문제부터 해결해야 한다.

중장천검은 생각을 끝냈다.

"치검령(痴劍靈), 게 있으면 들어와."

말이 끝나기 무섭게 의자 뒤쪽 서가(書架)가 옆으로 미끄러지면서 한 사내가 들어섰다.

훤칠하게 큰 키, 다부진 몸, 가늘게 찢어진 눈…….

추포조두가 냉혹하다면 치검령은 칼날을 손으로 더듬을 때처럼 날카로웠다.

중장천검은 그를 치검령이라고 불렀다. 하나 어느 모로 보아도 어리석게 보이지는 않는다. 아니, 정반대로 눈빛에 광채가 어려 있어서 상당히 뛰어난 자임을 짐작케 한다.

중장천검이 뒤돌아보지도 않고 말했다.

"자식놈들일 거야. 그렇지?"

"……."

사내는 대답하지 않았다.

"지금 폐관수련(閉關修練)하는 놈이 몇인고?"

"다섯 분입니다."

"그놈들 중에 있을 텐데…… 투골조의 특징을 아나?"

치검령은 앞으로 돌아와 추포조두가 앉았던 의자에 앉으며 말했다.

"말씀해 주십시오."

"알면서 모른 척하는 게야, 아니면 정말 모르는 게야?"

"모릅니다."

"쯧! 그러니까 천치 소리를 듣지."

"괜찮습니다."

중장천검은 치검령의 얼굴을 뚫어지게 쏘아봤다. 그리고 다짜고짜 말했다.

"깨끗하게…… 처리해."

치검령이 대답했다.

"무슨 말씀이신지……?"

한 사람은 명령을 내렸고, 한 사람은 반문했다. 하나 두 사람의 얼굴에는 미소가 어려 있었다.

중원(中原)에서 투골조를 모르는 사람은 없다.

투골조는 한때 천하를 피로 물들였던 칠마(七魔) 중 조마(爪魔)의 독문무공이다.

조마가 맹위를 떨칠 때는 지옥 악귀도 슬슬 눈치를 살폈다는 말이 있는데, 일리가 있다.

몇 번을 생각해도 아주 지독한 사공이다.

무리(武理)는 아주 간단하다.

축고납신(築故納新), 새로운 것을 흡수하며 옛것은 쌓아놓는다는 이론에 바탕을 둔다.

동남(童男), 동녀(童女)에게서 순양(純陽), 순음(純音)의 기운을 흡취한다. 그리고 받아들인만큼 전부터 지니고 있던 음양기(陰陽氣)를 손끝에 몰아넣는다.

손끝에 모인 진기는 흐름이 정지된다. 흐름만 정지되는 게 아니다. 투골조의 독특한 운공 방식에 따라서 물이 고이면 썩듯이 체내에서 독기(毒氣)로 변질된다.

이렇게 형성된 독기는 인간 세상에 존재를 드러낸 독 중에 가장 지독한 오독(五毒) 중 하나로 당당히 자리매김한다.

조마는 이 독을 화독(火毒)이라고 불렀다.

화독이 무슨 의미인지는 알 수가 없지만, 투골조가 살을 녹이고 뼈를 뚫는다는 것만은 확실하다.

투골조에 당하면 일보(一步)도 옮기지 못하고 즉사한다. 내공이 심후하여 독기를 조절할 수 있는 무인일지라도 시간 차이만 있을 뿐이지 죽는 것은 기정사실이다.

투골조의 악명은 죽음에 있지 않다. 주검에 있다.

투골조에 당하면 심한 악취와 함께 누런 고름을 끝없이 흘린다. 생명이 끊어지고 육신이 차디차게 식어도 악취와 고름은 끊이지 않고 계속된다.

독기가 얼마나 강하면 벌레조차 꼬이지 않을까.

살과 피와 내장이 모두 고름이 되어 흘러내릴 때까지 그 누구도 손댈 엄두가 나지 않는다고 생각해 보자. 심한 악취 때문에 근처에도 얼씬거릴 수 없다고 생각하자.

투골조라면 이가 갈릴 게 당연하다.

강하고, 잔혹하고…… 인성(人性)을 아랑곳하지 않는 사마(邪魔)라면 한 번쯤 수련해 보고픈 무공임에는 틀림없다.

"쯧!"

치검령은 전각 지하의 암로(暗路)를 걸으며 혀를 찼다.

아무리 무지해도 그렇지, 어떻게 투골조 같은 패악 무도한 사공에 손을 댔을까?

투골조는 동남동녀의 희생을 바탕에 둔다.

동남동녀 백 명의 정기를 흡취해야만 겨우 일 성의 성취를 높일 수 있다.

오성의 성취를 얻기 위해서는 오백 명이 죽어야 한다. 십성을 이뤘다면 천 명의 아이가 죽었다는 뜻이다. 세상을 알지 못하는 어린아이들이 어떤 영문인지도 모른 채 공포에 떨다가 죽는 것이니 천인공노할 노릇이지 않은가.

그야말로 패악 무도한 사공이다.

어떻게…… 어떻게 천검가의 후손이 염라대왕조차 내놓은 사공에 손을 댔단 말인가. 도대체 어떤 생각에서 어린아이들을 납치했으며, 목숨을 빼앗았을까.

치검령은 일동(一洞)과 이동(二洞)을 지나쳤다.

그곳에도 폐관수련 중인 천검가의 후손은 있다. 하나 그들은 결코 사공에 손댈 사람들이 아니다.

추포조두가 와서 '투골조'라는 말을 꺼냈을 때, 치검령의 머릿속에는 이미 한 사람의 영상이 떠오르고 있었다.

이 같은 사공에 손댈 사람은 딱 한 사람밖에 없다.

가주는 대부인에게서 이남삼녀(二男三女)를 얻었다.

그들은 모두 장성했고, 혼인을 했으며, 무림의 동량으로 활약하고 있다.

그들은 무공도 높다.

결코 투골조 따위를 넘볼 사람들이 아니다.

이부인(二婦人)은 삼남(三男)을 생산했다.

그들 역시 번듯한 동량이다. 혼인을 한 사람도 있고, 하지 않은 사람도 있다. 그들 세 명 모두 암동(巖洞)에서 폐관수련을 하고 있지만, 그들이 투골조를 수련했다고는 보지 않는다.

천검가의 검학(劍學)은 무림 일절이다.

결코 투골조 따위가 넘볼 수 없는 무공이다.

도인(道人)이 도(道)를 깨우치듯, 스님이 해탈(解脫)을 이루듯, 지고한 검학을 깨우쳐야만 하는 상승 검도다.

대부인이나 이부인의 자손들은 천검가의 검학에 대한 자부심이 아주 강하다.

가주는 삼부인(三婦人)도 얻었다. 그리고 삼부인에게서 또 이남이녀를 얻었다.

모두 칠남오녀다.

치검령은 그중의 한 명을 떠올렸다.

무공에 대한 욕심이 남달리 강하고, 지기 싫어하고, 욕심이 많고, 가주의 사랑을 독차지하고…… 매를 들어야 할 일도 차마 아까워서 때리지 못하던 류명(劉明)!

가주는 그에게 밝게 자라라는 뜻에서 밝을 명(明) 자를 주었지만 주위 사람들이 보기에는 아주 잘못 크고 있다.

그는 사동(四洞) 앞에서 걸음을 멈췄다.

쒜엑! 쒜에에에엑!

검풍이 석동 안을 후려쳤다.

천검가의 검학은 검법(劍法)이라고 명명되지 않는다. 하늘에서 노닐기는 하는데 어떤 것인지 말로 표현할 수 없다는 뜻으로 천유비비검(天遊悱悱劍)이라는 명칭을 얻었다.

그때부터 천검가의 검학을 천검 혹은 천유비비검이라고 부른다.

무엇인지 말로 표현할 수 없다.

가슴 벅차서 말을 못하겠다.

말문이 막힌다. 뭐라고 말해야겠는데 할 말이 없다.

이만한 칭송보다 더 큰 칭송이 어디 있으랴.

그런데 그런 검학도 류명의 손에 들리니 한낱 삼류무학으로 전락하고 만다.

'검풍이 거칠어.'

마음이 정심(精深)하지 않은데 검인들 차분하랴. 검이 천상에서 노닐려면 육신 또한 신선이 되어야 하는데, 몸은 탐욕에 불타면서 검만 휘두른다고 제 위력이 나올까.

마음을 하나로 모으지 못한 폐관수련이라면 천 번을 거듭해도 큰 성취를 얻을 수 없을 게다.

"폐관이닷! 폐관 중에 어느 놈이 들어온 거야!"

인기척을 감지한 류명이 거칠게 쏘아붙였다.

"중한 일로 들렀습니다."

치검령은 정중하게 포권지례(抱拳之禮)를 취했다.

"치검령? 치검령이 웬일이야? 나 지금 폐관수련 중인 것 몰라? 운공이라도 하는 중이었으면 어쩔 뻔했어! 날 죽일 셈이야? 치검령이 아니라 다른 놈 같았으면 벌써 죽였지 가만 안 있었다. 그나마 치검령이니까 봐준 줄 알아."

류명은 예상대로 안하무인이었다.

치검령은 들끓어 오르는 살심(殺心)을 억누르느라 애를 먹었다.

단매에 때려죽이고 싶다.

호부(虎父) 밑에 견자(犬子)도 어느 정도이지 어떻게 이런 인간이 천검가주의 자식이 될 수 있는가!

건방진 행동, 건방진 말투 때문이 아니다. 은은하게 풍겨오는 악취…… 잠시 맡았을 뿐인데 머리가 지끈거리는 독기…… 이것은 틀림없이 투골조를 수련했을 때 나타나는 체향(體香)이다.

그렇다. 투골조는 숨기고 싶다고 숨겨지는 무공이 아니다.

드러내지 않고 감출 수만 있다면 정인군자(正人君子)라는 족속들 중에서도 암암리에 연공을 하는 자들이 생길 수 있다. 또 실제로 남몰래 사공, 마공을 수련하다가 발각되어서 온갖 개망신을 당하며 죽어간 자들이 한둘 아니다.

누구에게나 사공이나 마공을 접하고 싶은 유혹은 뒤따른다.

오랜 시간에 걸쳐서 피땀을 쏟아부어야 하는 정공(正功)에 비해 마공이나 사공은 빠른 시간에 높은 성취를 보여준다.

강자존(强者存)의 세계에 사는 무인들에게 강해질 수 있다는 유혹은 말로 표현할 수 없을 만큼 강하다.

하나 투골조만은 그런 식으로 수련할 수 없다.

옛 진기를 십지(十指)에 모아 독기를 형성시키다 보면 알게 모르게 독향(毒香)이 풍겨 나간다. 독향은 성취가 높아질수록 진해지며, 성취가 오성을 넘어서면 코가 막힌 사람도 곁에 다가설 수 없을 만큼 진한 악취를 풍겨낸다.

무림을 피로 물들였던 조마도 천지를 진동하는 냄새 때문에 늘 혼자 고독하게 살아야만 했다.

그는 자신을 숨길 수 없다. 숨고 싶어도 숨지 못한다. 십 리 밖에 있는 사람도 그의 출현을 눈치채고 몸을 피한다. 그를 쫓고 싶은 사람은 세상에서 가장 심한 악취만 쫓으면 된다.

투골조를 수련한 사람은 절대 숨지 못한다.

'정말…… 투골조를 수련하고 있었어! 이런!'

설마설마 하면서도 정녕 믿고 싶지 않았던 일이 눈앞에서 벌어지고 있다.

치검령은 냄새의 강도를 판단했다.

석동은 밀폐된 곳이다. 공기가 흐르고는 있지만 거의 숨만 쉴 수 있는 정도에 불과하고, 효율적인 운공조식(運功調息)을 위해서 외기(外氣)를 대부분 차단시켰다.

밀폐된 곳에서 풍기는 냄새가 신경을 써야 맡을 수 있을 정도로 미미하다. 이 정도라면…… 공기의 흐름이 분명한 밖에서는 거의 냄새가 나지 않는 수준이다.

'아직 일성!'

천만다행이다. 그래도 살심이 가라앉지 않는다. 천만다행이라고는 하지만 일성을 수련하기 위해서는 벌써 백 명의 동남 동녀가 죽었다는 뜻이다.

'살인마!'

치검령은 뱃속에서부터 솟구치는 살심을 간신히 가라앉혔다. 그리고 애써 차분해진 음성으로 물었다.

"공자(公子), 밖에 본문에서 사람이 와 있습니다. 추포조두가 직접 왔던데 짐작 가시는 바가 있으십니까?"

"뭐, 뭐? 뭐! 추, 추포조두가? 추포조두가 왜? 난… 난 폐관수련 중이라고!"

류명이 당황해서 횡설수설했다.

얼굴에도 당황한 기색이 역력할 뿐만 아니라 아예 새파랗게 겁까지 질려 있다.

아직 무공도, 경륜도 부족한 어린아이이다. 다른 형제들은 이만한 나이에도 무림을 활보했는데, 응석받이로 자란 풋내기는 얼굴 표정조차 감추지 못한다.

이런 주제에 동남동녀는 어찌 죽일 수 있었을까? 투골조는 어찌 수련하려고 했을까?

"공자, 지금부터 잘 들으십시오. 여기서 한 발만 삐끗하면 가주께서도 공자를 구할 수 없습니다. 아시겠습니까? 마공이나 사공에 관한 한 추포조두의 권한은 절대적입니다. 가주께서도 간여하지 못한다 이 말입니다."

"나, 난 지금 무슨 소리를 하는지……."

"공자!"

치검령은 음성에 진기를 실어 류명의 고막을 후려쳤다.

그래도 류명은 정신을 차리지 못하고 멍한 표정으로 치검령만 쳐다보았다.

"먼저…… 투골조는 실전(失傳)된 사공. 누가 구전(口傳)해 준 겁니까? 아니면 비급(秘笈)을 얻은 겁니까?"

"치, 치검령…… 나, 나는……."

치검령은 손을 썼다.

타탁! 타타타탁!

류명은 손을 들어 막으려고 했지만 치검령의 낙화산겁수(落花散劫手)는 순식간에 머리 경혈 열두 군데를 타격했다.

"흑!"

류명이 짧고 굵은 호흡을 토해냈다.

"마음을 가라앉히면 삽니다. 가주께서는 절대로 공자를 넘겨주지 않으실 겁니다. 아시겠어요! 하니 이제 묻는 말에 바로 대답하세요. 투골조를 어떻게 얻은 겁니까?"

"비, 비급을 얻었는데……."

류명이 겁먹은 얼굴로 토설하기 시작했다.

2

'함정!'

암동을 빠져나오는 치검령의 발길이 무거웠다.

류명은 너무도 속이 환히 들여다보이는 수에 당했다.

세상에 어떤 미친놈이 절기를 아무 조건 없이 내줄 것이며, 동남동녀까지 납치해서 넘겨줄까?

상인(商人)? 나중에 천검가를 넘겨받으면 이권(利權)을 보장해 달라? 지금은 투자를 하는 것이다? 그러니 아무 염려도 하지 말고 강해지는 데만 주력하라?

도대체가 한 번만 생각해 보면 이상하다는 느낌이 퍼뜩 들 텐데, 그만한 판단력도 없었던 건가?

공자만 탓할 수는 없다.

'일을 제대로 꾸몄어.'

아주 전문적인 놈들이 작정을 하고 수단을 부렸는데 당하지 않을 도리가 없다.

상인이라는 놈…… 의심이라고는 터럭만큼도 들지 않을 정도로 완벽했을 게다.

말도 전해 들어서 '아이구! 이런 수에도 당하는구나!' 하는 것이지 막상 공자처럼 제대로 준비된 놈들에게 에워싸이면 그 누구라도 꼼짝없이 당하고 말았을 게다.

상인이라는 자는 공자를 백곡으로 끌어냈다. 그곳에서 동남동녀의 정기를 흡취하게 하고, 투골조를 수련시켰다.

추포조두가 발견한 게 그것이다.

그는 투골조를 사용한 흔적만이 아니라 동남동녀의 시신까지도 찾아냈을 게다.

치검령의 안색이 어두운 것은 그 때문이 아니다. 그런 정도는 추포조두가 찾아왔을 때 이미 짐작하고 있었다.

그가 낯빛을 풀지 못하는 이유는…… 공자의 출입에 있다.

공자는 지하 암동에서부터 백곡까지 그 누구의 제지도 받지 않고 출입했다. 뿐만이 아니라 공자가 폐관수련 중에 외부 출입까지 했는데, 그 사실을 아는 사람이 아무도 없다.

이것이 정작 큰 문제다.

공자는 상인이 직접 암동으로 찾아왔다고 한다.

그럴 수는 없다. 천검가가 어디인데 상인 나부랭이가 마음대로 출입을 할 수 있단 말인가.

'내부에 적이 있다.'

그렇게밖에 생각할 수 없다.

공자의 적이라면 많은 사람이 떠오른다.

대부인 쪽과 이부인 쪽을 거론하면 일이 너무 커지는 것일까?

그는 비로소 가주가 한 말의 뜻을 짐작했다.

―깨끗하게 처리해라.

가주는 그 말을 할 때 이미 대부인과 이부인을 염두에 두었던 것은 아닐까? 투골조를 수련할 만한 사람이 류명 공자밖에 없다면, 그 상대자로 두 부인을 떠올리는 건 어렵지 않다.

천검가에 먹칠을 해서는 안 된다. 추포조두가 공자를 끌고 가게 해서도 안 된다.

이것이 깨끗하게 일을 처리하는 것이다.

그는 계속 걸었다. 곧장 걸었다.

암동을 벗어났다. 전각(殿閣)을 굽이돌았다. 연무장(練武場)도 지나쳤다.

그 어느 곳에도 눈길을 주지 않았다.

"어디 가십니까?"

입각(入殼)

누군가 말을 건네왔지만 들은 척도 하지 않고 걷기만 했다.

천검가의 정문도 지나쳤다.

팔두마차(八頭馬車) 두 대가 나란히 달릴 수 있는 대로(大路)를 따라 쭉 걸었다.

성문을 빠져나왔다.

그는 관도(官道)를 버리고 논둑길을 걸었다.

얼마나 걸었을까? 성문을 나와서 약 반 시진은 족히 걸은 것 같다.

조그마한 야산 밑에 쓰러지기 일보 직전인 흙집, 그곳에 그가 말해야 할 사람이 있었다.

철컹!

제법 묵직해 보이는 전낭(錢囊)이 머리맡에 던져졌다.

"평생 돈 걱정 하지 않고 살 정도는 될 거요."

하나 오체투지(五體投地), 바닥에 넙죽 엎드린 중년인은 전낭을 두 손으로 살며시 밀어냈다.

"거둬주십시오. 이러시면 이놈이 불편합니다."

"모욕할 생각은 없었습니다. 저도 좀 편해보자는 거지요. 이거라도 드려야 편하게 부탁을 할 수 있지 않겠습니까?"

"그런가요? 하하! 그럼 거두지요."

사내는 그제야 전낭을 끌어당겼다. 그러나 전낭에는 처음부터 욕심이 없었던 듯 옆으로 밀쳐 놨다.

"이놈을 찾아오셨다면 대단히 중요한 말씀일 텐데…… 이

대로 되겠습니까?"

중년인이 한쪽에서 귀를 기울이고 있는 아낙과 자식을 흘끗 쳐다보며 말했다.

"어차피 알아야 할 일이니."

치검령은 두 눈을 찔끔 감았다.

사람으로서 차마 하지 못할 말을 할 때는 차라리 눈을 감는 게 편했다.

* * *

"안 돼요!"

여인의 음성이 앙칼지게 터져 나왔다.

온 세상을 다 찢어발겨도 모자라겠다는 듯 날카롭고 절박한 고함이었다.

"내가 꼭 갚아야 할 빚이다."

"빚을 졌으면 당신이 갚아야지, 왜 애가 갚아야 한데요! 당신이 가서 갚아요. 이 애는 안 돼요!"

여인은 아이를 힘껏 부둥켜안았다. 혹시라도 지금 당장 낚아채 갈까 봐 눈을 사방으로 희번덕거리면서 꼬옥 껴안았다.

"이봐!"

"안 된다니까요!"

"정말 이럴 거야! 아! 무인으로 키워준다잖아! 그럼 당신은 이 애가 우리처럼 흙이나 파먹고 살았으면 좋겠어!"

"누군 귀가 없는 줄 알아요? 투골 뭐시기라는 걸 배우라는 거잖아요! 막내 공자인지 빌어먹을 놈인지를 대신해서 우리 애보고 죽으라는 거잖아요!"

여인은 악에 받쳐 고함쳤다.

하나 그녀의 고함을 들어줄 사람은 없었다. 흙집은 산 귀퉁이에 외롭게 세워졌고, 사람들이 왕래하는 길가에서도 삼백 장 이상이나 떨어져 있었다.

그녀는 혹여 지나가는 사람이라도 듣고 달려오기를 바라는 마음이 간절했지만 바람은 바람으로 그치고 말았다.

"가주가 아니었으면 우린 이미 죽은 목숨이야! 염라대왕을 만나도 골백번은 만났을 거라고!"

"그건 당신이죠! 당신만 그런 거예요! 난 아녜요. 난 염라대왕 만날 일 없어요! 이 애도 없고요! 그러니 죽든 살든 당신이 알아서 하시고 우린 내버려 둬요. 예? 제발…… 이런 분 아니셨잖아요. 제발 저흴 놔두세요. 지금 나갈게요. 당신 곁을 떠날게요. 그럼 되죠? 천검가에는 자다가 깨어나 보니 도망갔더라고 하면 되잖아요."

여인은 중년인의 바짓가랑이를 붙잡고 늘어졌다.

절박하다. 모든 걸 다 잃어도 아이만은 지키겠다는 의지가 여실히 엿보인다.

중년인은 멍하니 여인을 쳐다보다가 자신을 뚫어지게 쳐다보고 있는 자식에게 눈길이 미쳤다.

어려서부터 농사일을 했기 때문인지 뼈대가 튼튼하다.

피부는 햇볕에 그을려 구릿빛이고, 잡티 한 올 섞이지 않은 새까만 눈동자가 달빛에 반짝거린다.

그야말로 눈에 넣어도 아프지 않은 자식이다.

아이는 글을 모른다. 글을 알면 생각이 많아지기에 가르치지 않았다. 아이는 무공을 모른다. 힘이 세지면 막연하게라도 세상을 떠돌고픈 욕심이 생기기에 장돌뱅이 솜씨에 불과한 잡공(雜功)조차도 가르치지 않았다.

아이는 백단심(白丹心)처럼 무구청정(無垢淸淨)하다.

이런 아이를 죽이고 싶은 부모가 어디 있으랴. 좋은 것 먹이지 못하고 따스한 옷 입히지 못한 한이 못이 되어 박혀 있는데 목숨까지 내놓으라고 할 권리가 누구에게 있으랴.

중년인은 아이를 쳐다보며 말했다.

"다 들었느냐?"

"네."

소년은 또렷하게 대답했다.

중년인은 흐리멍덩한 것을 싫어한다. 그래서 대답도 간단명료하게, 얼버무림이 없이 똑부러지게, 마음속에 있는 말을 사실 그대로 말하라고 가르쳐 왔다.

소년의 명쾌한 대답을 들으니 괜히 마음이 서글퍼진다.

'원하는 게 이 아이의 목숨이 될 줄 알았으면…… 따뜻하게라도 대해주는 건데.'

후회는 아무리 빨라도 늦는 법이라고 했나?

중년인은 때늦은 후회를 삭이며 물었다.

"너도 이 아비가 잘못하고 있는 거라고 생각하느냐?"
"네."
"그래?"
중년인은 기대했던 것과는 사뭇 다른 대답에 자신도 모르게 반문하고 말았다.

"제 목숨은 부모님께 받은 것이니 효(孝)를 잊지는 않습니다. 하지만 생명이 주어질 때는 반드시 그만한 이유가 있을 거예요. 그 이유가 얼굴도 못 본 사람을 대신해서 죽는 건 아니라고 생각해요. 제 운명을 아버님이 대신 결정하신 건 분명히 잘못된 처사세요."

중년인은 자신의 귀를 잠시 의심했다.

이게 겨우 열네 살짜리 어린아이 입에서 나올 법한 소리인가? 농사일만 하기에도 벅찬 아이가 어디서 무슨 풍월을 주워들었기에, 뭐? 운명? 처사?

"그런 말은 어디서 들었느냐?"
"훈장님께요."
"훈장?"
"마을에 있는 훈장님요."
"거기를 다녔더냐? 글을 배우지 말라고 그리 일렀건만…… 글은 아무짝에도 쓸모없다고 그리 말렸건만……."
"날마다 간 건 아녜요. 시간 나면 가고, 안 나면 말고 그랬어요."

문득 자식을 낳고 키워왔지만 자식을 전부 아는 건 아니라는 생각이 든다.

아이는 영민했다.

글을 가르치면 석학(碩學)이 되지 않을까 하는 생각도 해봤다.

원래 집안이 무인보다는 서생이 더 많은 집안이니 아이도 그런 핏줄을 타고 태어났는가 보다 했다.

그래도 욕심을 억눌렀다.

자식이 잘되는 것보다는, 부자가 되어 떵떵거리며 사는 것보다는 제명대로만 살다가 죽기를 바랐다.

그러려면 학문도 버리고 무공도 버려야 한다.

그랬는데…… 그랬는데…….

모든 것이 지나간 과거다.

아픔도, 아쉬움도 모두 잊어야 한다. 자식을 가슴에 묻어야 한다. 어쩔 수 없다. 이미 약속을 해버렸다. 하늘이 두 쪽 나는 한이 있어도 꼭 지켜야 할 약속이다.

"그럼 이 아비가 한 약속도 들었느냐?"

"네."

"네 말대로 하마. 선택을 네가 하거라. 어찌하면 좋겠느냐?"

"약속을 지키세요."

"안 돼! 당우(戇牛)야, 너 왜 이래! 안 된다고 해! 죽기 싫다고 해!"

여인이 바락바락 악을 썼다.

그 가운데 두 부자는 서로를 쳐다봤다.

"많이 컸구나. 아무것도 가르치지 않고 오직 농사일만 시켰는데…… 어느새 부쩍 커버렸어."

그 말이 떨어지기 무섭게 바짓가랑이를 잡고 있던 아낙이 악에 받쳐 고함을 질렀다.

"안 돼! 안 돼! 당우가 컸으면 내가 키웠지 당신이 키웠소! 그럼 안 되지! 암! 안 되고말고! 어느 세상에 부모가 자식을 죽인답디까! 길에서 주워온 자식도 아니고 남의 씨를 받은 것도 아니고 제 자식 자기가 죽이는 법이 어디 있소! 그런 법은 하늘 아래 어디에도 없소! 그런 법은 없는 것이오!"

아낙은 사정도 하고 발악도 했다. 한탄도 토해냈다가 원망도 늘어놓았다.

"휴우!"

사내는 잠시 망설이는 듯했지만 곧 손을 들어 여인의 마혈(麻穴)을 짚었다.

스르륵!

아낙은 순식간에 정신을 잃고 축 늘어졌다.

"걱정 말거라. 잠시 혼절한 것뿐이다."

중년인의 눈에 눈물이 그렁거렸다.

아낙의 말마따나 자식을 죽이려는 부모가 세상천지에 어디 있겠는가. 하지만 이것이 은혜를 갚는 길이라면 백 번이라도 행해야지 어쩌겠는가.

그나마 아이가 응해주니 천만다행이지 않나.

고맙다. 고맙다, 아이야.

중년인은 손을 내밀어 아이의 손을 잡았다.

*　　*　　*

치검령과 아이는 두 번째 만났다.
첫 번째는 흙집이었지만 두 번째는 지하 암동이다.
"이름이 뭐냐?"
"사람들이 당우라고 불러요."
당우는 이름이 아니다. 당우는 '어리석은 소'라는 뜻으로 궂은일, 힘든 일 가리지 않고 시키는 일이라면 묵묵히 하는 순진한 놈을 일컫는다.
어느 마을에나 당우라고 불리는 자가 한두 명씩은 있게 마련인데, 인근에서는 이 아이가 당우라고 불리는 것 같다.
"진짜 이름을 묻는 게다."
"이름요? 그런 건 없어요. 그냥 당우라고 부르세요."
치검령의 눈가에 기광이 번뜩였다.
아이가 너무 태연하다. 그러고 보니 겁을 먹은 것 같지 않다. 죽을 자리라는 것 정도는 알고 왔을 터인데도 의외로 의연하다. 혹시 모르고 온 건가?
"무엇 때문에 왔는지 아느냐?"
"누굴 대신해서 죽으러요."
알고 왔다. 알고 왔으면서도 태연하다.
"죽음이 무섭지 않느냐?"

"무서워요."

"그런데 무섭지 않아 보이는구나."

"발버둥 쳐도 어쩔 수 없으니까요. 히!"

소년은 해맑게 웃기까지 했다.

죽음이 무섭지 않다…… 아니다. 죽음이 무섭지 않은 사람은 없다. 소년이 한두 살만 더 먹었어도 죽기 싫다면서 펄쩍펄쩍 날뛰었을 것이다.

소년은 죽음이 어떤 것인지 아직 모른다.

'후우! 그게 나을 수도 있지.'

치검령은 안쓰러운 표정으로 소년을 쳐다봤다.

치이익! 치이이익!

당우의 백회혈(百會穴)에서 흰 김이 무럭무럭 솟구쳤다.

명문혈(命門穴)을 통해 주입된 진기가 전신을 휘돌다가 백회혈에 운집했다.

치검령은 손을 떼고 물러서며 류명을 쳐다봤다.

"공자."

"저, 정말 이걸 넘겨줘야…… 꼭 넘겨줄 필요는…… 모르고 지나갈 수도 있는데……."

"공자!"

류명은 어깨를 찔끔거리며 급히 당우의 등 뒤에 앉았다.

"장심(掌心)을 명문혈에!"

"내공전이(內功轉移) 정도는 나도 알아!"

류명이 신경질적으로 고함을 내지르며 장심을 밀착시켰다.
잠시 후,

치이이이익!

당우의 체내에서 기이한 울림이 터져 나왔다.

치검령이 먼저 주입해 놓은 진기가 투골조의 독기를 빨아당기는 현상이다.

석동은 썩은 악취로 가득했다.

숨을 쉴 수가 없을 정도로 지독해서 이번 일이 끝난 후에는 영구 폐동(廢洞)해야 하지 않을까 생각된다.

'냄새가 남아 있으면 안 돼!'

치검령은 류명의 등 뒤에 가부좌를 틀고 앉았다.

'흡(吸)!'

쏴아아아아!

석동을 가득 메우던 악취가 그에게로 집중된다.

'정(精)!'

그는 공기 속에 있는 악취를 기단(氣丹)으로 바꾸어 진기 속에 밀어 넣었다.

'탄(彈)!'

기단은 그의 장심을 통해 류명의 진기와 합쳐졌다. 그리고 곧바로 당우의 체내로 흡입되었다.

투골조에 관한 것이라면 하나부터 열까지 모두 당우에게 몰아넣는다. 당우가 처음이자 끝이어야 한다.

미안하지만…… 이 길밖에 없다.

똑! 똑! 똑!

천장에서 물방울이 떨어진다.

물방울은 예전부터 떨어졌다. 다만 자신이 듣지 못했을 뿐이다.

이제는 듣는다. 또렷하게 들린다.

온 신경을 두 귀로 집중시켰다.

전에는 듣지 못하던 소리가 들린다는 건 신기한 경험이었다.

똑! 똑! 똑! 똑!

확실히 들린다.

'귀가 밝아졌네?'

당우의 안색이 활짝 펴졌다.

내공전이라는 것을 받을 때는 죽는 시간이 다가온 줄 알았다. 내공전이를 받고 난 후에는 꼼짝없이 죽을 것이라고 생각했다.

그런데 아니다. 오히려 귀가 더 밝아졌다.

변화한 것은 그뿐만이 아니다. 눈을 뜨니 어두컴컴한 석동 안이 대낮처럼 환히 보인다. 몸도 가벼워졌다. 예전에 비하면 험산(險山)도 훨훨 날아다닐 것 같다.

'죽는 게 아니었나?'

당우는 고개를 갸웃거렸다.

그때, 당우의 등 뒤에서 귀에 익은 음성이 들려왔다.

"정신이 들었구나."

"아! 아저씨!"

당우는 움직이려고 했지만 억센 힘에 짓눌려 꼼짝도 하지 못했다.

"지금부터 무공 구결을 말해주겠다. 잘 듣고 외워라."

"네? 무공요? 구결이 뭔데요?"

"정신 집중! 우선은 무조건 외워라."

"아! 그건 걱정 마세요. 외우는 거라면 자신있어요."

치검령이 피식 실소를 흘렸다.

외우는 거라면 자신있어? 무공 구결이 어떤 것인지 모르니 이런 말도 할 수 있는 게지.

당우같이 글이 깊지 않은 아이가 무공 구결 일공(一功)을 전부 외우려면 아무리 빨라도 보름 이상은 잡아야 한다. 하지만 지금은 그렇게 시간을 줄 수 없다. 시간이 너무 촉박하다.

치검령은 진기를 이끌어 당우의 뇌를 자극했다.

천령개(天靈蓋)가 열리고, 백회혈(百會穴)이 두들겨진다. 머리에 있는 혈(穴)들이 상쾌하게 열린다.

"정신을 집중해서 잘 듣거라, 한 자라도 놓치면 모든 게 헛수고이니. 정심식기(定心息氣), 신체입정(身體立定), 양수여공(兩手如拱). 따라 하거라."

"정심식기, 신체입정, 양수여공."

"무슨 뜻인지 아느냐?"

"몰라요."

"마음을 가다듬어 호흡에 두고, 몸을 바로 하며, 손을 맞잡아라."

"했어요."

"구결은?"

"정심식기, 신체입정, 양수여공."

'……!'

소년의 명문혈에 대고 있던 장심이 파르르 떨렸다.

알아들었다. 외웠다. 서두 부분이 비교적 평이하기에 쉽게 외울 수 있지만, 그래도 아이가 외우려면 조금 고민이라도 해야 하는데 너무 쉽게 외운다.

당우는 촌구석 무지렁이가 아니다. 똑똑하다. 아주 똑똑하다.

구결 몇 마디 알아들었기 때문이 아니다. 무공을 전혀 모르던 아이가 내공전이를 쉽게 받아들일 때부터 주의 깊게 보기는 했는데, 구결까지 습자지에 먹물 스며들 듯 쏙쏙 빨아 당긴다.

일순 살심이 치밀었다.

살아 있으면 천검가의 적이 될 운명, 지금 죽여야 하는 건 아닐까?

치검령은 고개를 흔들었다.

'내가 이 무슨…… 이제 겨우 열서너 살 어린아이에게 살심이나 품고…….'

자신에게 주어진 임무는 투골조를 없애는 것이다. 아니, 투골조로부터 류명을 보호하는 것이다.

그것만 행하면 된다.

죽을 아이에게 내일이 있는 것도 아니지만, 설혹 있어서 천검가의 적이 된다고 해도 자신이 걱정할 일이 아니다.

치검령은 마음을 가다듬고 말했다.

"들어라."

"네."

"존심정극(存心靜極), 장향상분(掌向上分). 무슨 뜻이냐 하면……."

치검령은 류명이 내준 투골조 비급을 상세하게 풀이했다.

第二章
겁화(劫火)

1

맹수는 죽은 고기를 먹지 않는다.

산 놈, 살아서 펄떡거리는 놈, 피가 빠르게 도는 놈을 잡아채서 혈관을 쫙 찢어내는 맛에 사냥이란 걸 하는 게다.

추포조두는 창문이 활짝 열린 다루(茶樓)에 앉아서 차를 마셨다.

봄이 왔다고는 하지만 아직도 바람이 매섭다. 활짝 열린 창문을 통해 칼날 한 무더기가 들이쳤다가 빠져나가곤 한다.

다루 주인이나 점소이는 한구석에서 추위를 견디지 못하고 오들오들 떤다.

그래도 창문을 닫자고 말을 하지 못한다.

다른 손님도 들어서지 못한다.

겁화(劫火) 49

차를 마시는 것은 하루 생활의 시작이자 끝이다. 다루마다 습관처럼 들락거리는 단골손님들이 있게 마련이다. 하나 그들도 오늘만은 발길을 돌린다. 귀신처럼 조용히 앉아 있는 추포조두를 보고는 도저히 같이 앉아서 차를 마실 용기가 나지 않는다.

"누구야?"

"추포조두래."

"사람깨나 죽였겠다."

"쉿!"

사람들의 속삭임이 귓가를 간질였다.

사람들은 그가 있는 곳에서 가급적 멀리 떨어져 있으려고 한다. 죄가 있는 놈이나 없는 놈이나 그라는 사람 자체를 무서워한다. 눈을 부라리는 것도 아니고 가만히 앉아 있기만 하는데도 가까이 다가서지 않는다.

전신에 배인 피 냄새 때문이다.

지금도 손아귀에 꽉 붙잡고 있는 수많은 영혼들 때문이다.

손아귀에 걸려든 놈치고 빠져나간 놈이 없다. 어떤 놈이든 걸려들기만 하면 뼈를 추려놓는다.

이번에는 천검가가 걸려들었다.

검련십가.

검련십가에서 천검가가 차지하는 비중은 매우 크다. 중장천검의 영향력도 클뿐더러 그의 무공 또한 무시하지 못한다.

천유비비검은 검련십가에서도 인정하는 진정한 검학이다.

그런 가문의 자식이 왜 투골조 같은 사공에 맛을 들였을까? 손아귀에 고기를 들고 있으면서 남이 먹다 버린 개뼈다귀에는 왜 눈길을 돌렸을까?

알다가도 모를 일이다.

"치검령이 명을 받은 것 같습니다."

다루 너머에서 보고가 올라왔다.

"치검령…… 가장 완벽하고 깨끗하게 일 처리를 하는…… 중원에서 몇 안 되는 청소꾼이지."

"후후후! 그래도 이미 꼬리를 잡힌 이상……."

"방심하지 마라!"

"그런 건 안 합니다. 후후후!"

"치검령이 나섰다면 절대 간단치 않아!"

추포조두는 경직된 음성으로 말했다.

이제야 살아 있는 놈이 움직였다. 천검가라는 거대한 동물이 꿈틀거렸다. 그것도 치검령이라는 정말 상대하기 까다로운 작자를 전면에 내세웠다.

천검가에 치검령이라는 존재가 있다는 것은 예전부터 알았다.

자신이 숨겨진 일을 들추고 처단하는 일을 한다면, 그는 들춰진 일을 감추고 은폐시키는 일을 한다.

서로 정반대의 분야에서 각기 이름을 나타냈다.

짜릿한 전율이 온몸을 관통한다.

치검령이 움직이기 시작한 것은 어제……. 벌써 상당 부분 투골조에 대한 사실을 왜곡시켰을 것이다.

그가 어떤 식으로 일을 했을까? 너무도 명확하게 사실이 드러났는데 이런 일도 감출 수 있나?

많은 문파에서 난다 긴다 하는 사람들이 은폐 시도를 했지만 결국 모두 실패했다.

성공한 놈이 없다.

다 죽어가는 놈을 물어뜯는 건 취미에 맞지 않는다. 실컷 발버둥 치게 해주고, 싱싱하게 팔딱거리는 놈의 목줄을 물어뜯는다.

그는 차를 마시며 말했다.

"치검령이 누구를 만나는지, 어디서 무엇을 하는지 한순간도 놓치지 마!"

저녁노을이 온 세상을 붉게 물들일 무렵, 거구의 여인이 다루 안으로 들어섰다.

검은색, 단색 무복을 입었지만 먼지 한 올 앉아 있지 않을 것같이 깨끗하다. 깨끗한 정도가 아니다. 이제 막 지어 입은 것처럼 날이 잘 서 있다.

무복 위로 몸의 굴곡이 선명하게 두드러진다. 육감적이지만 색심(色心)을 일으키기보다는 오히려 강인한 매력을 풍긴다.

여인은 거침없이 추포조두 앞으로 다가와 앉았다.

"어젯밤에 재미있는 놈을 만났던데요?"

"재미? 후후!"

추포조두는 눈을 가늘게 뜨면서 웃었다.

여인의 입에서 '재미'라는 말이 흘러나오면 반드시 피가 튄다.

여인의 재미는 죽음에 있다. 죽일 놈이 등장하면 재미있는 것이고, 죽일 일이 벌어지면 재미있어한다. 죽이라는 명령을 제일 좋아하고, 죽음이 없는 일은 중요하게 생각지 않는다.

그녀가 재미를 말했다.

치검령이 죽일 놈과 만났다는 뜻이다. 아니면 죽이고 싶어서 손이 근질거렸는데 간신히 참았다는 뜻으로도 해석할 수 있다.

추포조두는 벽사혈(劈邪血)의 다음 말이 사뭇 기대되었다.

"도광도부(賭狂刀夫)라고 기억나요?"

"도광도부라……."

"도박에 미친 위인인데……."

"도박 중에서도 유독 골패(骨牌)만 즐겼지."

"기억나는군요?"

"죽은 줄 알았는데, 목숨이 꽤 질긴 놈이군."

"마누라까지 끼고 버젓이 살고 있던데요."

"마누라? 그럴 위인은 아닌데? 그놈이 가정을 꾸렸다고? 하하하! 이거야말로 천지가 개벽할 노릇이군. 흠! 도광도부가 살아 있고, 치검령이 그놈을 만났다? 후후후! 이거 검은 연기가 모락모락 피어오르지 않나. 그건 그렇고…… 도광도부를 봤다면 단칼에 베고 싶었을 텐데, 용케도 참았군."

겁화(劫火) 53

"베고 싶었죠. 간신히 참았다는 것만 알아줘요."

"놈이 치검령과 연관있다면 곧 우리도 만나야 할 거야. 그게 일의 순서지 않나. 후후후! 그때가 되면 모든 걸 벽사혈에게 양보할 테니 기대하라고."

"훗!"

벽사혈은 마음에 드는 듯 짧은 웃음을 터뜨렸다.

"묵혈도(默血刀)가 보이지 않는데?"

"천검가로 들어갔어요. 치검령이 무슨 수작을 부리나 지켜본다고."

천검가는 용담호혈(龍潭虎穴)이다. 지금까지 단 한 번도 외인의 침입을 절대 용납지 않았다.

그래도 벽사혈은 태연하게 말했다.

추포조두 역시 걱정이라고는 눈곱만치도 떠올리지 않았다.

싸우자는 게 아니다. 무엇을 가지고 나오는 것도 아니다. 은신해서 조용히 지켜보자는 것이다. 그리고 그런 일은 묵혈도만큼 능숙하게 해내는 자도 없다.

"어이! 여기도 차 좀 줘."

벽사혈이 기둥에 등을 기대며 점소이를 불렀다.

*   *   *

일을 꾸미는 것은 쉽다. 그런 일은 약간 머리만 굴릴 줄 알면 누구나 가능하다.

완벽하게 일을 꾸미는 것도 쉽다.

일의 순서에 시간과 공간만 정확하게 배치하면 거의 완벽한 계획이 구상된다.

발생한 일을 지워 버리는 것은 어렵다.

움직임에는 반드시 흔적이 따라다닌다. 어떤 일을 일으키면 거기에 합당한 족적이 뚜렷하게 새겨진다.

투골조의 족적은 무엇일까?

백곡에 새겨진 흔적이나 동남동녀의 시신은 증거가 될 수 없다.

투골조를 수련했다는 증거는 되겠지만 천검가와 결부시킬 증거는 되지 못한다.

악취? 아니다. 그렇게 눈에 확 띄는 것은 아무리 머리를 굴릴 줄 모르는 자라도 제일 먼저 지운다.

치검령은 개를 끌고 석동으로 들어섰다.

"어떠냐?"

개는 무슨 말인지 모르겠다는 듯 평범하게 앞장서서 나아갔다.

투골조의 냄새가 말끔히 지워졌다.

그럴 수밖에 없는 것이, 자신이 냄새를 지운 것으로도 모자라서 용담향(龍膽香)까지 피웠다.

오뉴월에 푹푹 썩어 들어가는 시신 냄새까지 말끔하게 지워준다는 용담향이니 아직 성숙하게 익지 않은 투골조의 냄새쯤은 가볍게 지워 버린다.

겁화(劫火) 55

냄새 걱정은 하지 않아도 된다.

비급은 더더욱 염려할 필요가 없다. 비급 내용은 소년의 머릿속에 옮겨놓았다. 그리고 글자가 적힌 비급은 말끔하게 재로 만들어 날려 버렸다.

비급은 사라졌다.

그럼 남는 게 무엇일까?

류명! 공자 자신이다.

물론 공자의 면면을 뒤진다고 해도 투골조에 대한 흔적은 찾지 못한다.

십지에 쌓인 독기는 소년에게 전이시켰다.

류명을 믿지 못해서 두 번, 세 번에 걸쳐서 자신이 직접 확인하고 또 했다.

류명의 체내에는 단 한 방울의 독기도 남아 있지 않다.

그러면 무엇이 문제인가?

죄를 저지른 데 대한 불안감!

추포조두 같은 거인을 상대해 보지 못한 미숙함!

추포조두와 류명을 한 방에 집어넣고 단둘만 있게 하면 한 시진도 되지 않아서 모든 사실을 토설받을 게다.

류명이 자신에게 토설하기까지 걸린 시간이라고 해봐야 겨우 반 다경(半茶頃).

말해도 해를 끼치지 않을 사람이라는 믿음이 있었다지만, 그런 측면보다도 압박을 이기지 못해서 토설했다고 봐야 한다.

류명을 추포조두 앞에 세워서는 안 된다.
 '할 수 없군. 일이 끝난 후에야 뵈려고 했건만.'

 치검령은 가주를 찾았다.
 "왜? 힘들어?"
 가주는 그가 발을 들여놓기 무섭게 대뜸 말해왔다.
 읽고 있던 책은 덮지 않았다. 눈길도 거두지 않았다. 흔들림 없이 앉아서 차분하게 책장을 넘기고 있다.
 "가주님께 청이 있어서 왔습니다."
 "뭐야? 뜸들이지 말고 말해!"
 "공자님도 이제 연치가 있으시니…… 천유비비검의 정수(精髓)를 전수받기에 부족함이 없어 보입니다."
 "……!"
 중장천검이 고개를 들어 그를 쳐다봤다.
 눈길과 눈길이 허공에서 부딪쳤다.
 치검령은 가주의 코를 쳐다봤고, 가주는 약간 아래로 깔린 치검령의 눈을 똑바로 쏘아봤다.
 "몇 년이 필요한가?"
 "적어도 오 년은 잡아야겠습니다."
 "오 년……."
 "그것도 적게 잡은 겁니다."
 "좋아! 천유비비검을 주지. 그놈을 사동(四洞)에서 빼내!"
 가주가 시원시원하게 말했다.

아니다. 그는 결코 시원하게 말하지 않았다.

자식을 두고 흔히 하는 말이 있다. 열 손가락 깨물어서 안 아픈 손가락 없다는 말이다.

가주가 자식을 그렇게 아낀다.

슬하에 칠남오녀를 두었지만 누구누구 할 것 없이 자식 일이라면 자다가도 벌떡 일어난다.

그런 가주가 제일 총애하는 자식이 바로 막냇자식인 류명이다.

투골조로 천검가가 벌컥 뒤집히고, 투골조를 수련한 흔적이 속속 드러나고, 음모든 함정이든 덫에 걸려든 자가 류명일 것이라고 짐작되는 순간부터 가주의 눈길은 류명에게서 떠나지 않았다.

류명은 진작 사동에서 빼내져서 다른 곳에 숨겨졌다.

가주가 그 사실을 모를 리 없다.

사동에서 빼내라? 그 말의 의미가 무엇인가? 쥐도 새도 모르게 감쪽같이 뒤처리를 하라는 다짐 아닌가.

"지금 즉시 공자님께 연락을 취하겠습니다. 천유비비검 진공(眞功) 수련을 명받으시면 하늘을 얻은 듯 기뻐하실 겁니다."

"그것으로 끝인가?"

또 다짐이다.

천유비비검 진공 수련을 이유로 오 년 폐관수련에 들면 추포조두로부터 안전하냐는 의미다.

본문(本門) 검련일가(劍聯一家) 낙성검문(落星劍門)으로부터 벗어날 수 있냐는 뜻이다.

함정을 파놓은 자가 누군지 모르지만 천검가를 상대로 수작을 부렸을 때는 만반의 준비를 갖췄을 것, 그로부터 벗어날 수 있냐는 힐문(詰問)이다.

치검령은 허리를 숙이며 답했다.

"끝입니다."

"그 아이…… 투골조의 구결을 하룻밤 새 외웠다고?"

역시 가주의 눈길은 류명에게서 떨어지지 않았다. 사동에서 벌어진 일을 낱낱이 꿰고 있다.

"구결만 외웠을 뿐입니다."

"투골조의 내공을 전이받았으니…… 손끝에 독기가 오글오글 모여 있겠군. 그런데다가 내공심법까지 고스란히 떠다 바쳤으니…… 치검령, 조마가 환생하지는 않겠지?"

"이제 겨우 열서너 살에 불과한 꼬마입니다. 뭘 알기에는 너무 어린 나이인데…… 어차피 투골조에 손을 댔으니 살아남기는 힘듭니다. 또한 혹시나 하는 걱정마저도 하시지 않게끔 이중, 삼중으로 살막(殺幕)을 쳐놨습니다."

"어련히 알아서 하겠나."

가주는 여전히 책을 읽었고, 치검령은 뒷걸음질로 조용히 전각을 물러 나왔다.

류명에 대한 단속이 끝났다.

투골조를 수련한 장본인이 아무런 흔적도 남기지 않고 사라졌다.
　류명에게 투골조 비급을 전한 사람은 진실을 알겠지만 뒤에서 은밀히 수작을 부릴 뿐, 앞에 나서서 날뛸 수는 없다.
　이것을 조사해 봐라.
　저런 곳을 뒤지면 뭔가 나올 게다.
　함정을 파놓은 자는 어떻게든 일을 만들어내려고 끊임없이 추포조두를 들쑤실 것이다.
　이번 일을 누가 시작했는지 알고 싶으면 추포조두를 주시하면 된다. 지금은 그가 천검가를 주시하고 있지만, 이쪽도 암암리에 그를 주시해야 한다.
　치검령은 자신의 생각을 접었다.
　함정을 누가 팠든 자신이 간여할 일이 아니다. 원흉이 누구인지 신경 쓸 필요도 없다.
　자신은 그쪽 일과는 완전히 무관하다.
　투골조로부터 류명을 안전하게, 완벽하게 빼내는 일이 자신에게 부여된 임무다.
　다른 것은 생각할 필요가 없다. 오직 은폐만 신경 쓰면 된다.
　하기는 다른 걸 생각할 겨를이 없다. 추포조두의 눈에서 류명을 빼내기란 말처럼 쉬운 게 아니다.
　치검령은 걸으면서 생각했다.
　'추포조두는 대대적인 수색 작업에는 삼십홀(三十惚)을

쓴다.'

　삼십홀은 서른 명의 밀자(密者)를 말한다. 그들의 오감(五感)은 오로지 수색을 위해 태어났다고 해도 좋을 만큼 영민하다. 그래서 먼지 털 홀(搈) 자를 쓴다. 그들이 나서면 먼지 털듯이 샅샅이 뒤져낸다는 뜻이다.

　추포조두에게는 그들만 있는 게 아니다.

　좌우쌍비(左右雙臂)!

　그에게는 묵혈도, 벽사혈이라고 일컬어지는 두 명의 분신(分身)이 있다.

　그들은 추포조두가 가는 곳마다 그림자처럼 따라붙는다.

　한데 천검가에는 나타나지 않았다.

　나타나지 않은 게 아니다. 지금 이 순간에도 어딘가에 숨어서 은밀히 살펴보고 있다.

　두 명 중 한 명은 자신을 뒤쫓는다.

　이건 단순한 짐작이지만 거의 틀림없을 게다. 벽사혈이든지 묵혈도든지…… 누가 되었든지 둘 중의 한 명은 자신의 일거수일투족을 낱낱이 살피고 있다.

　그 말은 다시 말해서 자신이 다른 방향으로 움직이면 좌우쌍비는 물론이고 추포조두의 눈길까지 다른 곳으로 끌어낼 수 있다는 뜻이 된다.

　단 한 번, 단 한 번의 실수를 이끌어내야 한다.

　덜컹!

　치검령은 암동으로 통하는 석실 문을 밀치고 들어섰다.

화악!

석동에 불을 밝혔다.

당우가 있다.

이제 겨우 열서너 살에 불과한 아이인데 상당히 침착하다.

여느 아이들처럼 뛰어놀지도 않는다. 죽음이 눈앞에 있다는 것을 알면서도 불안해하지도 않는다.

어떻게 어린아이가 이런 행동을 보일 수 있을까?

이유는 간단하다. 몰입(沒入)!

당우는 손가락으로 석동 바닥에 글을 쓰고 있다. 불이 없는 캄캄한 어둠 속에서 하루 내내 글을 써온 듯하다.

그는 무심히 당우의 손가락을 쫓아가다가 눈살을 가늘게 좁히고 말았다.

'투골조!'

당우가 쓰고 있는 것은 투골조의 내공심법이다.

외우라고 일러주었고, 자신이 상세하게 풀이해 준 비급 내용을 자신있게 써 내려가고 있다.

가주는 당우의 재능을 한눈에 알아봤다.

어떤 아이가 심난한 내공심법을 하룻밤 새 외울 수 있단 말인가.

경전 외우듯이 줄줄 외우는 것이 아니다. 기억력이 뛰어나다는 말이 아니다. 그런 일이라면 웬만큼 똑똑한 아이라면 할 수 있다.

당우는 운용까지 해내고 있다.

물론 자신이 진기를 불어넣어 앞길을 열어주었고, 잘 따라왔기에 가능한 일이지만…… 무공의 '무(武)'자도 모르던 아이가 진기(眞氣) 도인(導引)을 따라왔다는 자체가 기문(奇聞)이다.

그래서 가주는 당우의 제거를 단호하게 주문한 것이다.

이 아이를 살려두면 틀림없이 제이의 조마가 탄생할 것이라고 판단한 게다.

그런 가주의 마음을 편안케 하려고 '겨우 열서너 살에 불과한 아이'라고 말했다.

아니다. 이 아이는 그런 식으로 말할 수 없다.

사람이 들어섰는데도, 불이 밝혀졌는데도 슬쩍 한 번 쳐다보기만 했을 뿐 여전히 글쓰기에 몰입하고 있는 집중력은 범상(凡常)함을 훨씬 넘어선다.

치검령 같은 사람도 소름이 돋을 정도로 지독한 집중력이다.

'그 아버지의 그 아들.'

도광도부의 집중력은 자타가 공인한다.

도박을 말하는 것이 아니다. 그가 도박에 미쳐서 도광도부라는 별호를 얻기는 했지만, 그의 본업(本業)은 무인도 도박사도 아닌 밀마해자(密碼解者)다.

해박한 밀마 지식을 바탕으로 난문(難文)이 풀릴 때까지 몰입하는 데서 극상의 쾌감을 얻는 별종이다.

당우도 아버지의 피를 이어받았다.

당우는 아마도 투골조의 구결을 줄줄 외우고 있을 게다. 자신이 풀이해 준 대로 운용까지 할 수 있을 것이다. 그리고 그것으로도 부족해서 글로 써보면서 더욱 깊은 곳을 탐구하고 있다.

이 아이에게 십 년이란 세월만 보장해 주면 틀림없이 제이의 조마가 되어 나타나리라.

'죽여야 해!'

치검령의 마음속에 살심이 들끓었다.

처음부터 그러기 위해 데려온 아이다. 죽음이 예정되어 있다. 한데도 마음이 들끓는다. 지금 당장 죽여야 할 것만 같다.

그가 말했다.

"갈 시간이다."

"잠깐만 기다려 주면 안 돼요? 마지막 부분이거든요."

"난해한 부분이 있으면 풀어주마."

"아뇨. 제가 해볼래요. 모르는 걸 풀어내는 재미가 얼마나 쏠쏠하다고요."

'그 아비의 그 아들!'

치검령은 또 한 번 같은 생각을 했다.

당우는 아비에게서 집중력만 물려받은 게 아니다. 도광도부는 눈치채지 못했겠지만 밀마에 대한 지식도 상당 부분 이어받았다. 즉, 동서고금(東西古今)의 모든 문자에 능통하다.

당우가 학자라는 뜻은 아니다. 그만큼 체계적으로 심도 깊게 배우지도 못했다.

다만 글자를 보면 어느 나라, 어떤 시대, 어떤 왕조의 글자라는 정도는 안다. 글자 몇 개 정도는 해독할 수 있을 것이고, 기호 몇 개 정도는 낯익어할 것이다.

잠깐만 기다려 달라.

치검령은 꼬박 반 시진을 기다렸다.

2

치검령은 당우와 함께 천검가를 나섰다.

은밀하게 숨거나 뒤로 빼돌리는 형태는 취하지 않았다. 당당하게 정문을 통해서 걸어나왔다.

"어디로 가는지 궁금하지 않니?"

"궁금해요."

"왜 묻지 않니?"

"알아서 뭐 해요."

당우는 건성건성 대답했다.

치검령의 눈길이 저절로 당우에게 향했다.

정말 지독한 탐구심이다. 암동에서부터 정문을 나설 때까지 머릿속에는 온통 투골조의 구결만 들어차 있다. 외우고, 외우고, 또 외우고…… 생각하고, 생각하고, 또 생각한다.

이게 당우의 머릿속인가?

"생각하는 게 재미있니?"

겁화(劫火) 65

"네."
"네가 투골조를 쓰면 바로 목을 쳐낼 것이다."
"네."
"정말 죽음이 두렵지 않니?"
"아버지께 돈 주셨잖아요."
"……!"
"빚도 있다고 하시대요. 아버진 빚지고 못 사는 성격이신데…… 여태 못 갚으신 걸 보면 정말 큰 빚인 것 같아요."
"어떤 빚인지 궁금한 게냐?"
"네."
"목숨 빚이다."
"그럴 줄 알았어요. 그럼 이제 공평해졌네요."
"공평? 뭐가 공평하다는 게냐?"
"목숨 빚을 목숨으로 갚는 거니까 공평하죠."
당우가 해맑게 웃었다.
'죽음을 받아들였단 말인가?'
당우는 죽어야 한다는 사실을 안다. 자신을 죽일 사람이 치검령이며, 시기는 언제든, 장소는 어디서든이다. 지금 당장 죽을 수도 있고, 한 시진 후에 죽을 수도 있다.
당우는 그런 사실을 담담하게 말한다.
치검령은 문득 이런 달통한 듯한 마음이 어디에서 기인한 것인지 알고 싶어졌다.
누구든 죽음 앞에서는 발버둥 치게 마련인데…….

'특별한 생사관(生死觀)이라도 있는 걸까?'

말도 안 되는 생각이지만 당우가 왜 이토록 태연한지 알고 싶다는 호기심이 치민다.

"도망가고 싶지 않니?"

"도망을요? 도망가면 봐주실 거예요?"

"글쎄다."

"거봐요. 꼼짝없이 통박(桶縛)당했잖아요."

"통박…… 그런 말은 어디서 배웠니?"

치검령은 물으면서도 괜한 걸 물었다 싶은 생각이 들었다.

노름꾼 자식이 노름꾼들의 은어(隱語)를 아는 게 무에 그리 대수인가. 아니, 오히려 모르는 것이 더 이상하지 않나.

"그냥 들었어요."

"그냥……."

"그런데…… 저 한 번 살려주시면 안 돼요?"

"……?"

"아녜요. 그냥 한번 물어봤어요. 이것저것 물어보시기에."

당우는 말하면서 치검령의 눈치를 슬쩍 살폈다.

치검령은 그제야 당우의 마음을 읽었다.

당우는 자신과 만나는 순간부터 눈치를 살펴왔다. 혹시 살려주지 않을까 하는 기대감을 가지고 묻는 말에 순순히 응했다. 무엇을 하는지도 모르면서 시키는 일에 복종했다.

당우는 그렇게 해야 살 가망성이 높다는 것을 본능적으로 알아챈 듯하다.

역시 도박꾼의 피를 이어받았다.

눈치를 살피는 것 하며, 도박을 어디에 걸어야 한다는 것 하며, 반항할 수 없는 곳에서 살아남는 방법 하며…… 당우는 죽음을 받아들인 게 아니라 최선을 다해서 살려고 발버둥 친다.

슬쩍 운을 띄우고 안 되겠다 싶으면 즉시 물러나서 다시 눈치를 살피고…….

노름꾼 아버지를 두면 이렇게 자라는 것인가.

아주 영악한 아이다. 비급을 단숨에 외워 버리는 비상한 두뇌로 아버지의 면목도 세워주면서 자신이 살 수 있는 방도까지 찾으려고 한다.

이런 아이…… 결정적인 순간에 죽음의 덫을 씌우면 순순히 응할 리 없다.

자기가 말한 대로 통박을 당했을지언정, 그래서 빠져나갈 구멍이 전혀 없다는 것을 알고 있으면서도 죽음만을 순순히 받아들이지 않을 게다.

아이를 잘못 보고 있었다.

살려고 기를 쓰고 발버둥 치고 있는 것을 죽음쯤은 대수롭지 않게 생각하는 것으로 착각하다니.

'내가 이런 실수를 할 때도 있었던가. 후후!'

치검령은 쓴웃음을 지었다.

어린아이를 죽이는 일인지라 마음에 내키지 않아서일까? 아니면 신경을 쓰기 싫어서였을까?

당우를 잘못 읽었다.

그렇다고 변한 건 없다. 당우에게는 실망스럽겠지만 정말로 아무것도 변하지 않는다.

터벅! 터벅! 저벅! 저벅!

두 사람의 발걸음이 대로(大路)에서 숲으로 이어졌다.

"저기서 죽이실 거예요?"

"아니다."

"그래요."

당우는 다시 태연한 듯 말했다.

치검령은 속으로 웃었다.

한 번 속지 두 번 속으랴. 처음 당우가 물어올 때부터 말속에 긴장감이 서려 있는 것을 감지했다. 마치 드디어 죽을 자리에 왔구나 하고 자신에게 다짐하는 것 같았다.

치검령의 음성에는 정직함이 스며 있다.

당우를 상대로 심계(心計)까지 펼칠 것은 없다. 다만 노름꾼의 자식이니 음성 속에 숨겨진 진실을 어느 정도나 파악하는지 알고 싶어서 일부러 거짓을 말했다. 정직함을 위장한 거짓을 읽어낼 수 있을까?

역시 아직 거기까지 읽기에는 무리인 듯싶다.

당우는 진실을 읽지 못했다.

치검령은 숲으로 들어서면서 진기를 일으켜 주위를 살폈다.

지금 이 순간에도 추포조두의 분신이 뒤를 밟고 있으리라. 묵혈도나 벽사혈, 둘 중의 한 명이 틀림없이 뒤따라온다.

스으으웃!

그는 청각과 후각을 최대한 일으켜 주위를 탐지했지만 수상한 기척을 발견하지는 못했다.

'대단한 은신술이군.'

치검령은 고개를 살래살래 흔들었다.

무공과 은신술이 반드시 같이 가는 건 아니다. 은신술이 뛰어나다고 해서 무공까지 높지는 않다.

추포조두의 좌우쌍비는 은신술의 달인들이다. 하나 무공까지 달인은 아니다. 그들을 적으로 돌려야 한다면, 죽일 일이 생긴다면 얼마든지 처리할 자신이 있다.

"저기 가는 거예요?"

당우가 상념(想念)을 일깨웠다.

"응?"

"저기서 돼지 소리가 나는데요?"

당우가 손을 들어 무너지기 일보 직전인 폐가(廢家)를 가리켰다.

돼지우리가 있을 곳이 아닌데 족히 십여 마리는 됨직한 울음소리가 울려온다.

꿀꿀꿀! 꿀꿀꿀!

"그래, 저기 가는 길이다."

"그래요?"

당우가 환하게 웃었다.

돼지가 있는 곳, 그런 곳이면 적어도 자신이 죽을 자리는 아니라고 생각한 듯하다.

사실…… 저곳에서 마지막 숨을 내쉬어야 하는 것을.

꿀꿀꿀! 꿀꿀꿀꿀!
폐가에는 무게가 백 관이 훨씬 넘을 것 같은 수돼지 십여 마리가 먹이를 먹고 있었다.
"크으!"
당우는 돼지들이 싸놓은 배설물 냄새에 코를 움켜잡았다.
치검령은 당우의 명문혈에 살며시 손을 얹으며 말했다.
"구결을 기억하니?"
"네."
"내가 먼저 이끌어주마. 잘 기억하고 따라오거라."
"네."
당우의 음성이 밝았다.
아직은 죽을 때가 아니다. 죽기는커녕 무공을 전수해 주고 있지 않은가.
당우는 새로운 세계에 대한 기대감으로 한껏 들떠 있다.
치검령은 명문혈을 통해 진기를 불어넣었다.
스읏!
짧고 강렬한 진기가 순식간에 전신을 휙 휘돌았다.
"훗!"
당우의 입에서 미약한 신음이 흘러나왔다.
독기를 주입하며 진기 도인을 이끈 적이 있지만, 그때는 지금처럼 강렬하게 밀어 넣지 않았다. 당우의 몸이 거부감없이

겁화(劫火) 71

독기를 받아들이게 하려면 최대한 천천히 밀어 넣을 필요가 있었다.

지금은 다르다. 강렬한 느낌을 주어서 흐름을 파악하게 만들어야 한다.

"느꼈느냐?"

"뜨거워요."

"다시 한 번 하마. 뜨거운 불덩이가 어떻게 지나가는지 흐름을 파악하는 데 주력해라."

"네."

스웃! 파앗!

진기가 뜨거운 불덩이가 되어 당우의 몸을 휘저었다.

"웃!"

당우는 방금 전보다 조금 더 큰 신음을 토해냈다.

체내로 주입되는 진기가 강렬해질수록 뜨거움이 강해진다.

"기억했느냐?"

"네."

"석동에서 일러준 구결을 기억하고 있느냐?"

"네."

"그대로, 천천히, 서둘지 말고 네 스스로 움직여 보거라."

"네."

당우는 진기를 일으켰다.

치검령의 도인에 이끌려 진기 운행을 해본 적은 있지만 자기 스스로 운기를 하기는 이번이 처음이지 않을까 싶다.

아마도 난생처음 일으키는 진기일 것이다.

인체에 대한 아무런 지식도 없이, 경략이 무엇인지 경맥이 무엇인지도 알지 못한 채 진기를 일으킨다. 단전도 모른다. 무엇이 일어나는지도 모른다.

스으으읏!

당우의 단전에서 진기가 일어났다.

몇 푼 안 되는…… 그야말로 병아리 눈물만 한 진기가 사르르 피어나 전신을 휘돈다.

치검령은 진기를 주입하여 스스로 일어난 진기를 조심스럽게 유도해 나갔다.

일 주천(一週天), 이 주천(二週天)……

진기 순환이 거듭된다.

당우의 혈색은 붉게 상기되었고, 머리에서는 하얀 김이 모락모락 피어난다.

기본공(基本功)조차 모르고, 무공에 대한 이해가 전혀 없는 당우가 운기행공을 제대로 해낸다. 평범한 무공도 아니다. 천하를 피로 물들인 조마의 투골조를 아주 태연자약하게 시전한다.

'선천적으로 타고났단 말인가!'

한순간 의문이 치민다. 더불어서 살심도 무럭무럭 피어난다. 지금 죽여야 한다는 생각이 강렬해져서 진기를 계속 이어갈 수가 없다.

치검령은 슬쩍 손을 뗐다.

츠으으으으웃!

당우는 혼자서 운공을 지속한다.

이제는 치검령의 도움을 받지 않고 홀로 서는 단계에 이르렀다. 불이 무엇인지도 모르는 어린아이의 손에 횃불을 들렸다.

'후우웁!'

치검령은 숨을 깊이 들이마셨다. 그리고 내뱉지 않았다.

지식(止息)!

모공(毛孔)도 닫았다. 눈도 감았다. 귀도 막았다.

외기(外氣)가 들어올 수 있는 모든 구멍을 차단한 후, 손을 내밀어 당우의 명문혈을 툭 쳤다.

파앗!

당우의 손끝에 운집해 있던 독기가 툭 터져 나갔다.

일다경 전까지만 해도 무공을 모르던 당우라고는 믿을 수 없을 정도로 능숙하게 신기가 발출되있다.

꽤애애액! 꽤액! 꽤애애액!

돼지가 그야말로 먹따는 비명을 토해냈다.

십여 마리의 커다란 수퇘지가 서로를 들이받으면서 미친 듯이 날뛰었다.

치검령은 당우의 목덜미를 움켜잡고 십여 장이나 쑥 물리섰다.

'우······!'

치검령의 안색이 파랗게 질렸다.

투골조의 파괴력은 상상 이상이다.

폐가 주변으로는 머리를 지끈거리게 만들 정도로 지독한 냄새가 흐른다. 취유(臭鼬:스컹크)가 방귀를 뀐 것 정도는 상대도 안 될 악취다.

독기를 정통으로 얻어맞은 돼지들은 벌써 흐물흐물 녹아내린다.

살이 녹는다. 피가 흘러나오면서 타들어간다. 녹은 살과 피는 더욱더 진한 악취를 뿜어낸다.

일성에 불과한 투골조이건만 뼈까지 검게 변색시킨다.

하나 그가 놀란 것은 그 때문이 아니다. 투골조의 잔악함은 이미 알고 있었다. 머릿속으로 상상했던 것보다 눈앞에 드러난 현실이 훨씬 충격적이지만 감당해 낼 수 있다.

그가 안색이 바뀔 정도로 놀란 것은 당우 때문이다.

투골조를 발산시키면서 새롭게 알게 된 사실이 있다.

투골조의 독기가 손끝에만 운집된 게 아니다. 류명 같은 경우에는 직접 수련을 했기 때문에 정심하게 독기를 모을 수 있었지만, 당우는 건네받았기 때문에 온전히 모으지 못했다.

명문혈에서부터 십지에 이르는 경맥에 독기의 잔재가 눌어붙어 있다. 다시 말해서 당우의 체내에 투골조의 독기가 흐른다.

당우의 원정진기(元精眞氣)와 뒤섞여 있기 때문에 알아채기가 쉽지 않지만…… 추포조두의 눈까지 속일 수는 없다.

추포조두가 당우의 시신을 살펴보면 당장 이상한 점을 발견해 낼 것이다.

당우가 투골조를 수련하지 않았고, 누군가에게서 전이받았다는 사실이 대번에 드러난다. 지금까지 꾸며온 모든 상황이 만사휴의(萬事休矣)가 된다.

당우를 죽일 수 없다!

지금 당장 죽여야 하는데 죽여서는 안 되는 상황이 벌어졌다!

천만다행인 것은 체내에 있는 독기는 시간이 지날수록 옅어진다는 것이다.

앞으로 이삼 일? 이삼 일 정도만 지나면 십지에 모인 독기 외에는 깨끗이 씻겨질 게다.

이럴 줄 알았으면…… 주입된 독기의 일부가 경맥에 끈적끈적하니 달라붙은 줄 알았다면…… 그랬다면 이삼 일 정도 석동에 숨겨두었다가 데리고 왔을 텐데.

'이삼 일 더 버텨야 돼!'

천검가를 벗어날 때만 해도 전혀 예상치 못했던 새로운 변수가 나타난 것이다.

"으……."

당우가 신음을 흘렸다.

손끝을 통해서 기분 좋게 진기를 뿜어내기는 했지만, 그 결과가 이토록 참혹할 줄은 상상도 못했으리라.

치검령이 마음을 차분하게 가라앉혔다.

이미 일이 벌어졌으니 재빨리 수습해야 한다. 당황하지 말고, 서둘지 말고, 빈틈을 보이지 말고 완벽하게 처리해야 한다.

그가 말했다.

"이게 투골조다."

"으…… 이, 이게 정말…… 제가, 제가 한 건가요?"

"그렇다."

"제가…… 제가 이런 무공을 배운 거예요?"

"그렇다."

"모, 모두…… 모두 이렇게 죽나요?"

'자신과 싸우는 사람은' 혹은 '자신에게 맞은 사람은' 모두 이렇게 되느냐는 물음이다.

치검령은 더욱 차가워진 음성으로 말했다.

"그렇다."

"제, 제가 공자님께 받은 것이……."

"누구에게 받았다고?"

"……!"

순간, 당우의 눈이 끔벅거렸다.

당우는 본능적으로 말뜻을 알아들었다.

"아, 아뇨. 누구에게 받은 게 아니라 제가 수련을…… 백곡에서 비급을 발견하고 호기심에 수련한 것이 이렇게 될 줄은 정말…… 자, 잘못했습니다."

당우는 잘못까지 빌었다.

자신이 부인을 하면 부모가 다친다. 다치지 않더라도 아버지가 그토록 갚고 싶어 하던 목숨 빚을 갚지 못하게 된다. 아니, 갚지 못하는 정도가 아니다. 일을 망가뜨렸으니 아니 한 것만 못하다. 빚을 갚으려다가 더 큰 빚만 지게 된다.

"투골조를 수련하기 위해서는 동남동녀를 납치해야 하거늘! 네가 무슨 수로 납치했더냐! 네게 무공을 가르친 자가 있을 터, 이실직고(以實直告)하거라!"

치검령은 심문이라도 하듯이 거칠게 쏘아붙였다.

묵혈도나 벽사혈이 지켜보고 있다. 투골조는 이미 드러났으니 숨길 수 없고…… 치검령의 머릿속이 부산하게 움직였다.

힐문을 받은 당우의 안색이 새파랗게 질렸다.

그가 사납게 말해서 질린 게 아니다. 투골조를 수련하기 위해서 동남동녀가 백 명이나 죽어야 했다는 사실이 꼬마를 충격의 나락으로 떨어뜨렸다.

"저, 정말 백 명이나……."

"어느 놈이 아이들을 잡아왔더냐!"

순간이다. 당우가 눈을 찔끔 감았다.

"히히! 다 내가 했는데…… 나 혼자서도 그 정도는 할 수 있다고. 내가 그깟 코흘리개들 정도 감당하지 못할 것 같아?"

당우의 말투가 싹 바뀌었다.

체념!

당우는 이제야 자신이 도저히 빠져나갈 수 없는 함정에 걸려들었다는 것을 직감했다.

부인할 수 있다. 거부할 수 있다. 아니라고 발악할 수 있다.

하나 당우는 그런 행동을 하지 않았다. 투골조를 받아들였고, 죽음까지 인정했다.

당우의 눈이 절망으로 물들었다.

사는 방법을 찾고자 했고, 치검령의 행동으로 미루어 꼭 죽지 않아도 될 것 같다는 희망까지 가져봤지만…… 이제야 자신이 얼마나 순진했는지 깨달은 것 같다.

'이 아이는…… 결코 불지 않는다.'

류명 같았으면 대번에 토설하고 말았을 일을 당우는 참아낸다. 자신이 하지도 않은 일을 묵묵히 덮어쓴다.

당우가 군자(君子)라서 그러는 게 아니다. 노름꾼의 자식으로 태어나 진짜 노름꾼이라면 어떻게 살아야 한다는 것을 은연중에 배우면서 큰 것이다.

당우는 노름꾼의 법칙을 따르고 있다.

"훗! 이제야 알겠네. 아이들 어쩌고저쩌고, 원정(元精) 어쩌고저쩌고…… 그 말이 무슨 뜻인지 도대체 모르겠던데…… 히히! 아저씨, 나 몇 성이나 익힌 거예요?"

당우가 속삭이듯 작은 음성으로 물어왔다. 순간,

'죽여야 해!'

치검령은 지금 죽여야 한다는 생각이 들어 손을 부들부들 떨었다.

지금 죽이면 안 되지만…… 이대로 놓아주는 건…… 놓아준다고 해도 약간 수고를 더하는 것뿐이지만…… 아주 위험할 수 있다. 이 아이는 생각한 것보다 훨씬 영악하다.

'아! 죽여야 하는데…….'

스릉!

검을 뽑았다.

"널 죽이겠다."

당우의 얼굴에 처연한 미소가 어렸다.

어쩌다가 내뿜은 독기를 또 뿜어낼 수 있을지 모르겠다. 설혹 뿜어낸다고 해도 치검령 같은 절정무인이 베고자 하는데 피할 수 있을지 모르겠다.

그때, 치검령이 이상한 소리를 했다.

"난 단 일 합에 네 심장을 가를 것이다."

"네, 그러세요."

"심장에 가죽 보호대를 넣어두었다."

'언제?'

당우의 눈이 놀람으로 부릅떠졌다. 뿐만이 아니라 손을 들어 가슴을 만져 보려고 했다. 그러자 치검령이 눈을 부라렸고, 상황을 파악한 당우는 슬그머니 손을 내렸다.

"넌 일합에 죽지 않을 것이다. 네가 죽지 않으면 난 다시 이 합을 쓴다."

"네."

당우는 바싹 긴장해서 들었다.

사람을 죽이면서 말을 장황하게 늘어놓는 사람은 없다. 단칼에 베어버리면 그만이다. 말이 많다는 것은 죽일 의사가 없다는 것이고, 이곳에 살길이 있다.

"하니 넌 일합을 맞자마자 바로 튀어라."

"튀어요?"

자신이 도주할 수 있냐는 물음이다. 도주해 봤자 몇 걸음 뒤지 못해서 잡히지 않겠냐는 뜻이다.

"폐가, 돼지, 시궁창."

"알았……."

당우가 말을 끝내기도 전,

쒜엑!

검광이 허공을 번뜩였다.

타악!

검은 정확하게 당우의 심장을 두들겼다.

"꺽!"

당우는 숨넘어가는 비명을 토해냈다. 비록 검상을 입지는 않았지만 쇠로 두들겨 맞았으니 가슴뼈가 두어 대는 부러졌으리라.

"이런!"

치검령은 실수를 자인한 듯한 실소를 흘렸고, 당우는 그 순간을 놓치지 않고 폐가 안으로 쏙 들어갔다.

당연히 치검령이 뒤를 쫓았다. 하나,

"웃!"

치검령은 폐가 안으로 쫓아 들어가지 못하고 급히 물러섰다.

폐가 주변에 독기가 흐른다.

동남동녀 백 명의 원혼이 깃들어 있는 투골조의 독기가 살아 있는 생명체를 모두 집어삼킬 듯이 너울거린다.
 그렇다. 투골조의 독기로 뒤덮인 폐가 주변은 이 세상에서 오직 투골조를 전개한 장본인만 들어설 수 있다. 아니면 독의 조종(祖宗)이라는 당문(唐門) 무인들이라도 와야 할 게다.
 "이런!"
 치검령은 폐가를 노려보면서 어처구니없다는 듯 낯을 붉혔다.

第三章
당우(戇牛)

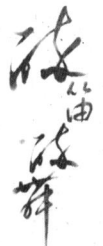

1

죽음이 코앞에 있다.

치검령이 어떻게 손을 쓰는지 보지도 못했다. 무엇인가 눈앞에서 번쩍! 하고 섬광이 터지는 것까지는 본 것 같은데…… 순간, 가슴에서 쪼개지는 듯한 통증이 치밀었다.

아주 지독한 고통이다.

세상에서 태어나서 처음으로 맛본 고통이다.

하나 고통이 제대로 느껴지지 않았다. 솜털이란 솜털은 모두 곤두서면서 달리지 않으면 죽는다는 생각만 가득했다.

'죽어! 죽어! 죽어!'

아무 생각도 나지 않는다. 머릿속이 하얗게 재가 되어버렸다.

달려야 한다. 도주해야 한다.

두 다리가 후들후들 떨리고, 일검을 맞은 가슴은 창으로 찔린 듯 아파오지만 거기까지 신경 쓸 정신이 없다. 죽을힘을 다해, 정말 어떻게 달린 줄도 모른 채 폐가 안으로 뛰어들었다.

"헉! 헉!"

입에서 거친 숨이 쏟아져 나왔다.

그래도 쉬면 안 된다. 금방이라도 치검령이 달려들어 그가 말했던 것들 중에 두 번째인 이검을 쏘아낼 것 같다.

두 번째는 정말 목숨을 빼앗는다고 했다.

'도, 도망…… 도망가야 해!'

아무 생각도 들지 않는다. 떨리는 마음으로 오로지 몸을 숨길 곳만 찾는다.

급하다! 급하다!

마치 등 뒤에서 맹견(猛犬)이 덮쳐 오는 느낌이다.

우선 급한 대로 죽은 돼지들 틈에 몸을 눕혔다.

─폐가, 돼지, 시궁창.

치검령은 그 세 마디를 말했다.

폐가로 도주하고, 돼지가 있는 곳에 시궁창이 있으니 그곳으로 대피하라는 소리로 들린다.

당우는 벌떡 일어나 시궁창을 찾았다.

돼지들의 모습은 참혹하다.

살아 있을 때는 누런 돼지였는데, 지금은 검푸른 돼지로 변했다. 구멍 뚫린 곳에서는 검붉은 고름을 줄줄 흘려내고, 배는 물을 들이부은 것처럼 탱탱하게 부풀어 올랐다.

냄새는 역겹기 이를 데 없다.

세상에서 가장 지독한 냄새를 모두 모아놨다고 하면 딱 알맞을 것 같다.

그런데 이상한 게…… 그런 냄새가 시간이 지날수록 편해진다.

돼지가 쓰러진 틈을 비집고 드러누울 때만 해도 어제 먹은 게 올라올 정도로 역겨웠는데, 조금 누워 있자니 늦은 저녁에 군불 때는 냄새처럼 고소해진다.

하나 당우는 그런 변화를 감지하지 못했다.

치검령! 치검령! 치검령!

온 신경이 바깥 동정에 기울어졌다.

치검령이 들어오면 죽는다. 그가 들어오기 전에 시궁창을 찾아야 한다.

당우는 혹여 치검령이 들어올까 봐 전전긍긍하면서 시궁창을 찾기에 급급했다.

치검령은 들어오지 않았다. 또한 시궁창도 찾아지지 않았다. 폐가 어딘가에 시궁창이 있을 텐데, 아무리 찾아도 눈에 띄지 않았다. 하다못해 도랑이라도 있으면 뒤적거려 보기라도 할 텐데, 그것마저도 보이지 않았다.

'여기 어디 시궁창이 있을 텐데…….'

조금이라도 이성이 있다면 말도 안 되는 소리라는 걸 알 것이다.

폐가는 깊은 산속에 있다. 산속에 집을 지었는데 무슨 시궁창 같은 걸 만들겠는가.

시궁창은 없다.

여기도 찾아보고, 저기도 찾아보고…… 그러다가 죽어 있는 돼지에게 시선이 고정되었다.

커다란 수퇘지 밑에 무엇인가 있는 것 같다.

시궁창인지 아닌지 알 수는 없는데 무엇인가 있는 것 같기는 하다.

당우는 재빨리 수퇘지에게 다가가 앞다리를 잡고 들어 올렸다.

"끄응!"

수퇘지는 자신이 들어 올릴 수 없을 정도로 크다.

무게가 백 관은 훨씬 넘을 것 같은 엄청난 돼지를 무슨 수로 들어 올린단 말인가. 마음이 급해서 밀치기라도 했으면 좋겠다는 심정으로 다리를 들어 올리기는 했지만, 수퇘지를 움직일 수 있을 것이라고 기대하지는 않았다.

그런데 돼지가 들썩거렸다.

'응?'

당우의 얼굴에 희색이 만연했다.

생각하지도 않았던 일이 벌어진다. 사람이 급하면 초인적인 힘을 낸다더니 지금이 그런 것인가?

'다시 한 번!'

"끄응!"

수퇘지가 확실히 들썩거렸다.

백 관을! 장정 여섯 명을!

"끄으으응!"

이번에는 조금 더 힘을 주어서 옆으로 밀쳐 보았다.

수퇘지가 들썩들썩하더니 스륵 옆으로 밀려났다. 그리고 그 자리에 작은 나무 뚜껑이 드러났다.

'여기닷!'

당우는 기쁜 마음에 뚜껑을 활짝 열었다.

순간, 지금까지 맡았던 냄새보다 훨씬 지독한 냄새가 물씬 풍겨 나왔다.

시궁창이 맞다. 시궁창이 아니라면 이런 냄새가 날 리 없다.

더 볼 것도 없다. 들어가야 한다. 치검령이 언제 들이닥칠지 몰라서 마음이 불안하다.

당우는 엄지와 검지로 코를 꽉 막고 힘껏 뛰어내렸다.

풍덩!

시궁창은 없었다.

치검령은 변갱(便坑)을 시궁창으로 잘못 알았다. 자세히 살펴본 것이 아니라 얼핏 본 것을 말해준 것이다.

당우는 몇 년을 묵었는지 모를 똥구덩이 속에서 언제 들이닥칠지 모를 치검령을 생각하며 벌벌 떨었다.

시간이 흐른다.

숨 한 호흡, 숨 두 호흡, 숨 세 호흡······.

금방 들이닥칠 것 같은 치검령은 들어설 기미를 보이지 않는다.

그래도 당우는 손가락만 한 구멍에서 눈을 떼지 못했다. 변갱을 막고 있는 뚜껑을 예의 주시했다.

누군가 뚜껑을 들어 올린다면 어떻게 할까?

할 수 있는 게 별로 없다. 일단은 머리끝까지 똥물 속에 담가야 한다. 겉에서 삭은 분뇨와 안에 있는 분뇨가 다르기 때문에 곧 들통날 테지만 그래도 그 수밖에는 없다.

밝음이 사라지고 어둠이 뒤덮었다.

어둠이 짙고 짙게 깔려 사위가 깜깜해졌다. 그야말로 코앞에 사람이 있어도 알아보지 못할 정도로 어둠이 짙게 드리워졌다.

한밤중이다.

길고 추운 밤이다.

'왜 안 오지?'

왔어도 벌써 왔어야 할 사람이 나타나지 않으니 불안감이 가중된다. 한편으로는 오지 않았으면 좋겠다는 생각이 간절하면서도 그럴 리 없다는 생각이 더 크게 다가선다.

절대로 그냥 놔줄 리 없다.

죽이기로 작심했으면 죽일 것이다.

그래도 치검령은 오지 않는다. 누가 걸어오는 발자국 소리도 들리지 않는다. 하기는 무인이 발자국 소리를 낼 리 있나. 소리없이 다가와 살며시 목을 따가겠지.

똥구덩이 속에서 기어나오고 싶은 마음이 간절하지만 죽고 싶지 않기 때문에 나올 수 없었다.

그러다가 이상한 점을 발견해 냈다.

똥구덩이 속에는 똥을 먹고사는 벌레들이 많다. 구더기도 있고, 지네도 있으며, 도대체 무엇을 잡아먹고 살겠다는 것인지 알 수는 없지만 거미줄도 쳐져 있다.

징그러운 벌레들은 모두 모여 있다.

한데 어떤 놈도 곁으로 다가서지 않는다. 분뇨 속에 몸을 담그고 있은 지 꽤 오래됐는데도 구더기 한 마리 달라붙지 않는다.

당우는 신기한 마음이 들어 손을 뻗어봤다.

츠츠츠츳!

벌레들이 천적을 만난 듯이 발버둥 치며 도망간다.

구더기처럼 느려 터진 놈들은 손길을 피하지 못한다. 손을 뻗으면 그대로 잡힌다. 한데 손에 잡힌 놈들이 사력을 다해서 꿈틀거린다. 이리 뒤틀고 저리 뒤틀고…… 그러다가 진이 빠졌는지 축 늘어져서 꼼짝도 하지 않았다.

'죽었어!'

손바닥을 뒤집어 움직이지 않는 구더기를 떨궜다.

분뇨 위에 떨어진 구더기는 꼼짝도 하지 않는다. 손아귀에서 벗어났는데도 움직이지 못한다.

죽었다!

'손에 잡기만 했는데…… 투골…… 투골조!'

당우는 어찌 된 영문인지 금방 파악했다.

자신이 발출한 것은 아니지만…… 치검령의 도움을 받아서 투골조를 발출하자 돼지 십여 마리가 나가떨어졌다.

직접 손으로 격타당한 놈도 있고, 매캐한 냄새만 맡은 놈도 있다.

그놈들 모두 죽었다.

'독이야!'

그는 비로소 돼지들이 왜 그토록 처참하게 죽었는지 이유를 알았다. 격타당하지 않은 돼지까지 함께 나뒹군 이유도 명확하게 설명되었다.

'이거라도 연마해야 돼!'

자신에게 주어진 것은 투골조밖에 없다. 있어봤자 소용없지민 흔히디흔한 칼 한 자루, 낫 한 자루 없다.

투골조를 연마해야 한다.

사람들은 별로 크지도 않은 뱀을 무서워한다. 독이 있기 때문이다. 주먹보다 조금 큰 고슴도치도 마음껏 활개 치고 다닌다. 가시가 있어서이다.

사람들이 두려워하는 게 있다면 쉽게 죽지는 않는다.

죽을 때는 죽더라도 반항하고 싶을 때 주먹질이라도 해볼 수 있다.

'구결을 알고, 사용하는 방법을 알고…… 숙달만 시키면 돼!'

다행히도 머릿속에는 투골조의 구결이 상세하게 풀이되어 있다. 치검령이 풀이해 줬고, 자신이 고민을 거듭한 끝에 한 단계 더 깊이 파악해 놨다.

치검령은 투골조를 몸 밖으로 발출할 수 있는 방법까지 가르쳐 주었다. 말로 가르쳐 준 게 아니다. 진기를 주입해서 직접 도인해 주었다. 단전에서 진기를 어떻게 일으키며, 어떤 부위로 움직여서, 발출은 어떻게 하는지까지 몸으로 일러주었다.

정심식기, 마음을 가다듬어 호흡을 주시하라.

들이켜고 내쉬는 호흡을 주시하라? 맞는 말이다. 하지만 여기서는 조금 더 깊이 들어가야 한다. 들숨, 날숨은 단전에서 시작되어 단전에서 마무리된다.

단전의 움직임을 주시하라.

당우는 똥구덩이 속에서 손과 발을 움직였다. 몸을 움직일 때마다 역한 냄새가 피어났고, 더러운 분뇨가 얼굴까지 튀었지만 아랑곳하지 않았다.

'기동심칙동(氣動心則動), 기정심칙정(氣靜心則靜)! 마음으로 움직이고 마음으로 고요히······.'

스웃! 스스슷!

몸을 움직이면서 단전 진기를 유통시킨다. 치검령이 이끌었던 대로, 뜨거운 불덩이가 지나갔던 경로를 쫓아서 기동심(氣動心), 기정심(氣靜心)으로 움직인다.

'견주삼마지(堅住三摩地)!'

삼마지는 사맛디라고 하며 정(定)으로도 풀이한다.

깊이는 몰라도 불교에서 사용하는 말이라는 정도는 안다. 어깨너머로 아버지의 밀마를 훔쳐 배우면서 관심있게 보았던 부분이다.

마음을 한곳에 모아 산란치 않는 정신!

삼마지에 견주(堅住)라면 태산이 무너져도 꿈쩍하지 않는 부동심(不動心)이다.

삼마지가 불교에서 온 말이니 그쪽으로 파고들면 견주삼마지라는 말이 아주 다르게 해석된다. 마구리와 연결 지어서 해석할 수도 있다. 선(善)도 악(惡)도 아닌 중도(中道)가 되기도 한다.

일단 그쪽 부분은 피한다.

더 깊이 들어가려고 해도 그만한 학문이 없다.

흔히 아는 만큼 보는 것이라고 하지 않던가. 현재 입장에서 최선을 추구하면 족한 것이다.

'부동심 쪽으로만 해석해도 충분해.'

쉬익! 퍼억!

갈고리처럼 오그라진 손가락이 분뇨를 후려쳤다.

삭을 대로 삭은 분뇨가 사방으로 터져 나갔다. 그러잖아도 작은 똥구덩이는 비산한 분뇨로 뒤범벅이 되었고…… 당우 역시 똥물을 한 무더기나 뒤집어썼다.

그러나 당우는 웃었다.

"됐어!"

자신도 모르게 희열로 들뜬 음성이 새어나왔다.

투골조는 성공적으로 발출되었다. 캄캄한 어둠 속에서 분뇨를 향해 쳐냈기에 위력은 알 수 없지만 돼지를 죽일 때처럼 지독한 악취가 풍긴다.

분뇨의 냄새는 향기롭게 느껴진다.

토악질을 열댓 번은 하고도 남을 정도로 지독한 냄새다.

"우······!"

당우는 냄새를 견디지 못하고 목을 붙잡았다.

똥구덩이에 빠졌을 때도 치밀지 않던 토악질이 불현듯 솟구쳤다.

'나가야 해. 이 냄새를 맡고는 살 수 없어.'

이 순간, 치검령은 생각나지 않았다. 밖에 자신을 죽일 사람이 기다리고 있다는 생각도 들지 않았다. 오로지 한 생각 드는 것은 분갱을 빠져나가야 한다는 일념뿐이다.

그는 두 번 생각도 하지 않고 위로 기어올라 갔다.

만물이 고요히 잠든 깊은 밤이다.

그동안 죽은 돼지는 배가 터져 버렸다. 장기가 썩으면서 부풀어 올랐고, 마침 가죽도 썩어 들어가던 참이라 쉽게 터져 버렸다.

지독한 악취가 코를 찌른다.

분갱 속에서 맡았던 냄새와 하등 다를 바 없는 냄새가 온 천지에 진동한다.

한데 정말 이상한 것이 있다. 분갱을 기어나올 때 느낀 점인데, 냄새가 맡아지지 않는다. 처음에는 머리가 아파올 정도로 지독했는데, 급속하게 옅어져 갔다.

분갱을 빠져나올 즈음에는 언제 냄새가 났느냐 싶게 아무 냄새도 맡을 수 없었다.

그런 점은 바깥에서도 마찬가지다.

돼지 썩는 냄새가 천지를 진동하고 있구나 하는 생각을 하자마자 곧 냄새가 사라져 버렸다.

아무 냄새도 맡아지지 않는다.

후각이 완전히 마비된 것 같다.

하기는 그럴 만도 하다. 그토록 지독한 냄새를 정통으로 몇 차례나 맡았는데 코인들 멀쩡할 수 있겠는가.

'우선 씻자.'

당우는 온몸에 묻은 분뇨를 보면서 씩 웃었다.

이제야 비로소 살아 있다는 실감이 난다. 온몸이 똥으로 얼룩져 있어도 기분이 날아갈 듯 가볍다. 검은 하늘에 총총히 떠 있는 달과 별도 무척 반갑다.

살아 있다는 건 정말 좋다.

아버지는 평생 노름밖에 한 일이 없다.

어머니와 함께 뙤약볕에서 농사를 지을 때도 아버지는 그늘에서 골패만 만지작거렸다.

노름을 많이 한 것도 아니다. 돈이 없어서 도박판만 기웃거리는 것이 고작이었다. 또 어쩌다가 돈푼깨나 생겨서 도박을 하면 돈이 얼마가 됐든 간에 한 시진 안에 탈탈 털리셨다.

그런 재주로 어떻게 도박꾼이라는 말을 달고 사셨는지.

농사는 거들떠보지도 않는다. 논에 물 한 번 대본 적이 없고, 밭에서 잡초 한 뿌리 캐본 적이 없다. 도무지 몸을 쓰는 노동이라면 아예 할 생각을 하지 않으신다.

그러니 어머니의 속은 어떻겠는가. 심장은 새카맣게 타서 숯이 된 지 오래다. 울화병이 치밀어 늘 가슴을 부여잡고 사셨다. 밥만 드셨다 하면 얹히셨고, 두통과 불면증 때문에 날밤을 새우신 게 한두 번이 아니다.

아버지는 참 못된 분이다.

그래도 아버지가 밉지 않다. 머릿속에 현묘한 지식을 품고 있기에, 그 사실을 알기 때문에, 시대를 잘못 만난 천재이기 때문에 아버지의 아픔을 읽는다.

취기가 이성을 망각시킬 때면 동서고금(東西古今)의 학문이 줄줄 흘러나온다. 어디 나라 말인지도 모를 말들이 꼬부라진 혓속에서 슬슬 녹아 나온다.

밀마에 대해서도 많은 말을 하셨다.

취기에서 벗어나면 무슨 말을 했는지조차 모르지만…… 많은 것을 가르쳐 주셨다.

그런 것들이 재미있다.

농사를 짓는 것보다 모르는 것을 풀어헤치는 맛이 훨씬 더 좋다.

아버지가 좋은 신분으로 태어나 체계있게 학문을 배우셨다면 이름난 학자가 되셨을 텐데.

그런 아픔을 알기에 아버지를 미워할 수 없다.

당우는 찬물을 쫙쫙 끼얹었다. 흐르는 계곡물에 몸을 씻었다.

씻고, 씻고, 또 씻어도 똥 냄새가 가시지 않아서 아예 물속에 몸을 담갔다. 그래도 냄새가 여전히 난다. 묵은 똥에 풍덩 빠졌다 나왔으니 오죽하랴.

한참을 그러고 있자니 어느 정도 냄새가 가신 것 같다.

풀잎의 싱그러움이 맡아진다. 진한 흙 냄새가 맡아진다. 하지만 역한 악취는 맡아지지 않는다.

그래도 계속 씻었다.

마땅히 갈 곳이 없다. 이 시점에서 어떻게 행동해야 할지 갈피를 잡지 못하겠다.

어떻게 할까? 살아야 하나, 죽어야 하나.

치검령이 튀라고 했으니까 도주하는 게 잘못은 아니겠지? 그래도 아버지의 목숨 빚은 갚아지는 거겠지? 아닌가? 일단 튀었다가 천검가로 다시 돌아오라는 소리였나?

그냥 냅다 도주해야 하나? 아니면 천검가로 돌아가서 죽여줍쇼, 하고 목을 내밀어야 하나.

생각을 거듭했지만 판단이 서지 않는다.

이럴 때는 역시 아버지다.

'아버지에게 가자!'

아버지에게 돌아가서 자초지종을 이야기하면 다짜고짜 손을 잡고 천검가로 들어설 것 같다.

한 번 내맡긴 목숨이니 끝까지 내맡길 게다.

아버지라면 그러고도 남는다. 부자지간(父子之間)이라거나 혈육(血肉)의 잣대로 아버지를 재면 큰코다친다. 아버지에게는 혈육보다 진한 무엇인가가 있다. 그것을 위해서 한평생을 사셨으니 이제 와서 버릴 리 없다.

어머니는 아버지의 그런 점을 이해하지 못한다.

자신도 이해하지 못한다. 하지만 약간은, 아주 조금은 알 것 같기도 하다.

아버지가 죽으라고 하시면 다시 죽으러 간다.

풀어주었으니 마음 놓고 도주하라시면 도주한다. 그럴 리는 없지만, 혹여 멀리 가서 잘살라고 하실 수도 있지 않은가. 그렇게 말하시면 그 말을 따른다.

어떤 말이든 아버지라면 해주실 수 있을 것 같다.

'틀림없이 죽으라고 하실 텐데.'

당우는 툴툴거리면서 젖은 옷을 걸쳤다.

2

열서너 살!

추포조두는 벌떡 일어섰다.

치검령이 어린아이를 데리고 다닐 때만 해도 무언가 일을 벌인다는 느낌은 받았다. 아니, 틀림없이 은폐 시도가 있으리란 점을 파악했고, 그래서 주시했다.

그 아이, 겨우 열서너 살밖에 되어 보이지 않는 어린아이!

"시골 촌놈이라서…… 투골조를 수련할 놈으로 보이지도 않았고…… 치검령이 무엇 때문에 그런 아이를 끌고 다니나 싶었는데…… 후후! 감쪽같이 당하고 말았습니다."

"증거는?"

"따로 수집할 필요가 없습니다. 지금도 폐가에는 투골조의 흔적이 남아 있어요. 약 일성 정도의 투골조인데, 그것만으로도 독기가 상당히 심합니다. 치검령이 뛰어들지 못할 정도였으니까요."

"속았구나."

"네?"

"시골 촌놈이 투골조를 어디서 배워."

"지도 그렇게 생각했는데 틀림없이 썼습니다."

"치검령의 반응은?"

"치검령도 몰랐다는 눈치였어요. 돼지를 상대로 쓰게 했는데, 정확하게 터져 나오더군요."

"사부(師父)는?"

"거기까지는 아직."

"동남동녀를 납치해 온 자는?"

"그건 분명히 들었는데, 꼬마가 자신이 했다고 그러더군요. 그까짓 코흘리개쯤은 얼마든지 잡아올 수 있다나 어쨌다나."

"후후후!"

추포조두는 웃었다.

세상에는 상식이라는 것이 있다. 아무리 기변이 들끓는 무림이라지만 열서넛밖에 되지 않은 어린아이가 백여 명이나 되는 아이들을 납치해 온다는 건 도저히 생각할 수 없다.

이게 상식이다.

아이는 투골조를 수련하지 않았다.

한데 아이와 치검령이 엮이는 순간, 아이는 투골조를 수련한 사마로 둔갑했다.

치검령의 농간이 역력히 보인다.

치검령이 수작을 부린 건 분명한데…… 증명하기는 까다롭다. 천검가에서 자체적으로 범인을 색출해 냈다고 하면 그만이다.

속이 환히 들여다보이는 수작이지만 이만큼 효과적인 것도 없다.

차시환혼(借屍還魂)!

아이를 빌려서 흉수를 살린다.

흉수는 아직도 천검가에 있을 터이지만 자신이 파악할 수는 없다.

치검령은 천검가와는 하등 상관없는 장소로 아이를 끌고 갔다. 그리고 그곳에서 투골조를 시전시켰다.

투골조와 천검가와의 관계를 완전히 끊어버린 것이다.

이 부분까지는 치검령의 승리다.

그의 은폐 작업은 완벽했고, 더 이상 추궁할 길조차 없게 만들었다.

자, 그럼 다음 작업은 무엇일까?

아이를 죽이는 것이다. 투골조를 세상에서 지워 버리는 것이다. 아이가 돼지를 죽이는 순간에 치검령의 검이 아이의 목을 베어내기만 했다면 끝난다.

일이 이런 식으로 정리되었다면 자신과 좌우쌍비는 보따리를 꾸려야 한다.

더 이상 어떻게 해볼 것이 없다. 천검가에서 흔적을 찾는다는 건 하늘의 별 따기일 것이고, 아이에게서 드러나는 것도 없으리라.

투골조에 대한 사건은 아이의 단독 범행으로 끝난다.

한데 여기서 헷갈린다.

치검령이 아이를 살려줬다?

죽이지 못한 게 아니라 살려준 게다. 치검령 같은 고수가 꼬마 아이 하나 베지 못했다고 하는 건 지나가는 개도 웃을 말이다.

치검령이 왜 아이를 살려서 도주시켰을까? 죽이기만 하면 투골조에 대한 일이 마무리되는데 왜 죽이지 않았을까?

도주시킨 이유는 한 가지뿐이다.

'죽일 수 없는 이유가 있다!'

"후후! 후후후!"

추포조두의 눈에 기광(奇光)이 번뜩였다.

"천검가주의 심장 좀 뛰게 해줄까? 벽사혈, 천검가를 공식 방문해."

"그런 건 내 취향이 아닌데…… 방문해서 주둥아리 나불대는 건 묵혈도가 낫지 않아요?"

"놀리는 맛이 있잖아. 천검가주를 희롱하는 맛이 쏠쏠할 텐데?"

"쳇! 재미없어. 뭘 알아보면 돼요?"

"천검가를 봉쇄한다고 선포했으니 먼 길을 떠난 자는 없을 것이고…… 폐관수련이군. 어제오늘 사이에 폐관수련을 하겠답시고 몸을 숨긴 자가 누군지 찾아내."

"폐관수련 들어간 놈을 끄집어내게요? 말도 안 돼. 누가 그런 일을 허락해요? 더군다나 투골조가 밖에서 툭 터져 나왔으니…… 쳇! 꼬마 아이에게 덮어씌울 줄이야."

벽사혈도 그 점이 못내 아쉬운 듯했다.

아이가 천검가의 자식이거나, 무공 수련을 받은 무인이거나, 하다못해 주목할 만큼 건장한 사내만 되었어도 예의 주시했을 것이다. 그런데 꼬마다. 아무것도 모르는 꼬마를 데리고 왔다 갔다 한다. 하니 누가 깊이 살피겠는가.

단단히 당했다는 생각이 깊다.

'후후! 아직 당한 건 아니지.'

추포조두의 눈이 점점 투지를 띠어갔다.

"폐관수련에 든 자가 누군지 확인했거든…… 후후후! 천검가를 휘저어봐."

"어느 정도나 휘저을까요?"

"천검가주의 속이 뒤집힐 정도로. 폐관수련에 든 놈을 샅샅이 조사하는 거야. 일 년 후, 이 년 후, 십 년 후…… 언제가 되었든 폐관이 끝나면 반드시 놈을 조사할 거라는 인상을 심어줘."

"그런 건 묵혈도가 정말 딱인데."

"넌 왜 나만 끌고 들어가냐!"

"네가 딱이잖아."

"묵혈도는 사내다. 묵혈도가 나서면 충돌이 일어날 공산이 커. 천검가의 자존심은 함부로 건드릴 게 아냐."

"치잇! 나도 여자로 보는 사람이 있나?"

"후후후! 넌 매력적인 여자야."

"호호호! 고마워요. 이 맛에 조두님을 따라다닌다니까."

벽사혈이 몸을 일으켰다.

추포조부는 그녀가 떠나기 무섭게 묵혈도를 쳐다보며 말했다.

"아이를 찾아!"

"아이를요?"

"꼬마는 살아 있다. 잡아와."

"아이는 이미 빼돌려졌을 겁니다. 폐가에 그대로 놔두지는 않았을 것이고…… 찾으려면 천검가를 뒤져야 하는데 저 혼자서는 무리입니다. 이럴 것 같았으면 차라리 벽사혈과 같이 움직이는 게 낫지 않을까요?"

"아니, 은밀히 잡아오라는 게 아니다. 공식적으로 드러내 놓고 잡아와."

"……?"

"혼자서 무리라면…… 삼십홀을 써라."

"알겠습니다."

묵혈도가 가는 눈을 더욱 좁히며 일어섰다.

눈빛이 독사의 눈처럼 살기를 띤다.

추포조두는 생각이 어느 정도 정리되자 다시 의자에 주저앉았다.

치검령의 생각을 읽었다.

정말로 그가 열서너 살짜리 어린아이를 이용할 줄은 몰랐다.

이런 일은 사파의 마두조차도 하지 않는 일인데…… 과연 은폐의 달인답게 숨길 수 있는 것이라면 무엇이든지 이용한다. 그에게 삶과 죽음은 부차적인 것이다. 명예나 돈도 상관치 않는다. 오로지 숨기는 데만 전력을 다한다.

무림에 이런 식으로 일하는 곳이 있다.

치검령이 그곳 출신이라면…… 그곳에서 무공을 갈고닦았으며, 병법(兵法)을 배운 자라면…… 자신이 당한 게 이해된다.

그를 쉽게 봤다가 당한 것이다.

하지만 승부가 끝난 건 아니다. 싸움은 이제부터 시작이다.

지금까지는 천검가에서 수작을 부렸지만 이제부터는 자신

이 공격한다.

'투골조……'

추포조두는 투골조에 대해서 생각했다.

"그럼 아이를 잡아오겠습니다."

묵혈도가 밖으로 나가며 말했다.

추포조두는 그 말을 듣지 못했다. 그는 이미 생각 속에 함몰되어 버렸다.

치검령은 차시환혼의 계(計)를 썼다. 진범은 빠져나가고 아이가 누명을 뒤집어썼다. 그러는 과정 중 하나가 누군가로부터 내공전이를 받은 것이다.

'내공전이…… 동남동녀의 정기를 빨아들여서 연성한 공부를 남에게 주자니 아까웠겠군. 참으로 주고 싶지 않았을 거야.'

그는 내공을 일으켜 찻잔을 잡았다.

내공이 찻잔에 전해지고, 찻물이 부르르 떨린다.

'독기를 손끝에 모은다. 독기를 모은다…… 독기를 전해 받는다. 독기가 몸속에 억지로 들어온다.'

찻잔이 금방이라도 깨질듯 부르르 떨렸다.

내공이 찻물에 전해질 때, 찻잔은 적지 않은 충격을 받는다. 찻잔에 아무런 영향도 미치지 않고 찻물을 움직일 수는 없다. 찻잔이 딱딱한 자기라서 형체 변화가 없는 것뿐이지 형질(形質) 변화는 일어나고 있다.

'독기를 몸속에 주입시키고…… 후후후! 이거였나.'

해답은 뜻밖에도 간단한 곳에 있었다.

현재 투골조의 독기는 아이의 전신에 고루 퍼져 있다. '고루'라는 말은 어폐가 있다. 골고루 퍼져 있는 것이 아니라 넓게 퍼져 있다.

원래 투골조의 독기는 올곧이 손끝에 모여 있어야 한다. 전신에 넓게 퍼져 있어서는 안 되는 거다. 사방팔방에 잔재가 깔려 있다는 것은 독기를 자신이 쌓은 게 아니라 누군가로부터 전해 받았다는 직접적인 증거다.

이것이다!

아무리 천검가라도 무학에 대한 상식마저 부인할 수는 없다.

치검령은 아이가 독기를 녹여낼 때까지, 그래서 오로지 십지(十指)에만 독기가 쌓이고 경맥에는 티끌만 한 불순물조차 남아 있지 않을 때까지 기다려야 한다.

그래서, 그래서 아이를 죽이지 못했다.

죽이고자 데려갔지만 죽이지 못하고 살려 보내야만 했다.

치검령조차도 예상하지 못한 변수가 현장에서, 그것도 죽이기 일보 직전에 툭 튀어나온 것이다.

"하하하! 하하하하!"

추포조두는 큰 웃음을 터뜨렸다.

죽일 아이를 앞에 두고 죽이지 못하는 마음을 읽고 있자니 우스워서 견딜 수 없다. 안색이 처참하게 일그러지고 있었을 치검령의 모습을 상상하자 웃음이 절로 터져 나왔다.

당우(戇牛) 107

체내에 독기가 완전히 사라지는 날, 아이는 죽는다.

'꼬마가 투골조를 보인 이상 천검가에서 숨겨놓을 수는 없을 것. 숨겨놓더라도 천검가 밖이겠지. 후후후!'

추포조두는 다 식어버린 차를 마셨다.

생각을 깊이 하다 보면 차가 식기 일쑤다. 그러면 보통 따뜻한 차로 바꿔 마시는데, 그는 그러지 않는다. 식은 대로 찻잔을 들어 후르륵 마셔 버린다.

차가 식으면 떫은 느낌이 진하게 우러나는데 그런 느낌이 좋다.

치검령이 꼬마 뒤를 쫓아서 폐가로 뛰어들지 못한 건 이해한다. 피독주(避毒珠)나 영단(靈丹)의 도움을 받지 않고 투골조의 독기를 맨몸으로 감당해 낼 사람은 흔치 않다.

꼬마의 성취가 비록 일성에 불과하다지만 독기는 독기, 무시할 수 없다.

그러면 치검령은 어디서 아이를 잡아챌까?

예상을 하고 놓아준 것이 아니다. 급격한 상황 변화에 맞춰서 임시방편으로 놓아준 것이다. 사전 약조가 이루어지지 않은 방면(放免)이다. 하니 그 역시 잡을 만한 곳을 생각해야 한다.

"후후후!"

그는 웃으면서 일어섰다.

아이를 어디서 잡아야 하는지는 이미 알고 있다.

벽사혈과 묵혈도를 천검가로 보낼 때, 이미 짐작하고 있었다.
 벽사혈이 재미있는 말을 했다.

 —치검령이 도광도부를 만났다.

 아이가 등장한 것은 그다음이다. 치검령이 도광도부를 만났고, 그 후에 아이가 등장했다. 하면 도주한 아이가 갈 곳이 어디겠는가.
 '치검령, 드디어 우리가 만날 차례인가. 후후후!'

 *   *   *

 뎅뎅뎅뎅뎅!
 수년 동안 침묵을 지키던 비상 타종이 요란하게 울렸다.
 "뭐야?"
 "누가 쳐들어오기라도 했나?"
 "쳐들어오기는 누가 감히 쳐들어와!"
 "그렇지?"
 "무슨 일인지 모르겠지만 빨리 가보세."
 사람들이 두런거리며 연무장(練武場)으로 발길을 옮겼다.
 천검가의 모든 사람들이 한자리에 모였다.
 두런두런, 두런두런…… 온갖 잡담을 늘어놓으며 어슬렁어슬렁 모여들던 사람들은 연무장 상석(上席)에 가주가 앉아 있는 것을 보고는 급히 입을 다물고 재빨리 움직였다.

연무장 바깥은 소란스러웠지만, 연무장 안은 쥐 죽은 듯 조용했다.

"쿨룩!"

누군가 마른기침을 터뜨렸다. 그 소리가 천둥처럼 울린다. 마른기침을 터뜨린 자는 급히 손으로 입을 막았다.

"다 모였습니다."

장자(長子)인 류정(劉靖)이 공손히 말했다.

막내인 류명은 열여섯에 불과하지만 류정은 이미 마흔을 넘긴 중년인이었다.

가주가 알았다는 듯 고개를 끄덕였다.

"시작하겠습니다."

이번에도 가주는 고개만 끄덕였다.

류정이 일어서서 단상으로 올라섰다.

"풋!"

벽사혈은 코웃음을 흘렸다.

류정은 장황하게 연설을 늘어놓고 있다.

그는 달변(達辯)으로 소문난 자다. 옛날에 태어났으면 소진(蘇秦)이나 장의(張儀)와도 어깨를 나란히 했을 거란다.

그가 현재 천검가에 닥친 풍파에 대해서 말하고 있다.

실질적으로 천검가를 옥죄고 있는 것은 아무것도 없다.

추포조두가 검련제일가의 이름을 빌어서 봉쇄 조치를 내린 것밖에 없다. 봉쇄도 금쇄(禁鎖)가 아닌 자유분방한 낙쇄(洛鎖)다.

사람이 자유롭게 오갈 수 있다.

물건을 마음대로 빼낼 수 있고, 집어넣을 수 있다.

천검가 사람들이 생활을 하는 데 누가 감시하고 있다는 느낌은 전혀 들지 않는다.

다만 그런 가운데서 모든 사람을 주시하겠다고 공식적으로 선언한 것에 지나지 않는다.

천검가는 그런 것조차 불쾌하게 생각한다.

"우리 모두 백곡이 어디 있는지 안다!"

류정의 음성이 연무장을 쩌렁 울렸다.

백곡에 대한 말이 나왔고, 그곳에서 죽은 백 명의 동남동녀를 기리기 위해 두 손 모아 기도까지 올린다. 투골조가 얼마나 잔혹한 무공인지, 어째서 인간이 익히면 안 되는 것인지 구구절절이 풀려 나온다.

천검가 사람들은 사태를 확실하게 파악했다.

백곡은 천검가에서 그리 멀지 않은 곳에 위치한다. 바로 지척에서 천인공노할 일이 벌어졌다. 세상에서 가장 잔혹한 일이 중장천검의 명예를 훼손시켰다.

누가 그런 일을 하랴!

세상은 천검가 사람이 그런 일을 했다고 한다. 그 일을 조사하기 위해 사람이 파견되어 있다. 그들은 지금 이 순간에도 천검가 사람들을 뒤지고 있다. 누가 어디서 무엇을 하는지 살핀다. 이게 말이 되는가?

류정의 연설은 설명에서 비판, 울분이 되어 터졌다.

이번 일에는 음모가 숨어 있다.

검련일가는 세상을 똑바로 보아야 한다. 천검가를 뒤질 것이 아니라 무림 동도의 입장에서 누가 천검가를 모독했는지, 왜 누명을 씌우는지 찾아내야 한다.

천검가는 투골조를 찾아냈다.

성 밖에 사는 노름꾼의 자식이 누군가로부터 투골조를 배웠다.

놈은 자신이 비급을 보고 혼자 배운 것이라고 하지만 믿기 힘든 말이다. 백곡에 있는 시신들로 미루어볼 때 분명히 누군가 동조한 자가 있다. 아니, 세력이 있다. 천검가를 무너뜨리고자 하는 누군가가 그놈을 이용해 천검가 근처에서 투골조를 수련케 했다.

지금 천검가는 놈을 쫓고 있다.

"노름꾼의 자식이라면 당우 아냐?"

"당우가 맞는 것 같은데······."

"당우? 에이, 설마······ 그 순둥이가 투골조를? 그럴 놈이 아닌데."

"그럼 공자님이 거짓말하고 있다는 거야?"

"그러니까 말이야. 이거 도대체 어느 말을 믿어야 할지······."

"정말이라면 우리 모두 속은 거잖아? 그놈의 자식, 참 흉악한 놈이네. 순진한 척하면서 속으로는 호박씨 까고 있었어."

사람들이 쑥덕거렸다.

'당우······.'

벽사혈은 당우라는 말을 귀담아들었다.

당우라고 불린 자치고 흉악한 자는 없다. 한데 류정이 당우를 천하에 다시없는 죽일 놈으로 매도했고, 사람들의 인식은 대번에 바뀌었다.

사람들 중에는 당우를 걱정하는 사람도 있었다. 곧이곧대로 믿지 않으려는 사람도 있었다. 하지만 곧 류정의 말대로 당우를 죽일 놈으로 생각하기 시작했다.

"당우를 잡아라! 당우를 숨겨주거나 도주케 하는 자는 결단코 용서치 않겠다! 천검가의 이름을 걸고 용서치 않는다!"

류정의 고함 소리가 쩌렁쩌렁 울렸다.

"풋!"

벽사혈은 또 한 번 코웃음을 쳤다.

추포조두는 최근 폐관수련에 든 자를 알아보라고 했지만 알 길이 없다. 아니, 알아내기는 했다. 열두 명의 자식들 중에 무려 열 명이 거의 동시에 폐관에 들었다.

한 명을 숨기기 위해서 나머지 아홉 명이 같이 폐관이 든 것이다.

그들이 얼마 동안이나 폐관수련을 할지는 알 수 없지만 지금 당장 추포조두가 심문할 길은 막혔다.

벽사혈은 발길을 돌렸다.

'이번에는 조두님이 실수하신 것 같은데…… 기다리지 말고 쳤어야 해. 기습적으로 들이쳐서 심문했다면 쉽게 찾아냈을 텐데…… 도대체 조두님이 노린 건 뭐야?'

묵혈도와 삼십홀은 닭 쫓던 개가 되어 멍하니 지붕만 쳐다봤다.
그들은 천검가를 샅샅이 뒤지려고 했다. 제일 먼저 천검가 사람들부터 세상과 단절시키고, 거기서부터 차근차근히 당우라고 불린 아이를 찾을 생각이었다.
한데 천검가가 먼저 선수를 치고 나왔다.
그들이 당우를 찾는다.
어린아이가 숨을 만한 공간은 죄다 뒤지고 다닌다.
우선 천검가를 뒤지고, 마을을 샅샅이 수색했다. 그래도 나오지 않자 수색 범위를 성안까지 넓혀 나간다.
천검가 사람들이 모두 소매를 걷어붙이고 마을을 이 잡듯이 뒤지니 천라지망(天羅地網)이 따로 없을 정도다.
삼십홀이 애써서 뒤질 필요가 없을 만큼 정밀한 수색이다.
"어쩌죠?"
"어쩌긴 뭘 어째. 지켜봐야지."
묵혈도는 애꿎은 샬냇잎만 질근질근 씹었다.

第四章

성조(腥臊)

1

사람들은 성 밖 노름꾼의 집에도 몰려갔다.

집 안에는 아무도 없었다.

노름꾼도 없고, 아낙도 없고, 당우도 없다. 살림살이가 워낙 없어서 거지나 다름없는 처지였지만 그것마저도 급하게 떠난 듯 여기저기 흩어져 있다.

"정말 당우가 그런 짓을 한 모양이네!"

"그랬다잖아! 에이, 빌어먹을 놈!"

사람들은 흥분했다.

이곳저곳 마구 쑤시고 다니며 손에 잡히는 대로 부숴댔다.

"아이구, 이것도 집구석이라고! 노름에 미쳐서 허우적거리는 줄은 알았지만 이 지경인 줄은 몰랐네."

"그 아비의 그 자식이라잖아. 아비가 그러니 자식인들 오죽 하겠어? 세상 참 무섭다. 어떻게 그런 놈이 순진한 척 얼굴에 낯두껍을 쓰고 다녔대?"

"에잇! 이놈의 자식들, 내 손으로 확 뼈마디를 분질러 버리는 건데. 재빨리 도주한 걸 보면 눈치는 있는 모양이지?"

"노름꾼이잖아, 노름꾼. 눈치없으면 그 짓을 하겠어?"

"노름도 잘 못하던데 뭘."

몰려든 사람들은 흙집을 부수고 부수다 못해서 아예 불까지 질러 버렸다.

*   *   *

"허어!"

숲 속에 자리를 잡고 긴 시간을 보내던 추포조두는 헛바람을 찼다.

아이가 달려올 곳은 집이다.

하루나 이틀 정도 뜸을 들이겠지만 결국 집으로 달려온다. 하나 이렇게 불을 질러 버리면…… 불길이 활활 타오르면…… 아이는 오지 않는다.

그럼 이제 어디로 가서 아이를 잡아야 하나?

추포조두는 마음을 차분하게 가라앉히고 냉정하게 생각했다.

혼자서 두려움에 떨고 있을 아이가 무엇을 선택할까? 물어볼 것도 없다. 도주다. 한데 그 도주는 치검령이 원하는 것이다. 이미 모든 도주로는 차단되었을 테니…… 아이는 죽는다.

아이의 죽음을 막을 방도도 없다.

아이가 포위망에 갇혔을 때는 이미 체내의 독기가 모두 녹아서 십지에 운집된 다음일 게다.

완벽한 투골조의 전인이 되는 게다.

그때는 잡아봤자 늦는다. 아이를 잡으려면 체내에 독기가 녹기 전인 지금 잡아야 한다. 길게 끌어도 이삼 일 안에 잡아야 하고, 그 후에는 잡아도 별 볼 일 없다.

일이 다급하게 되었다.

그러다가 문득 자신이 불길을 보는 것처럼 아이도 멀지 않은 곳에서 불길을 쳐다보고 있지 않을까 하는 생각을 했다.

아이가 이미 와 있다면? 멀리서 자신이 태어나고 자란 집을 보고 있다면?

"후후후!"

추포조두는 가는 웃음을 터뜨렸다.

그 생각을 왜 지금에서야 한 걸까?

아이의 이름이 당우다. 원래 이름은 없고 어려서부터 당우라고 불려왔단다.

아이의 성품이 어떤지 알 수 있는 대목이다.

아이는 결코 집을 포기하지 않는다. 집에 불이 났으면 멀리서라도 지켜볼 게다. 집으로 오기 싫더라도 사람들이 집으로 몰려가는 것을 보면 따라오지 않고는 배기지 못할 성품이다.

당우로 불릴 정도라면…… 가진 게 없다.

보잘것없는 흙집이 삶의 전부다. 도광도부라고 불리는 아비와 어미가 전부다. 집에 불이 났다면 부모가 걱정될 건 자명한 이치, 오지 않을 수 없다.

'틀림없어!'

추포조두는 두 눈과 두 귀를 활짝 열고 천시지청술(天視地聽術)을 펼쳤다.

반경 백 장 안에 많은 사람들이 있다.

저벅! 저벅! 저벅……!

발자국 소리가 너무 많이 들린다.

달음박질하는 사람도 있고, 천천히 걷는 사람도 있으며, 왔다 갔다 서성이는 사람도 있다.

추포조두는 모든 소리를 제거했다.

소리만 제거한 것이 아니다. 그 소리를 내는 대상까지 제거했다.

옷자락 펄럭이는 소리가 사라졌다. 헛기침 소리, 두런거리는 소리, 가래침을 땅에 뱉는 소리까지 모두 제거했다.

아이는 움직이지 않는다. 위험을 알기 때문에 분루(憤淚)를 삼킬 뿐, 나서지 않는다.

지금 소리를 내는 자들은 모두 아이와 상관없다.

세상은 순식간에 텅 빈 허공이 되었다.

고요……!

추포조두는 고요 속에서 두 가닥의 숨결을 잡아냈다.

한 가닥은 어린양처럼 풋풋하고 싱그럽다. 아직 길들여지지 않은 숨결이다. 또 한 가닥은 상당히 정제되어 있다. 호흡(呼吸)이 거의 감지되지 않는다. 바람에 옷자락이 스치지 않았다면 잡아내지 못했을 만큼 고요하다.

'당우…… 치검령…….'

그의 얼굴에 미소가 스몄다.

어떤 일이든 핵심(核心)이란 게 있게 마련이다.

이번 천검가 투골조 사건의 핵심은 진공(眞功)을 누가 지녔는지 알아내는 것이다.

그것이 누구든 상관할 필요는 없다.

천검가주가 되었든 한낱 무지렁이가 되었든 투골조를 사용하는 자만 잡으면 된다.

중간에 은폐 작업도 이루어졌다.

그래도 상관없다. 일단 투골조부터 잡고 난 후에 차근차근히 파 들어가면 된다.

핵심은 당우라는 아이다.

당우가 성 밖으로 나왔을 때, 잡을 기회가 있었다. 하나 그때는 당우가 투골조를 수련한 아이인지 알지 못했다. 나이가 너무 어렸고, 신분이 미천했다.

이제 이이를 찾았다. 손만 뻗으면 닿을 거리에 있다.

투골조에 대한 증거는 완벽하다. 아이가 투골조를 지녔고, 누군가에게 전이받았다는 흔적까지 간직하고 있다. 이보다 더 완벽한 증거가 어디 있을까.

치검령도 근처에 있다.

그는 아이를 잡아가려고 왔다. 죽이려고 온 것이 아니다. 일단 낚아채서 은밀한 곳에 가둬두려고 왔다.

때가 되어 체내의 독기가 완전히 사라지면 그때 다시 아이를 내놓을 것이다. 그리고 그때는 가차없이, 일말의 망설임도 없이 죽여 버릴 게다.

이것이 그가 할 수 있는 최선의 행동이다.

지금은 아무런 행동도 할 수 없다.

아이를 죽여도 피 속에 스며 있는 독기가 진실을 말해준다. 아이를 두고 자신과 다툴 수도 없다. 투골조에 관한 한 자신은 모든 일에 우선권을 가진다.

그는 나설 수 있지만 나서봤자 할 일이 없다.

'이렇게 끝내지. 후후!'

스읏!

그는 당우를 향해 소리없이 쏘아졌다.

당우는 생각보다 훨씬 건장했다.

묵혈도에게 열서너 살이라는 말을 들었을 때만 해도 코흘리개 정도로 생각했는데 막상 보니 훨씬 성숙해 보인다. 누구든 얼핏 봐서는 열대여섯 정도로 생각할 게다.

살결이 구릿빛으로 번들거린다.

눈동자는 영리하게 반짝이고, 가늘고 길게 내뿜는 호흡은 지금 그가 겪고 있는 심적 상태를 말해준다.

공포, 당황스러움, 조심성……

쒜엑!

그는 쏘아가던 신형에 속도를 더 붙였다.

독수리가 병아리를 낚아챌 때처럼 슬며시 다가가서 재빨리 완맥(腕脈)을 움켜쥔다.

그와 같은 고수에게 어린아이 한 명 낚아채는 건 일이라고 할 수도 없었다. 한데,

쒜에엑!

느닷없이 옆구리 쪽에서 날카로운 파공음이 터졌다.

'훗!'

추포조두는 급히 몸을 숙였고, 거의 동시에 파공음이 옆구리를 스치고 지나갔다.

찌익!

옷이 찢어지는 소리는 나중에 들렸다.

'빠르다!'

그는 허리를 숙인 채 치검령이 숨어 있는 곳을 노려보았다.

마음 급한 치검령이 독배(毒杯)를 들고 말았다.

그는 공격해서는 안 될 사람을 공격했다. 물론 지금은 모습을 드러내지 않은 상태이니 공격자가 치검령이라고 말할 수는 없다. 아직까지는 아무 일도 벌어지지 않았다.

'정말 독배를 들 셈인가!'

그렇다고는 볼 수 없다. 사태가 급박해져서 일단 몸부터 묶어놓고 봐야 한다고 생각했을 게다.

그때, 예상하지 못했던 일이 벌어졌다.

후다닥!

방금 벌어진 일전에 깜짝 놀란 토끼가 재빨리 달아난다.

추포조두는 눈살을 가늘게 좁혔다.

토끼…… 당우가 달아나고 있다.

자신은 어디 숨었는지 모를 치검령의 올가미에 걸려들어 움직이지 못한다. 몸을 움직이려면 치검령의 암기를 파악해야 하는데, 순식간에 스쳐 지나간 암기라서 어떤 종류인지 판별해 내지 못했다.

치검령이 그런 암기를 계속 날리는 한 움직일 길은 없다.

그는 난감한 듯 중얼거렸다.

'이런!'

'이런!'

손발이 묶인 것은 치검령도 마찬가지다.

추포조두가 직접 나타날 것을 예상치 못했다. 묵혈도나 벽사혈 중의 한 명이 나타나지 않을까 싶었고, 그중에서도 묵혈도가 나타날 공산이 높았다.

단순한 직감이 아니다.

그동안 추포조두가 움직인 사례를 면밀히 분석한 결과 그와 같은 결론을 얻었다.

열이면 열, 백이면 백…… 추포조두 대신 묵혈도나 벽사혈이 온다.

한데 이번만은 그렇지 않았다. 그들이 천검가를 에워싸고 있는 대신 추포조두가 직접 움직였다.

이번 일의 핵심이 아이라는 것을 눈치챈 것이다.

'조금 더 지켜볼 줄 알았는데……'

치검령은 멀어져 가는 아이를 망연자실 쳐다봤다.

아이는 도주한다. 부리나케 뛰어간다. 집이 불탔고, 부모는 행방불명이다. 이런 상황이라면 누구라도 목숨부터 살고 보자는 생각이 들 게다.

그래도 아이는 잡히게 되어 있다.

어디로 도주하더라도…… 하늘 끝까지 달려가더라도 결국에는 뒷덜미를 낚이고 만다.

아이는 투골조를 사용했다.

투골조의 악취가 이미 아이의 몸에 배이기 시작했다.

지금은 아무 냄새도 나지 않지만 앞으로 반나절만 더 지나면 슬슬 냄새가 풍기기 시작할 게다.

아이는 자신의 몸에서 어떤 냄새가 나는지 알지 못한다. 나중에 팔성, 구성에 이르면 십 리 밖까지 악취를 풍기건만 그래도 정작 당사자는 냄새를 맡지 못한다.

아이의 코는 투골조의 냄새에 특화된다.

다른 냄새는 다 맡아도 자신의 몸에서 풍기는 투골조의 냄새만큼은 맡을 수 없다.

지금은 냄새를 풍기더라도 그 정도는 아니다.

투골조의 성취도가 일성밖에 되지 않는지라 멀리서 확연히 눈치챌 만큼 진하지는 않다. 하지만 그래도 지나가는 사람들이 미간을 찌푸릴 정도는 된다.

똥 냄새를 묻히고 다니는 아이? 시궁창에 들어갔다 나온 아이?

그 정도의 흔적을 남기면서 도주하는데 어찌 잡지 못하랴.

아이를 추적하는 것은 염려하지 않는다. 다만 이 자리에서 어떤 선택을 해야 할지 그게 염려된다.

그는 상대가 추포조두임을 안다.

몸을 숨긴 채 일어서지 않는 추포조두도 암기를 날린 사람이 자신임을 안다.

두 사람 모두 상대를 정확하게 인지하고 있는 상태다.

그럼에도 불구하고 자신만은 정면 대결을 불사할 수 없는 입장이다.

자신이 나서면, 정식으로 치검령임을 드러내면 왜 그에게 암기를 날렸는지 설명해야 한다.

상대가 누구인지 몰라서 암기부터 쏘아내고 말았다는 식의 말도 안 되는 변명 같은 건 통하지 않는다. 추포조두가 투골조를 잡으려고 하는데 방해한 이유가 분명해야 한다.

그래서 선택의 폭이 매우 좁다.

모습을 드러내면 그가 죽든 자신이 죽든 한 명은 죽어야 한다. 그런 싸움을 벌여야 한다.

아이도 도주했겠다…… 이대로 살그머니 물러서면 어떤가?

어림없는 소리다. 그런 행동을 하면 위치만 노출시킬 뿐이다. 그렇잖아도 천시지청술에서 타의 추종을 불허하는 추포조두이다. 일부러 위치를 드러내려고 하지 않는 바에야 그래서는 안 된다.

'움직이면 안 돼!'

치검령은 움직이지 못했다.

스읏!

추포조두가 먼저 움직인다.

쒜엑!

치검령은 한 치의 틈도 놓치지 않고 암기, 일촌비도(一寸飛刀)를 내던졌다.

사사사사삿!

일촌비도는 풀잎을 훑었다. 나뭇가지도 잘라냈고, 바위도 긁었으며, 종내에는 땅에 푹 박혔다.

사람은 치지 못했다.

'위험!'

치검령은 본능적으로 위기를 짐작하고 급히 몸을 빼냈다.

암기를 던지자마자 잘못되었다는 느낌을 받았고, 생각할 틈도 없이 곧바로 피했다.

사삭! 쒜에엑! 싸아악!

등 뒤에서 검풍이 몰아친다.

어느새 날아온 검이 등줄기를 훑고 지나간다.

'휴우!'

한숨이 저절로 흘러나온다.

실로 촌각의 판단이 삶과 죽음의 경계를 가로 그었다. 판단이 조금만 늦었더라도 피투성이가 되어 쓰러졌을 것이다.

치검령은 은형비술(隱形秘術)로 몸을 숨겼다.

그의 몸이 순식간에 자연과 하나가 되었다. 풀과 몸이 한 색이 되었고, 바위와 머리가 같은 색깔이 되었다.

추포조두 역시 방금 검을 쓴 사람이라고는 믿을 수 없을 정도로 재빨리 사라져 버렸다.

'적성비가(赤星秘家)!'

치검령은 추포조두의 출신 내력을 짐작해 냈다.

등줄기를 훑고 지나간 검법은 적성비가의 일섬겁화(一閃劫火)라는 일초 검식이다. 자신처럼 순식간에 몸을 숨긴 비술 역시 적성비가에서 전수되는 암행류(暗行流)인 것으로 짐작된다.

추포조두가 적성비가의 진공을 이어받았다면……

'힘든 싸움이 되겠어.'

그는 눈살을 찌푸렸다.

사사삭……!

바람이 풀잎을 훑고 지나간다.

치검령은 움직일 생각을 하지 못했다. 추포조두 역시 꼼짝도 하지 않은 채 숨을 죽였다.

두 사람은 이제 서로를 인지할 뿐만이 아니라 상대가 어떤 비공을 지녔는지까지 짐작한다.

적성비가는 신비에 가려진 문파다.

적성비가 출신들은 패배는 곧 죽음이라는 인식을 가질 정도로 전투적이다.

풍천소옥(風天小屋)은 적성비가와 더불어서 이대비가(二大秘家)라고 불린다.

치검령이 전개한 은형비술은 풍천소옥의 절기이다. 또한 그가 사용하는 일촌비도 역시 풍천소옥 사람들이 즐겨 사용한다.

서로가 서로를 알아봤고, 쉽게 한두 초식으로 끝낼 수 있는 상대가 아니라는 것도 안다.

"흠!"

추포조두가 헛기침을 했다.

기침이 나와서 한 것은 아니다. 일부러 마른기침을 내뱉었다.

이로써 그의 위치는 노출되었다. 하지만 치검령은 공격하지 않았다. 상대가 일부러 자신을 노출시켰는데 그 틈을 노릴 수는 없다.

예상대로 추포조두가 말을 건네왔다.

"아이가 사라졌는데 언제까지 이러고 있어야 하나?"

"……."

"나는 실패했고, 그쪽은 목적을 달성한 것 같은데 그만하지."

"……."

"후후! 내가 먼저 일어서지. 후후후! 그게 좋겠지? 오늘 빚은 받아낼 날이 있을 거야. 그때 보자고."

그는 말을 하면서 몸을 일으켰다.

치검령이 정말로 풍천소옥에서 무공을 닦았다면 추포조두로서는 목숨을 건 행동이다.

치검령은 암기를 쏘아내지 않았다.

타닥! 타닥!

잿더미가 되어버린 흙집에서 타다 남은 장작들이 열기를 이기지 못하고 갈라졌다.

흙집은 검은 숯덩이가 되어버렸다.

치검령은 아직도 뜨거운 열기를 내뿜고 있는 흙집을 아련한 눈길로 쳐다보았다.

도광도부…… 그는 어디로 갔을까?

자신이 그를 찾아왔을 때, 아이를 달라고 할 때…… 말은 하지 않았지만 실은 그의 목숨도 요구했다.

천검가는 그를 살려둘 수 없다.

아이가 어떻게 해서 투골조를 익히게 되었는지 가장 잘 아는 사람이 바로 도광도부다. 그렇기 때문에 그가 죽었을 때에서야 일이 완벽하게 끝난다.

도광도부가 아이를 데려왔을 때부터, 그에게는 감시의 눈이 따라붙었다.

투골조의 사단을 잠식시키는 순간, 도광도부도 운명을 같이 할 것이다. 그가 그런 운명을 원하든 원하지 않든 일은 실수없이 정확하게 진행된다.

한데 천검가가 그를 놓쳤다.

아마도 아이를 내놓고 난 후, 곧바로 잠적한 듯하다.

죽음이 두려워서 도주한 것은 아니다.

아이는 죽음으로 몰아넣고 자신은 죽는 게 두려워 몸을 빼낸다면 정말로, 정말로 아이가 불쌍해진다.

도광도부는 그토록 비열한 자가 아니다.

그는 정녕 가주에게 입은 은혜를 갚고자 했다. 아이를 내놓고 자신의 목숨까지도 기꺼이 내놓았다.

그런 사람이 왜 몸을 빼냈을까?

추포조두의 눈과 귀…… 묵혈도나 벽사혈의 추적을 눈치챈 듯하다. 평생을 노름꾼으로 살아온 사람이니 누구보다도 눈썰미는 예리하다. 묵혈도나 벽사혈은 도광도부쯤이야 얼마든지 뒤쫓을 수 있다고 생각했겠지만 그는 그렇게 만만한 사람이 아니다.

그는 죽는다.

아이가 죽을 것을 알기 때문에 죽는다.

자신이 죽어야 가주가 안심한다는 것을 알기 때문에 아무도 알아주지 않는 죽음을 택할 게다.

아무도 없는 곳에서, 혼자 택한 쓸쓸한 죽음.

치검령은 도광도부의 얼굴을 그렸다.

이상하다? 그의 얼굴이 생각나지 않는다. 건장한 몸과 가늘게 찢어진 눈매는 기억나는데 전체적인 얼굴 윤곽은 안개에 가려진 듯 희미하게 떠오른다.

"휴우!"

그는 한숨을 내쉬며 몸을 돌렸다.

그의 죽음을 가치있게 만들려면 아이를 가치있게 죽여야 한다.

자신과 추포조두.

이제 둘 사이에 경쟁이 시작되었다.

조건은 그가 유리하다. 그는 당당하게 잡을 수 있지만 자신은 숨어서 잡아야 한다.

출발도 추포조두가 먼저 했다.

"어쩌다가 이런 실수를…… 석동에서 이삼 일만 늦게 데려 나왔다면…… 휴우!"

한숨이 저절로 나온다.

몇 번을 생각해도 한심해서 웃음조차 나오지 않는다.

투골조의 독기가 그렇게 끈끈할 줄이야. 그런 사실을 까마득히 몰랐다니!

어디 가서 풍천소옥 출신이라고 말하지도 못하겠다.

그는 천천히 걸었다.

2

사람들이 우르르 몰려와서 죽일 놈을 내놓으라고 고래고래 고함질렀다.

그들이 말하는 '죽일 놈'이란 자신이다.

아무래도 상관없다. 저 난리법석 통에 아버지와 어머니가 없는 것이 한없이 반갑고 고맙다.

'일단 도망가고……'

슬그머니 뒤로 물러서려는 순간, 그가 덮쳐 왔다.

그야말로 벼락같이 덮쳐 오는 통에 도망갈 생각조차 나지 않았다. 그저 멍하니 두 눈 말똥말똥 뜨고 덮쳐 오는 사람을 쳐다보는 게 고작이었다.

머릿속으로는 반항해야 한다는 생각이 치밀었지만 정작 육신은 꽁꽁 얼어붙어서 움직일 줄 몰랐다.

손과 발이 딱딱하게 굳어버렸다.

진기를 일으키고 투골조를 쳐내면 독기가 발산된다. 하면 독을 지닌 뱀과 같아서 누구든 쉽게 접근하지 못한다.

냉철한 이성은 살길을 말해주는데, 막상 고수와 부딪치면 한없이 무력해진다.

정말 아무것도 못한다. 그렇게 얼어붙을 줄은 생각도 못했다. 성난 독수리가 채가려고 달려들 때, 손가락 하나 꼼짝하지 못한 채 멀거니 지켜보기만 했다.

똥구덩이 속에서 투골조를 연성해 냈다고 생각했는데……
치검령이 달려들어도 반항 정도는 할 수 있다고 여겼는데……
그야말로 엄청난 착각이었다.

쒜엑!

그 파공음이 아직도 귀에 쟁쟁하다.

다행히 또 다른 사람이 나타나 훼방을 놓는 바람에 빠져나올 수 있었다.

그 사람도 좋은 사람은 아닐 게다.

토끼를 놓고 싸우는 독수리와 호랑이라고 할까?

양쪽이 먼저 잡아먹으려고 상대를 훼방 놓는 것이지 자신을 돕는 뜻은 깃들어 있지 않다.

이 세상에는 자신을 도와줄 사람이 없다.

지금과 같은 처지에서는 더더욱 도움을 줄 사람이 없다.

부모님을 제외하고는 모두 남이다. 무공을 아는 사람은커녕 동전 한 닢 구할 수 있는 사람도 없다.

누가 누구와 싸우고 있는 것인가? 자신을 잡으려는 사람은 누구이고, 그를 습격한 사람은 누구인가?

의문이 번개처럼 스쳐 갔지만…… 그보다 더 빠르게 스쳐 간 생각이 있다.

'도망가! 지금 아니면 도망갈 수 없어!'

뛰었다. 무작정 뛰었다. 어디로 가는지 방향을 구분할 틈도 없었다. 정신없이 뛰기만 했다.

그러다가 퍼뜩 정신을 차려보니 바로 집 뒷산이다.

멀리 빙 돌아서 결국 집으로 다시 돌아왔다.

누가 시켜서 한 것도 아니고 방향을 제시해 준 사람도 없다. 무조건 달리다 보니 뒷산으로 올라섰다.

옛말에 등잔 밑이 어둡다는 말이 있다.

가장 가까이에 있는 것을 못 보는 현상이다.

밀마를 해독하는 자는 이 부분을 가장 경계해야 한다. 먼 곳, 가까운 곳, 알고 있는 것, 모르는 것에 구분을 두지 말고 냉철하게 살펴야 한다.

당우는 그런 태도와 습관에 길들여져 있다.

어려서부터 밀마는 동경의 대상이었다.

아버지의 피를 이어받아서인지 누가 시키지 않아도 난해한 부분만 나타나면 분석하고, 해독하는 재미에 푹 빠져 살았다.

남들이 전부 다 노름꾼이라고 손가락질하는 아버지를 미워하지 않고 이해하는 것도 아버지가 지닌 지식이 부러웠기 때문이다. 가르쳐 준 적도 없고, 드러내 보인 적도 없으시지만 그래도 안다. 훔쳐보면서 배웠다.

난제(難題)를 접하는 자세라면 누구보다도 진지하다.

목숨이 경각에 달린 이 순간에도 그런 자세를 잃을 수는 없다. 찰싹 몸에 달라붙어 있는 습관이기 때문에 애써서 끌어내지 않아도 저절로 우러나온다.

이번 사건은 난제다.

'예정대로 죽어야 하나, 도주해서 살아야 하나?' 라는 근본적인 난제를 껴안고 있다.

하나 그 문제도 시간이 나면 생각할 일이다.

지금 당장은 어떻게든 살아야 한다는 데 초점이 맞춰진다.

저들은 강하다. 아주 강하다. 상대한다는 것은 꿈으로 여겨질 만큼 아주아주 강력한 존재들이다.

그런 사람들에게서 벗어나야 한다. 어떻게?

다행히도 당우는 자신을 약자 위치에 놓는 게 껄끄럽지 않다. 부담스럽지 않고 자연스럽다.

강자가 핍박한다? 짓눌려라. 살고 싶다면 짓눌려 살아라. 고개를 쳐들면 맞는다. 맞기 싫으면 고개를 숙이고 시키는 일에 복종하라. 성심성의껏 따라라.

너는 약자다. 세상에서 가장 약한 존재다. 길가에 나뒹구는 돌멩이조차도 너보다는 강하다.

숙여라. 짓밟혀라.

그가 아버지에게서 배운 것은 이런 것이다.

아버지는 약자라는 인식을 철저하게 각인시켜 주었다.

그래서 도주하는 법을 안다.

아버지가 술에 잔뜩 취하셔서 몽둥이를 들고 날뛸 때, 어디로 도망가야 맞지 않는지 안다.

위험을 느낀 놈은 무조건 멀리 도망가고 본다. 어디로 가는지도 모르면서 무조건 달리기만 한다. 그러다가 다시 쫓아온 맹수에게 잡혀 죽는다.

약자와 강자가 싸울 때, 약자가 아무리 빨리 도주해도 결국은 강자에게 잡히고 만다. 약자가 한 걸음 내딛을 때 강자는 두 걸음 내딛는다. 그러니 하루 먼저, 이틀 먼저 출발했다고 해도 결국은 잡히게 되어 있다.

세상이 이렇게 만들어졌다.

약자는 아무리 발버둥 쳐도 강자를 상대할 수 없다.

그렇다고 도주할 방법이 없는 건 아니다. 잘만 하면 등하불명(燈下不明)처럼 좋은 게 없다.

당우는 멀리 도주하지 않았다. 도주하는 척하다가 다시 돌아왔다. 활활 불타고 있는 집 근처야말로 이 세상에서 가장 안전한 곳이라는 걸 본능적으로 감지했다.

자신은 아무 의식도 하지 않은 채 내처 달리기만 했지만 결국 뒷산으로 돌아왔다.

어려서부터 해온 행동이 반사적으로 튀어나온 것이다.

저들은 자신이 다시 돌아올 것이라고는 꿈속에서도 생각하지 않을 게다.

그때, 독수리를 보았다.

자신을 낚아채려고 달려들던 자가 누군지 두 눈으로 똑똑히 봤다.

그가 일어서서 걸어간다.

한참 후에 치검령도 모습을 드러냈다.

자신을 죽음으로 이끌 죽음의 살수가 흙집에서 자신을 기다리고 있었다.

아버지를 만나고자 찾아왔던 길에서 폐허를 보았다. 아버지에게 길을 묻고자 찾아왔는데, 죽음만 도사렸다.

타닥! 타닥! 타닥!

불길이 꺼져 간다.

남들은 '보잘것없다', '무너지기 일보 직전이다' 등등 별별 말을 다 하지만 그에게는 오직 하나뿐인 집이다.
 다른 곳에서 살아본 적이 없다.
 이사를 한 적도 없고, 낯선 곳에서 잠을 자본 적도 없다.
 아버지 손에 이끌려 치검령에게 넘겨지기까지 이 집을 떠난 적이 없다.
 태어나서 자란 곳이 잿더미가 되었다.
 까맣게 그을려 버린 숯 더미만큼 그를 포근하게 감싸주던 흙집은 더 이상 안전한 곳이 아니다.
 당우는 숨죽이며 집이 타들어가는 모습을 지켜보았다.

 천애고아(天涯孤兒)가 된 느낌이다.
 부모님 걱정은 하지 않는다.
 두 분 중에 한 분만 사라졌다면 걱정이 태산 같을 게다.
 특히 어머님은 안심이 되지 않는다. 없는 살림을 꾸려 나가는 데는 억척이시지만 그만큼 세상을 알지 못하신다. 정말로 남의 집에서 삯일을 하는 자신보다도 모른다.
 두 분이 같이 사라지셨다는 것은 아버님이 어머님을 돌보고 있다는 뜻도 된다.
 부모님에 대한 걱정은 덜어놔도 될 것 같다.
 그러면 이제 자신의 일이 남는다.
 어떻게 할까?
 무작정 내뺀다는 것은 양심이 허락지 않는다.
 아버님은 자신의 목숨을 내주는 대가로 목숨 빚을 갚았다.

한데 자신이 목숨을 내놓지 않고 도주한다면 천검가를 상대로 사기를 친 것밖에 되지 않는다.

목숨을 주기로 했으니 준다.

그렇다고 무작정 내주는 것도 마음에 들지 않는다.

자신은 무조건 내주려고 했다. 한데 치검령이 도주하라고 했다. 검으로 가슴을 쳤고, 그 순간으로 아버지의 목숨 빚은 사라졌다고 봐도 되지 않을까?

상황을 너무 자신에게만 좋게 해석하는 것 같아서 찜찜하지만 살 수 있는 기회만 있으면 빠져나가고 싶다.

우선 천검가의 사정을 알아보자.

자신이 이대로 도주해도 되는 건지, 잡혀서 죽어야 하는 건지 몰래 슬며시 알아보는 거다.

'내가 알아볼 수 있을까? 아냐. 이런 생각을 하면 안 돼. 날 믿어야지. 알아볼 수 있어. 살그머니 숨어들어 가서 알아보고 슬쩍 빠져나오면 돼.'

남이 들으면 혀를 찰 생각이지만, 당우는 자신의 생각이 그럴듯해 보였다.

"그것참 생각할수록 기분 나쁘네. 헛손질할 걸 빤히 알면서 보냈단 말이야? 난 그것도 모르고 삼십 홀하고 날밤을 새우며 감시했지 뭐야. 이럴 줄 알았으면 잠이나 자는 건데."

"넌 지켜보기만 했지, 난 안을 휘젓고 다녔다. 오 년 후, 십 년 후에라도 투골조를 수련한 장본인을 찾아내겠다고 엄포를

놓으면서 말이야."

묵혈도와 벽사혈은 신경질적으로 말을 주고받았다.

두 사람은 추포조두의 명령을 이행했다. 눈에 띄지 않는 곳에서 암암리에 활동했다. 추포조두가 알아내라는 것들을 은밀히 탐문했고, 찾아냈다.

추격자가 취할 만한 행동을 한 것이다.

당연히 천검가도 두 사람을 주목했다.

두 사람이 천검가를 노려본 것만큼이나 천검가도 두 사람을 쏘아봤다. 이글거리는 눈길이 항시 두 사람을 따라다녔다.

은밀하게 움직인다?

천검가에서 은밀하게 움직일 수 있는 방도는 없다.

천검가는 모른 척했지만 실은 어디서 무엇을 하는지 낱낱이 꿰뚫어 보고 있었다. 묵혈도와 벽사혈의 신형을 잡아내지는 못할지라도 두 사람이 무엇을 하고 있다는 정도는 감지했다.

모든 행동들이 낱낱이 드러난 상태다.

"그때부터 이상했다니까."

벽사혈이 피식 웃으며 말했다.

"알면서도 시켰다 이거군. 말 좀 해줄 수 있었잖아."

묵혈도도 비위 틀린 듯 말했다.

"그러게. 우리까지 바보로 만들 필요는 없었는데."

"성질나서 가만히 못 있겠는데? 한두 번도 아니고…… 이번에는 기필코 크게 한턱 얻어먹어야겠어."

"한턱 가지고 돼?"

"아예 거덜을 내버리려고. 있는 돈 없는 돈 싹싹 긁어내야 속이 풀리겠어."

두 사람은 쓴웃음을 흘렸다.

그들은 이제야 비로소 추포조두에게 철저히 농락당했다는 사실을 깨달았다.

추포조두는 다 좋은데 가끔 가다가 이렇게 뒤통수를 후려치는 경우가 있다.

사전에 말이라도 해주면 좋은데, 말도 하지 않는다. 일을 추진하다가 뭔가 이상하다 싶어서 되돌아보면 추포조두는 전혀 엉뚱한 곳에서 엉뚱한 일을 하고 있다.

그제야 우리가 뭘 하고 있나 하고 살펴보면 영락없이 바람막이 역할을 하고 있다. 추포조두가 일을 순조롭게 하도록 앞가림을 해주고 있다.

추포조두가 아이를 잡아챘다면 모든 일은 여기서 끝났다.

그가 아이를 놓치다니…… 어떻게 이런 일이…….

벌어질 수 없는 일이 벌어졌을 때, 그런 곳에는 항시 예기치 않은 변수가 있다.

이번 변수는 치검령이다. 치검령 때문에 아이를 잡지 못했다.

치검령을 주시해야 한다. 그의 내력(來歷)은 결코 평범하지 않다. 추포조두가 목적을 이루지 못할 정도라면 중요한 위치에 올려놓고 심각하게 살펴봐야 한다.

"이번 일만 끝나면……."

"쉿!"

묵혈도가 말을 잇고자 할 때 벽사혈이 쉿소리를 흘렸다.

묵혈도는 말을 뚝 멈췄다.

"흠!"

묵혈도의 입에서 가는 신음이 흘러나왔다.

"맡았어?"

"지독하군. 겨우 일성일 텐데."

"폐가에서 맡은 냄새가 맞아?"

"맞아. 이 냄새야."

"호호! 어린놈이 불쌍하게 됐네. 이런 냄새를 풍기면서 어떻게 도망가겠다고. 그런데 우리, 꼬마 하나 잡자고 꼭 이런 짓까지 해야 하는 거야?"

"하라잖아."

묵혈도가 허리를 약간 숙이는가 싶더니 스르륵 나무와 동화되어 사라졌다.

추포조두가 펼쳤던 암행류와 같은 종류의 은신술이다.

벽사혈은 사라지는 묵혈도를 보면서 빠르게 이동했다.

사사삿! 사사사삿!

벽사혈의 움직임은 성난 멧돼지처럼 빠르고 강했다. 나뭇가지들을 건드렸고, 발끝에 걸리는 돌멩이를 차냈고, 심지어는 검으로 나무를 치기도 했다.

그녀는 자신의 움직임을 명확하게 드러냈다.

'훗!'

당우는 안색이 새파랗게 질렸다.

등하불명도 헛수고인가? 저들이 어떻게 알아챘지? 두 사람이 떠난 걸 보았는데 또 잡으러 와? 그것도 자신이 숨어 있는 곳을 알고 있는 듯 거침없이 달려와?

숨어 있는 줄 모르는데 일부러 아는 척하는 걸까? 그렇다면 계속 숨어 있어야 한다. 정확하게 알고 쫓아오는 걸까? 그럼 지금이라도 도망가야 한다.

찰나의 망설임은 있었지만 곧 행동으로 이어졌다.

츠으으읏!

진기를 끌어올려 두 손에 운집시켰다.

뜨거운 기운이 단전에서 솟구치더니 순식간에 전신 경맥을 휘돌아 열 손가락에 모였다.

자신에게 주어진 최강의 무기는 뭔가? 두말할 것도 없이 투골조다. 남들은 검이니 창이니 하지만 자신에게는 돼지 열 마리를 단숨에 죽여 버린 독기가 있다.

양손을 들어 눈앞에 있는 거목을 향해 십지를 떨쳐 냈다.

탁! 탁!

열 손가락이 묵중한 나무에 꽂히는 순간, 나무는 자신의 운명을 예감한 듯 부르르 떨었다. 그리고 그 순간,

파아아아아……!

폐가를 단숨에 생지옥으로 만든 독기가 사방팔방으로 퍼져 나갔다.

"후후후······."

치검령은 어이가 없어서 실소를 흘렸다.

당우라는 이름은 순박함의 상징이다. 어리석음이라고 해도 좋을 만큼 세상 물정을 모른다.

바보? 천치? 뭐라고 생각하든 간에 부리기 쉽게 돈이 들지 않으며 비밀이 보장된다.

당우는 싼값에 쓸 수 있는 바보다.

그런데 저 당우만은 그렇지 않다.

"투골조를 저런 식으로 쓰다니. 후후후! 기막히군."

그는 고개를 절레절레 저었다.

벽사혈이 노골적으로 신형을 드러낸 것은 당우를 있는 자리에서 튕겨내기 위해서다.

당우가 튕겨 나가면 암중에 숨어 있던 묵혈도가 낚아챈다.

저들이 당우라는 어린아이 한 명을 잡으면서 이토록 신중하게 행동한 것은 바로 자신이 끼어들 것을 우려했기 때문이다.

저들 근처에는 추포조두도 있다.

그는 사라지는 척했지만 멀리 가지 않았다.

당우가 내뿜는 냄새는 약간 비린내를 풍기는 정도이지만 무인의 오감까지 속일 수는 없다.

당우는 도망갈 길이 끊겼다.

이제 당우의 냄새를, 투골조의 냄새를 안다.

멀리서 맡아도 단숨에 당우의 얼굴이 떠오를 정도로 익숙한 냄새가 되었다.

 추포조두나 자신이나 당우를 잡고자 하면 그가 어디에 있다고 해도 하루도 걸리지 않아서 찾아낼 게다.

 하니 추포조두가 멀리 사라진다는 것은 기대할 수 없는 일이었다.

 그는 좌우쌍비를 불러와 체포에 가담시켰다. 그리고 자신은 숨어서 치검령이라는 존재를 기다린다. 이번에도 치검령이 나타나서 방해하기를 바란다.

 당우도 잡고, 자신도 잡을 생각이다.

 멋모르고 끼어들면 여지없이 당한다.

 적성비가의 무공은 모르고도 당하고 알고도 당한다는 말이 있을 정도로 강하다.

 무공만으로 따졌을 때, 추포조두는 두렵지 않다. 무시할 수도 없다. 신중하게 겨룬다면 해볼 만한 상대다.

 한데 지금은 그런 싸움을 할 수 없다.

 그는 대놓고 당우를 잡을 수 있는 권한이 있고, 자신은 정체를 숨긴 채 암습만 가하는 것으로 만족해야 한다.

 더군다나 이번에는 그가 함정을 파놓은 채 기다리고 있다.

 움직일 수 없다. 당우가 잡히는 것은 시간문제이고…… 체내에 독기는 어쩔 수 없다고 해도 입만은 봉할 생각이다.

 추포조두는 일촌비도에 대한 준비도 갖춰놓고 있겠지만, 그래도 일촌비도를 날릴 수밖에 없다.

 '단 한 번의 기회밖에 주어지지 않을 터.'

그렇게 생각하고 있던 차에 투골조가 터졌다.

사람을 향해 쓴 게 아니다. 사방을 독기로 채워놓아 접근을 차단할 목적으로 썼다.

아주 영리하지 않은가.

수련한 지 겨우 며칠밖에 되지 않은 아이가 투골조를 능수능란하게 사용한다.

아마도 이런 지경이라면 직접 수련을 한 류명보다도 더 낫지 않나 싶다.

자신이 모르는 동안에도 투골조를 수련했다는 뜻이다. 접근 차단에 이용할 정도로 투골조에 대한 이해도 아주 깊다.

죽여야 한다. 아이를 놓치면 천추의 한이 된다.

벽사혈이 독기를 눈치채고 물러선다. 묵혈도 역시 암행류를 풀고 뒤로 빠졌다.

당우의 독기는 그들에게 큰 위협이 되지 않는다.

추포조두나 자신에게도 눈살을 찌푸리게 하는 정도의 효력밖에 발휘하지 못한다.

폐가에서 전개된 투골조와 지금 당우가 시전한 투골조는 상당한 차이가 있다.

폐가에서는 자신의 진기가 가미되어 독공(毒功)의 효능을 충실히 드러냈다. 하나 지금은 온전히 당우의 진기만으로 투골조가 발출된 것이니 위력이라고 말하기도 창피스러울 지경이다.

물론 독기는 발출된다.

투골조에 맞으면 가축이 죽고 사람이 살상된다. 이것만은 분명하다. 설혹 자신일지라도 무방비 상태에서 투골조에 당하면 상당한 충격을 받는다.

아무리 작아도 칼은 칼인 것이다.

다만 위력이 너무 약하기에 정통 무인에게는 아무짝에도 쓸모가 없다고 말하는 것이다.

묵혈도와 벽사혈이 물러선 진정한 이유는 자신이 나타나지 않았기 때문이다. 투골조의 독기 때문이 아니라 방해하는 자가 없기 때문에 독기 핑계를 대고 물러선 것이다.

치검령은 움직이지 않고 당우만 주시했다.

저 상태로 잡히면 안 된다. 체내에 남아 있는 독기의 잔재가 말끔히 지워지려면 앞으로도 이틀 이상의 시간이 더 필요하다. 그동안은 잡혀서도, 죽어서도 안 된다.

정 급하게 되면 생포되니 차라리 죽이는 게 낫겠지만 가급적이면 살아 있기를 바란다.

한데 이런 점은 추포조두도 알고 있다.

당우는 오늘 잡힌다.

고양이가 새앙쥐를 가지고 놀듯이 이리저리 흔들어보고 있지만 결국은 잡는다.

어떻게 해야 하나? 죽여야 하나? 그게 생포되는 것보다 낫겠지? 죽은 다음에는 독기의 잔재만 남지만 생포되면 나불거릴 수 있는 입도 남게 되니까.

'기회를 봐서……'

타타탁!

아무것도 모르는 당우는 투골조가 통한 줄 알고 벌떡 일어나 벼락처럼 달려나갔다.

第五章
발악(發惡)

1

쒜엑! 쒜엑! 쒜엑!

등 뒤에서 화살이 날아온다.

당우는 즉각 누가 뒤따라온다는 사실을 감지해 냈다.

투골조를 전해 받은 다음부터 감각이 훨씬 예민해졌다. 눈이 밝아져서 먼 곳에 있는 것도 뚜렷하게 보인다. 귀도 맑아졌다. 평소 같으면 들을 생각조차 못했던 작은 소리들이 옆에서 고함을 지른 듯 크게 들린다.

누군가 쫓아온다.

얼마나 빠르게 쫓아오면 바람에 옷자락 쓸리는 소리가 화살 날아오는 소리처럼 들릴까.

'훅!'

당우는 다급해졌다.

쫓아오지 못할 것이라고 생각했는데 쫓아온다. 투골조의 독기도 아무 소용 없다.

누가 쫓아오는 것일까?

누구든 상관없다. 이번에 잡히면 꼼짝없이 죽는다. 왠지 그런 느낌이 강하게 든다.

당우는 도주할 길을 찾았지만 그 어디에도 그가 달려갈 곳은 없었다. 들판으로 달리면 몇 걸음 도주하지 못해서 잡히고, 산으로 가도 체력이 달려 잡히고, 민가로 숨어들자니 마을 사람들 모두가 잡아 죽이려고 날뛰고 있다.

당우는 냅다 산 정상을 향해 치달렸다. 그런데,

'응?'

자기 스스로 생각해도 신기할 만큼 몸이 가볍다.

예전에도 산은 잘 탔다. 일고여덟 살 때부터 나무를 해왔으니 웬만한 장정보다는 더 잘 탄다. 그런데 그 정도로는 설명이 되지 않을 만큼 몸이 날렵해졌다.

'이것도 투골조 때문······.'

갑자기 신바람이 났다. 잘하면 도망갈 수 있겠다는 희망도 생겼다.

쒜엑! 쒜엑!

등 뒤에서는 여전히 화살 소리가 울린다.

'거리를 좁히지 못하고 있어!'

어찌 된 영문인지 모르겠지만 절정고수로 짐작되는 자들이 따라붙지 못하고 있다.
　'됐어!'
　당우는 산으로 치달려 올라갔다.

　'만동(萬洞).'
　치검령은 피식 웃었다.
　당우가 투골조의 냄새만 풍기지 않는다면, 냄새만 숨길 수 있다면…… 잘하면 살 수 있을지도 모르겠다.
　그에게는 두 가지 행운이 겹쳤다.
　첫 번째는 추격자들이 전력을 다하고 있지 않다는 점이다.
　물론 그들이 여유를 두고 있는 데는 추포조두의 입김이 크게 작용했을 게다. 또, 당우 정도는 마음만 먹으면 언제든지 잡을 수 있다는 자신감도 한몫했다.
　두 번째 행운은 지리(地理)의 이점을 취하고 있다는 점이다.
　만동은 묘지다.
　지금은 찾는 사람이 없지만…… 돌림병만 돌면 어김없이 아비규환이 연출되는 곳이다.
　돌림병에 걸린 사람들은 전염을 우려한 때문에 만동에 안치된다. 아니, 강제로 쫓겨난다. 만동으로 가던가 아니면 마을에서 내쫓기던가 둘 중의 하나를 선택해야 한다.
　어떻게 부모 형제를 차가운 동굴 속으로 내몰 수 있나.
　어떻게 아내, 자식을 죽음만 가득한 곳으로 들이밀 수 있나.
　잔인하며, 가슴이 찢어지는 일이지만 많은 사람이 살기 위해서는 어쩔 수 없다.

　만동으로 들어선 사람들은 거의 대부분 죽는다.

　음식물과 먹을 물을 넣어주지만 그것만 가지고는 돌림병을 막지 못한다.

　열에 열이 죽는다.

　만동에는 한을 품고 죽은 사람들의 원귀가 떠돈다. 그래서 돌림병이 끝난 후에도 만동을 찾는 사람은 없다. 찾아가 봤자 미로처럼 얽힌 동굴 속에서 혈육을 찾을 수도 없거니와 목불인견(目不忍見), 눈 뜨고 쳐다볼 수 없는 처참한 광경에 가슴만 더 찢어진다.

　사람들에게 만동은 잊힌 장소다. 결코 찾아가서는 안 되는 저주의 장소다.

　결코 잊을 수 없는 신령스러운 곳이다. 남은 자들을 위해 아픈 몸을 이끌고 죽음의 굴로 들어서던 혈육들의 혈한이 스며 있기에 천년만년이 지나도록 훼손되어서는 안 된다.

　당우는 만동을 안다. 묵혈도와 벽사혈은 만동을 모른다.

　평소라면 이 정도의 차이로 목숨을 구할 수도 있다. 하나 지금은 사정이 다르다. 당우는 지워지지 않을 냄새를 안고 산다. 미로(迷路)처럼 복잡한 만동으로 들어서더라도, 아주 깊이 숨어도 그를 찾기는 어렵지 않을 게다.

　치검령은 걷기 시작했다.

　만동은 용암동굴이다.

　자연적으로 생성된 동굴에 인공적인 힘이 가해져서 살기 좋은 동굴로 만들었다.

살기 좋다는 말은 어폐가 있다. 죽을 때까지만이라도 편해 보고자 이곳저곳을 다듬은 것뿐이다.

돌림병이 끝난 후, 누군가가 동굴로 들어선 적이 있다.

시신이라도 거둬서 장사 지내야 마음이 편하겠다며 인골 더미를 넘어섰다.

한데 그는 얼마 들어가지도 못하고 물러섰다.

안이 미로(迷路)처럼 뒤엉켜 있어서 까딱하면 길을 잃기 십상이다. 더군다나 보보마다 시체가 발에 걸려서 도저히 앞으로 나아갈 수 없었단다.

암동으로 들어서는 입구는 두 군데다.

당우가 올라가는 쪽으로도 들어갈 수 있지만 반대쪽에서도 들어가는 입구가 있다.

이쪽 마을 사람과 반대쪽 마을 사람들이 같은 동굴을 사용하지만 워낙 넓어서 마주치는 경우가 거의 없단다. 사람들이 안으로 깊이 들어가지 않고 입구 주변에만 몰려 있는 탓이다.

사람들이 만동에 대해서 알고 있는 것은 그 정도다.

치검령도 만동에 대해서 많이 알고 있지는 않다. 다만 용암동굴의 특성상 위험이 곳곳에 도사리고 있어서 횃불 없이는 깊이 들어가기 곤란하다는 점은 안다.

묵혈도는 아무런 장비도 없이 들어간다.

그저 일직선으로 뻥 뚫린 고만고만한 동굴쯤으로 생각하고 들어섰겠지만, 안에 들어가면 많이 곤란할 게다. 당우가 냄새를 풀풀 풍긴다지만 쫓기가 쉽지만은 않을 게다.

더군다나 그는 동굴을 모른다.

자신도 동굴을 모르기는 마찬가지이지만 사전 지식이라도 있으니 조금은 편할 것이다.

당우를 쫓을 필요가 없다. 먼저 들어가 있으면…… 잘하면 이틀이란 시간을 벌 수 있을지도 모르겠다.

휘익!

당우는 한달음에 산 정상까지 치달렸다.

사람들은 만동에 오기를 꺼린다. 워낙 사람이 많이 죽은 곳이라서 혹여 나쁜 원귀가 달라붙을까 봐 찜찜해한다.

당우는 몇 번 와본 적이 있다.

정말 미안한 말이지만, 죽은 사람들의 소지품들 중에서 쓸 만한 것이 없나 싶어서 구석구석 뒤져 본 적이 있다.

"아줌마, 안녕!"

만동을 들어서면 바로 인골 한 무더기가 나타난다.

쪼그리고 앉아 죽은 것을 저승에서나마 편하라고 반듯하게 눕혀주었다.

눕혀주었다고 해서 시신을 눕힌 건 아니다.

만동에 있는 시신들은 모두 수분이 증발해 버려 목내이(木乃伊)가 되었다.

그것도 안쪽으로 들어가야 목내이를 볼 수 있고, 입구에 있는 시신들은 살이 썩어 뼈만 남아 있다.

당우는 뼈를 순서대로 맞춰주었다.

인골을 순서대로 맞추는 것도 밀마를 푸는 작업과 비슷하다.

크고 작은 것들을 차례차례 맞추다 보면 어느새 사람 모습이 완성되어 있곤 했다.

뼈의 모습으로 남자와 여자도 구별할 수 있게 되었다.

살이 다 삭아서 하얀 뼈만 남았어도 남자와 여자는 확연하게 구분된다.

뼈의 크기, 길이, 닳은 곳…….

만동 입구에 있는 뼈는 여인의 것이며 나이는 대략 사십 전후에 절명한 것으로 추측된다.

그래서 아줌마다.

만동 안에는 아는 사람들이 많다.

아저씨, 할아버지, 할머니, 어린 동생도 있고, 형들도 있다.

당우는 쏜살같이 안으로 파고들었다.

"쯧!"
"진작 잡을 걸 그랬나?"
"진작 잡기는 뭘 잡아. 이 마당이 됐어도 명이 안 떨어지잖아. 제길! 다음 세상에 태어나면 확 풍천소옥으로 갈까 보다."
"넌 거기 가서도 졸개야."
"야! 같은 말이라도 좀 곱게 해줄 수 없냐?"
"이게 곱게 해준 거야."

두 사람은 티격태격하며 만동을 살폈다.

당우는 걱정하지 않는다. 그는 마치 허리에 줄을 매놓은 것 같아서 천 리 밖으로 도망가도 염려되지 않는다.

두 사람은 동굴로 들어가는 게 썩 내키지 않았다.

좀 크다는 마을에는 으레 이런 공동묘지가 있다. 사람을 매장하는 공동묘지가 아니다. 죽을병에 걸린 사람을 억지로 생매장시키는 공동묘지다.

이런 곳에는 항상 음산한 기운이 감돈다.

괜히 기분이 그래서일까? 들어가라면 못 들어갈 바는 없지만 가급적이면 들어가고 싶지 않다.

죽은 사람에 대한 예의도 문제다.

이런 곳에는 뼈다귀가 지천에 널려 있다. 한 발 건너 한 번씩 삭아버린 뼈를 본의 아니게 밟고 지나간다.

아무리 죽은 사람이라지만 예의가 아니지 않나.

두 사람은 행여나 하는 심정에서 명령이 떨어지기를 기다렸지만 명은 떨어지지 않았다.

고요한 침묵만 흐른다.

"제길! 이럴 줄 알았다니까. 내가 들어갔다 올게."

"고마워. 내가 안 따라가도 되겠어?"

"놀리지 마라. 속 쓰리다."

묵혈도가 안으로 쑥 들어갔다.

'후후! 잡았어.'

추포조두는 눈에 살광을 띠었다.

당우 같은 어린아이를 잡는 게 무슨 큰일이랴. 그저 손만 뻗으면 되는 것을.

추포조두는 조금 더 깊게 생각했다.

어차피 아이 자체로는 아무런 증거가 되지 않는다.

가장 확실한 것은 체내에 있는 투골조 독기를 끄집어내는 것이다. 한데 이것도 사실 직접적인 증거는 되지 않는다. 치검령이 누군가를 대신해서 아이에게 누명을 씌웠다는 증거는 되지만, 이것이 곧 천검가에 흉수가 있다는 뜻은 되지 않는다.

천검가가 치검령을 버릴 때, 이 증거는 아무짝에도 쓸모없다.

다만 수사를 계속할 수 있는 근거는 된다.

진짜 흉수가 잡히지 않았으니 천검가를 압박할 수 있는 칼 한 자루는 움켜쥔 셈이다.

아이를 사로잡으면 자백을 받아낼 수 있다.

천검가의 공자 중에 누가 내력을 전이해 주었다. 이런 자백이라도 받아내면 그야말로 대성공이다.

그런데 이런 자백도 사실대로 말하면 그리 유용하지 못하다.

어린아이가 무슨 말인들 못하겠는가. 꼬마가 어떻게 고문과 압박을 견디겠는가.

아이의 자백에다가 증거까지 들이밀어도 천검가를 완전히 굴복시키기에는 한계가 있다.

발악(發惡) 159

어떻게 하든 투골조를 수련한 흉수는 나타나지 않는다.

이렇게 명문거파(名門巨派)가 관계된 사건은 풀어내기가 쉽지 않다.

백석곡에서 투골조의 흔적을 찾아냈을 때부터 쉽지 않다는 생각을 했다.

상대는 천검가다. 검련십가 중의 일가인 천검가이다. 검련 일가의 강력한 후원자이자 수족으로 웬만한 잘못쯤은 캐내지 말고 오히려 덮어주어야 할 형편이다.

'음모!'

누군가의 획책이 확 느껴진다.

천검가가 바보가 아닌 이상 본가 바로 앞에서 사공을 수련할 리 있는가.

천검가의 무공은 투골조 따위가 상대할 수 있는 게 아니다.

천검가가 검련십가의 위치를 차지한 것은 아부를 잘해서가 아니다. 정정당당하게 무림에 나서서 숱한 사마인을 굴복시킨 끝에 오늘날의 위치를 차지했다.

그 중심에 있던 무공이 천유비비검이다.

수련하기가 지극히 난해해서 초반 진척은 더딘 편이다.

솔직히 기본공에서 너무 많은 시간을 잡아먹는 게 사실이다. 하나 일정한 경지에 올라선 뒤부터는 장마철에 대나무 자라듯이 쑥쑥 커가는 무공이다.

천유비비검을 수련한 무인들은 다른 무공을 곁눈질하지 않는다.

그러면 도대체 어떤 정신머리없는 자가 투골조 같은 사공에 한눈을 판 것일까?

사리 판단이 분명치 않은 아이일 것이다.

이성적인 판단보다는 강해지고 싶다는 욕구가 훨씬 강한 젊은 피일 게다.

류명!

삼부인 슬하에서 태어난 늦둥이!

천검가주의 장중보옥(掌中寶玉)!

천검가에서 투골조를 수련한 자가 있다면 오직 한 명, 류명뿐이다.

오직 철없는 철부지만이 속이 환히 보이는 수법에 넘어간다. 제대로 일이 터지면 천검가의 영예가 폭삭 주저앉는 줄도 모르고 감언이설(甘言利說)에 넘어간다.

음모를 전개한 자들은 자신이 투입될 것까지 예상했다.

검련제일가에 손을 써서 자신이 투입되도록 영향력을 발휘했을지도 모른다.

좌우지간 그건 나중에 알아보면 될 일이고…….

음모를 전개한 자가 있다. 천검가가 억울하게 당했다는 점만은 인정한다. 하지만 그렇다고 해서 류명이 투골조를 수련한 원죄(原罪)가 가려져서는 안 된다.

누가 음모를 꾸몄는지는 천검가주가 알아서 할 일이다.

치검령이 오직 은폐에만 온 신경을 쏟아붓듯이, 자신은 투골조를 수련한 자만 색출해 내면 된다.

발악(發惡)

그래서 제삼의 방법을 쓴다.

아이와 치검령을 함께 잡는다.

아이가 몸을 피한 굴이 예전에 어떤 용도로 사용된 굴인지는 익히 짐작한다.

이런 동굴은 이곳만 있는 게 아니니까.

또 이런 동굴치고 입구가 하나인 경우도 드물다. 격리해야 할 입장이라서 어쩔 수 없이 죽음으로 몰아넣지만 사는 데까지는 살기를 원한다.

그런 마음으로 입구를 두 개 정도 만들어서 신선한 공기를 집어넣어 준다.

아이가 동굴 속으로 뛰어들었는데도 치검령은 나타나지 않았다. 다른 통로를 통해서 안으로 들어선다는 뜻이다.

그러면 다른 곳…… 당우가 들어선 곳과 정반대 위치를 더듬으면 치검령을 찾을 수 있다.

이건 손에 장을 지진다고 해도 장담할 수 있다.

치검령과 당우를 함께 잡으면 이번 투골조 사건은 가장 깨끗하게 끝난다.

추포조두는 묵혈도가 동굴 안으로 들어서는 모습을 지켜봤다.

한 명이 들어서고 한 명은 굴 밖에서 지킨다.

이쪽은 안심해도 된다.

남은 것은 자신이 반대쪽으로 돌아가서 치검령을 잡는 일인데…… 가능할까? 가능하다. 풍천소옥 무인들이 뛰어난 것은 인정하지만 적성비가에 비할 바는 아니다.
 "후후!"
 그는 웃었다.

2

 어디로 갈까 하는 고민은 없다.
 만동으로 들어선 이상, 이곳은 그의 세상이다. 동네 골목에서 노는 것처럼 사방을 마음대로 뛰어다니며 놀 수 있다.
 병에 걸려 이런 곳에 들어서는 사람들이 돈인들 지니고 들어오랴. 거의 대부분은 있는 것 없는 것 탈탈 털어주고 가진 것 없는 맨 몸뚱이로 들어선다.
 그런 걸 알면서도 혹시나 하는 심정에서 소지품들을 뒤졌다.
 운이 좋으면 은가락지라도 얻을 수 있고, 그마저도 안 되면 하다못해 동전 한 닢이라도 나오지 않을까 싶어서였다.
 유골이 있는 곳은 샅샅이 뒤졌다.
 천장에서부터 바닥까지, 동굴 가운데 자그마한 호수가 있는데 물에 빠져 죽은 시신은 없나 싶어서 호수 밑바닥까지 살폈다.
 실제로 도움도 많이 되었다.
 아무리 없는 사람들이라고는 하지만 쌈짓돈 정도는 있게 마련이다. 특히 일가붙이가 없거나 탐욕이 심한 사람은 제법 묵직한 전낭을 지닌 채 죽었다.

이곳에서는 돈이 소용없다.

아무리 돈이 많아도 죽어야 한다. 옆에 돈이 쌓여 있어도 관심을 쏟지 않는다. 돈 꾸러미보다는 차라리 먹을 수 있는 쌀 한 톨이 더 소중하다.

이곳에 들어온 사람들은 그렇게 된다.

당우는 이곳에서 쏠쏠하게 동전을 구했다.

욕심을 부리지는 않았다.

많은 재물은 화(禍)가 된다.

어린아이가 갑자기 많은 돈을 들고 나타나면 누구라도 궁금해할 것이다. 결국 만동에서 취한 재물임이 드러날 것이고, 하면 망자를 능멸했다고 하여 치도곤을 당할 게다.

그렇게라도 해서 돈을 온전히 쓸 수만 있다면 백 번이라도 한다.

많은 돈은 아버지를 노름판으로 내몰 뿐이다.

동전 한 닢을 가지고 가나 은덩이 하나를 들고 가나 모자(母子)의 입에 들어가는 것은 보리쌀 한 줌이다.

그래도 늘 궁할 때면 이곳을 찾았다. 구석구석을 누볐고, 어렵게 동전을 구했다. 찾은 곳을 또 찾고, 또 찾고…… 마치 보물찾기라도 하듯이 온갖 데를 다 뒤졌다.

휘익! 휘이익!

당우는 날다람쥐처럼 바위를 타넘었다.

동굴 속은 추측이 불가능할 정도로 변화무쌍하다. 광장처럼 넓은 공간이 나오는가 하면 갑자기 천 길 낭떠러지로 뚝 떨어진다. 언제인가는 낭떠러지에서 떨어져 죽은 멧돼지를 조각 내어 집에 가져간 적도 있다.

급히 벼랑을 타고 내려간 후, 어린아이가 간신히 기어들어갈 만한 구멍에 몸을 들이밀었다.

'이제 됐어. 며칠만 숨어 있으면 돼.'

쉬이익!

컴컴한 동굴 속에서 옷자락 펄럭이는 소리가 들렸다.

'어떻게!'

당우는 깜짝 놀랐다.

사람들은 대체로 벼랑을 내려오지 않는다. 옆으로 돌아가는 길이 있고, 그곳으로 가면 또 다른 광장으로 통하게 된다.

숱한 사람들이 만동으로 들어섰지만 그가 숨어 있는 곳을 기웃거린 사람은 없다.

자신 역시 누군가 떨어져서 죽은 사람이 있을 것이라는 생각을 하지 않았다면 벼랑을 타는 일 같은 건 없었을 게다.

벼랑 밑에는 세 구의 인골이 있다. 또 멧돼지의 뼈다귀도 늘어져 있다.

옷자락 펄럭이는 소리가 가까워져 온다.

벼랑 위에서 들린 소리가 점점 밑으로 떨어지더니 급기야 그가 숨어 있는 곳으로 다가선다.

"후후! 숨바꼭질하자는 게냐? 귀찮다. 그만 나와."

당우는 나가지 않았다.

어느 미친놈이 이따위 소리에 겁을 집어먹고 나가겠는가? 그런 놈이 있기는 한가?

"하하! 필요없다니까! 그만 나와!"

정말 발각된 건가? 어떻게? 보이지 않는 곳에 숨었고, 횃불도 들고 있지 않고, 숨소리도 죽이고 있는데…… 훨씬 먼저 내려와서 자신만 아는 곳에 숨었는데 어떻게?

당우는 손을 들어 살며시 입을 틀어막았다. 혹여 자신도 모르는 사이에 숨결이라도 새어 나갈까 봐 걱정된다.

'후우우웁.'

저벅! 저벅!

사내는 어둠 속에서도 사물을 꿰뚫어 보는 안목을 지녔는지 정확하게 다가섰다.

"끄집어낼까, 나올래?"

바로 코앞에서 한 말이다.

사내와 그를 가로막고 있는 것은 작은 구멍뿐이다.

'들켰어!'

이 시점에서도 안 들켰다고 우기는 건 바보짓이다.

당우는 슬그머니 움직여서 구멍 옆에 앉았다.

츠으읏!

진기를 일으켰다.

아무리 무공이 강해도 자신을 잡기 위해서는 작은 구멍 안으로 몸을 들이밀어야 한다. 사내의 건장한 체격으로는 결코 통과할 수 없다고 생각되지만…… 상대가 무인이니 어떤 수단이 없을 것이라는 보장을 하지 못한다.

몸을 들이미는 순간 투골조로 타격한다.

가장 취약한 시기에 수퇘지도 단번에 쓰러뜨리는 독을 발산시킨다면 항우장사라도 나가떨어질 게다.

파아앗!

뜨거운 기운이 아랫배에서 일어나더니 전신을 휘돌았다.

왼발, 오른발, 뱃속을 스쳐 지나기도 하고, 등줄기를 훑기도 한다.

불덩이처럼 뜨거운 진기는 양손에 운집된 다음에야 비로소 차분하게 가라앉는다.

한데 이때, 전신에서는 묘한 현상이 일어난다.

뜨거운 불덩이가 스쳐 지나간 곳에서 아주 강한 힘이 느껴진다. 아무리 뛰어도 피곤하지 않고, 온몸이 솜처럼 축 늘어지다가도 뜨거운 불덩이만 지나가면 곧 다시 팔팔하게 되살아난다.

기분이 아주 좋다.

당우는 짬만 나면 운기를 했다.

산을 치달려 온 다음에도 운기를 했고, 작은 구멍으로 기어든 다음에도 운기를 했다.

시간만 났다 하면 운기를 한다.

몸도 활력을 되찾고, 마음도 평온해지는데 왜 하지 않겠는가.

다만 움직이는 가운데는 할 수가 없다. 산을 올라오면서 진기를 일으켜보려고 했지만 불덩이가 감지되지 않았다. 그랬다면 더욱 빨리 올라올 수 있었을 텐데.

아쉽지만 안 되는 것은 안 되는 거고…… 되는 것만이라도 충실히 한다.

불덩이를 어디에서 일으켜 어디로 보낼까?

이걸 몰라서 치검령이 직접 진기를 불어넣어 이끌어주었다.

이제는 그러지 않아도 된다. 자신이 생각하기도 전에 불덩이가 먼저 알아서 제 갈 길을 간다.

자신은 지켜보기만 하면 된다.

'들어오기만 해봐!'

치직! 치이익!

뱀이 쇳소리를 흘린다. 강적을 앞에 두고 빳빳하게 고개를 세운다. 독기를 끌어낸다.

묵혈도는 매캐한 냄새를 맡고 뒤로 다섯 걸음이나 물러섰다.

우둑!

뒷발에 뼈가 밟혀 으스러졌다.

'이런!'

묵혈도는 난감한 듯 인상을 찡그렸다.

공기 중에 번져 가는 냄새는 분명히 투골조의 독기다.

꼬마가 아주 작은 구멍 안으로 기어들어 가서 독기를 끌어내고 있다. 들어서기만 하면 가차없이 치겠다는 뜻인데……
이건 경시하지 못한다.

독기는 염려할 게 없다.

투골조의 독기라고 해봐야 겨우 일성에 불과하기 때문에 피독환(避毒丸) 한 알 깨어 물면 살갗도 뚫지 못한다.

정작 경시하지 못하는 것은 우습게도 조공(爪功)이다.

묵혈도 같은 무인이 이제 갓 무공을 접한 아이의 조공을 심각하게 생각한다면 천하인이 웃으리라.

한데 실제로 그런 일이 벌어졌다.

아이의 조공은 별게 아니다. 진기가 미약해서 맞아봤자 간지럽기만 하다. 독공도 별것이 없다. 독기가 맹렬하기는 해도 대처할 방법은 있다.

그런데 이 두 가지가 결합하면 상당히 무서운 무공이 된다.

아이의 조공은 독기를 함유하여 뼈를 뚫는 창으로 변한다. 독기도 마찬가지다. 지금은 평범하지만 살을 찢고 들어서면 그때는 이야기가 달라진다.

살갗에서 뿌려진 독과 혈액 속에 침투한 독은 천양지차(天壤之差)다. 물론 독의 성질에 따라서 닿는 것도 위험한 독이 있지만 투골조의 독기는 안으로 파고들 때 훨씬 위험하다.

약간의 생채기…… 손톱에 긁히기만 해도 치명적일 수 있다.

밝은 대낮이라면 그런 것조차 염려하지 않는다. 아이가 아무리 발버둥 쳐봤자 일수도 막아내지 못한다.

발악(發惡)

아이는 신법을 모른다.

산을 달리면서 봤는데, 그저 힘만 가지고 치달린다. 다른 무공은 일절 모르고 오직 투골조만 배웠다. 신경 쓰지 않고 손가락만 까딱하면 잡을 수 있어야 하는데…… 딱 하나 익힌 투골조 때문에 오히려 자신이 물러선다.

'이놈 봐라!'

묵혈도는 호흡을 멈추고 쑥 나아갔다.

아이가 믿는 건 작은 구멍뿐이다. 자기가 들어갔던 것처럼 허리를 숙이고 힘들게 기어들어 올 때를 노린다. 그러기 위해서 투골조를 끌어올린 것이리라.

쒜엑! 퍼억!

냅다 내지른 발길에 구멍이 뻥 뚫렸다.

용암동굴은 바위의 질이 무르다. 단단한 곳도 있지만 무른 곳이 훨씬 많다. 특히 아이가 들어간 곳은 그리 두텁지 않은 벽 하나만 존재한다.

전력으로 떨쳐 낸 구중철각(九重鐵脚)이 석벽을 유리 깨듯이 부숴 버렸다.

"악!"

뿌옇게 일어나는 먼지 사이로 짤막한 비명도 들렸다.

석벽인지 돌기둥인지 모를 곳은 완전히 부서졌다. 작은 구멍에 불과하던 입구는 서서도 걸어 들어갈 수 있을 만큼 넓혀졌다.

철갑병(鐵甲兵)도 일격에 죽여 버린다는 구중철각을 전력으로 떨쳐 냈으니 당연한 결과다.

묵혈도는 즉시 신법을 펼쳐 뛰어들었다.

더 이상 시간을 줄 수 없다. 조금 여유를 주었더니 이상한 동굴로 뛰어들었고, 조금 더 여유를 주자 웬 개구멍 같은 곳으로 기어들어 가 투골조를 펼친다.

재빨리 낚아챈 후, 빠져나간다.

"이놈아, 그러니까 좋은 말 할 때……."

묵혈도는 뿌옇게 일어난 먼지들이 가라앉을 때까지 두 눈을 부릅뜬 채 사방을 훑었다.

당우는 없었다.

'어떻게 알아냈지?'

몇 번을 고쳐서 생각해도 도무지 알 길이 없다. 흔적을 남긴 것도 아니고 뭘 흘린 것도 아닌데 정확하게 쫓아온다.

뭔지는 모르지만 자신이 뭘 흘린 것이다.

사내가 뛰어난 무인인 것은 짐작하고 있는 바이지만 아무리 무공이 절륜해도 흔적없이 도주한 사람을 쫓지는 못한다.

자신이 보는 눈과 사내가 보는 눈이 다르다.

자신은 흔적을 남기지 않았다고 생각해도 사내의 눈에는 어떤 것이 환히 비쳐질 게다.

세상은 아는 만큼 보이는 것이다.

그렇다면 도주하는 방법을 달리해야 한다.

도망치는 사람의 입장에서 만동보다 더 안전한 곳을 고를 수는 없다. 굴속을 잘 안다는 점에서 이보다 안전하게 숨을 수 있는 장소는 없다.

한데도 발각되었다.

똑같은 방식으로는 백 번을 도주해도 잡힌다는 결론에 이른다.

'어디로 어떻게 도주한다?'

생각을 정리하고 있을 때, 다섯 걸음이나 물러섰던 사내가 쏜살같이 달려들었다.

단번에 심상치 않은 위기감이 느껴진다.

계획을 바꾼다!

작은 구멍으로 기어들어 오면 일격을 가할 생각이었지만 선불 맞은 멧돼지처럼 달려들고 있다. 결코 구멍을 통해서 들어서려는 움직임이 아니다.

당우는 즉시 한구석으로 물러섰다.

퍼억!

석벽이 산산조각 날 때, 그 순간을 이용해서 몸을 빼냈다.

무너짐과 동시에 작은 연못이라고 불러도 좋을 물웅덩이로 뛰어든 게 거의 동시였다.

급하게 움직인다고 움직였는데도 석벽 파편에 등줄기를 격타당하고 말았다.

치검령에게 맞은 가슴뼈도 아직 얼얼한데 등까지 얻어맞았다.

보통으로 얻어맞은 게 아니다. 뼈가 욱신거릴 정도로 지독하게 맞았다. 부서진 돌덩이로 등짝을 두들겨 맞을 때는 뼈가 조각조각 부서지는 줄 알았다.

그러나 비명만 지르고 있을 수 없다는 것을 안다. 먼지가 피어나기 전에 도주해야 한다는 것을 안다. 조금이라도 늦게 움직이면 물속으로 뛰어든 것까지 눈치챌 것이라는 점을 안다.

쉬익! 스르륵!

물웅덩이로 뛰어들었지만 소리를 일절 흘리지 않았다.

이렇게 소리 내지 않고 잠맥질을 하는 법도 만동에서 배웠다.

동굴 속에서는 아주 작은 소리도 천둥처럼 울린다. 밖에서처럼 첨벙 뛰어들면 동굴 전체가 쩌렁쩌렁 울린다.

혹여 웅덩이 안에 고기라도 있으면 도망갈 것 아닌가. 살그머니 들어가서 고기라도 한 마리 건지면 빈손으로 나오는 것보다는 훨씬 좋지 않은가.

그래서 동굴 속에서 소리없이 움직이는 법을 배웠다.

굳이 배웠다고 할 것까지도 없다. 약간 조심성만 기울이면 누구라도 가능하다.

스으읏! 스으읏……!

묵혈도가 숨어 있던 곳을 들이칠 때, 그는 이미 물속으로 뛰어든 후였고 은밀하게 잠맥질까지 하고 있었다.

"흠!"

묵혈도는 침음했다.

어찌 된 영문인지 냄새가 나지 않는다.

당우는 꼬리 잡힌 송아지나 마찬가지였다. 어디로 가든지 주인을 떼어놓을 수 없는 처지였다.

그런데 꼬리가 잘려 버렸다.

냄새를 믿고 있었기 때문에 특별히 주의를 기울이지 않았는데…… 왜 갑자기 냄새가 사라진 것일까?

묵혈도는 정신을 집중하여 천시지청술을 펼쳤다.

추포조두만큼 깊게 사용하지는 못한다. 하지만 무림에서 살아오면서 이런 것 때문에 어려움을 겪은 적은 없다.

츠으으읏!

사방의 모든 움직임이 잡혔다.

박쥐들이 움직인다. 뱀도 기어간다. 어디서 들어왔는지 발 빠르게 움직이는 놈도 있다. 움직이는 소리로 미루어 두더지 종류일 것으로 추측된다.

'없어?'

묵혈도는 믿지 못하겠다는 듯 고개를 갸웃거렸다.

천시지청술을 펼쳤는데 한낱 아이의 움직임을 잡아내지 못한단 말인가? 이런 아이가 이토록 오랜 시간 동안 숨조차 쉬지 않고 침묵할 수 있을까?

'이거 뭐가 어떻게 된 거야?'

묵혈도는 다시 한 번 정신을 집중했다. 그리고 이번에는 절정무인을 추적하는 심정으로 올곧이 천시지청술을 끌어냈다.

파아아아앗!

동굴 안의 모든 소리를 잡아내려고 노력했다.

모든 기척이 감지되었다.

스으읏! 스으으읏!

조금 전에는 감지하지 못했던 움직임도 읽혔다.

'고기……'

고기가 있나? 물 냄새가 나는 것으로 미루어 물이 있다는 것은 알고 있었다. 한데 이 정도로 움직이려면 상당히 커야 한다. 적어도 팔뚝만 한 잉어는…….

'노옴!'

묵혈도는 아이가 어디로 사라졌는지 알아냈다.

어느새 물속으로 뛰어들었지? 그토록 지독한 냄새도 물속으로 들어가니까 나지 않는구나. 하기는…… 이런 수단을 썼으니 자신이 잠시 속았지.

하지만 이것으로 끝이다. 정말 끝이다.

아직 어린아이라서 잘 모르는 모양인데, 물속으로 도망치는 것만큼 느리고 둔한 것도 없다.

숨을 쉬기 위해서는 물 위로 올라와야 한다는 제약도 있다.

'이젠 정말 잡아야겠군.'

묵혈도는 약간 긴장했다.

방심, 방심, 방심…… 그 결과 번번이 헛손질을 했다.

동굴 안으로 들어서기 전에 낚아챘어야 하고, 막다른 곳으로 숨어들었을 때 잡았어야 한다.

이번에도 놓치면 이런 망신이 없을 게다.

그는 천시지청술을 펼치면서 천천히 물웅덩이를 향해 걸었다.

놈이 움직인다. 처음에는 은밀히 움직이더니 자신이 물 쪽으로 다가서자 빠르게 움직인다.

바깥에서 봐도 물결이 출렁인다.

'급했군.'

묵혈도는 피식 웃으면서 물웅덩이로 다가섰다.

第六章
착각(錯覺)

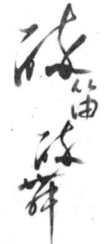

1

　동굴 안의 물줄기는 모두 한곳으로 모인다.
　이곳에 들어온 사람들이 식수로 사용하던 동굴 중앙의 작은 호수로 취수된다.
　당우가 주로 뒤져 본 곳도 그곳이다.
　동굴에 있는 시신들은 손을 탔을 우려가 있다. 사람들이 들어오지 않는다고 해도 자신처럼 동전 몇 푼이라도 건질 수 있지 않을까 하는 심정에서 기웃거리는 사람은 있을 것이다.
　그런 사람들이 제일 먼저 뒤지는 것이 동굴 입구에 있는 아줌마 유골이다.
　거기서부터 차근차근 뒤지기 시작한다.
　그러다가 십여 장쯤 들어서도록 아무 소득이 없으면 물러선다.
 자신이 그랬다. 괜히 께름칙하고, 귀신이 튀어나올 것 같고, 유골들이 살아서 벌떡 일어날 것 같은 느낌이 들었다.
 사람들은 만동에 온갖 병균이 득실거린다고 한다.
 세월이 많이 지나서 돌림병이 완전히 사라진 후에도 만동만큼은 짙은 원한 때문에 병균이 살아 있다고 믿는다.
 그런 병균들이 몸 안으로 스멀스멀 기어드는 느낌이 든다.
 그 단계를 견뎌내면 안으로 진입할 수 있다.
 안에 있는 유골들을 만질 수 있고, 제법 이것저것 살펴볼 수 있는 여유도 생긴다.
 그러나 그것으로 끝이다.
 그 누구도 호수 밑바닥을 뒤져 볼 생각은 하지 않는다.
 자신은 횃불을 밝혔었다.
 검은색 일색인 동굴에 불그스름한 횃불을 밝히자 처참했던 광경이 한눈에 드러났다.
 만동은 지옥이다.
 여기저기 아무렇게나 널브러져 있는 시신들을 보면 아무 생각도 나지 않는다. 다만 자신 같으면 아무리 지독한 돌림병에 걸렸어도 혈육을 이런 곳으로 보내지는 않을 것 같다.
 횃불에 비친 호수는 여전히 시커멓다.
 얼마나 깊은지 깊이조차 알 수 없다. 뛰어들면 영원히 벗어나지 못할 것 같은 암흑만이 존재한다.
 그 물속으로 뛰어들기까지 상당한 시간이 필요했다.

한데 막상 뛰어들고 보니 별것 아니다. 논 한가운데 있는 물웅덩이에서 물장난을 하는 것과 별반 다를 바 없다.

당우는 두려움없이 물속을 뒤졌다.

물속에서 건질 게 많은 것은 아니지만 한여름일 경우에는 땀을 식힐 수 있어서 좋았다.

동굴에 있는 모든 물길이 머릿속에 그려져 있다.

스웃! 후두두둑!

물살을 급하게 일으켰다.

사내가 생각한 것처럼 그가 가까이 다가오기 때문에 바삐 도주하느라고 물살을 일으킨 것은 아니다.

그가 다가오는 것은 감지하지 못했다.

밖에서는 인기척을 감지할 수 있지만 물속으로 들어서면 아무것도 느껴지지 않는다.

자신이 뛰어든 물웅덩이에서 동굴 중앙의 연못으로 가기 위해 약한 힘을 썼을 뿐이다. 바깥에서처럼 작은 구멍 속으로 몸을 들이밀어야 하기 때문에 손발을 거세게 허우적거린 것뿐이다.

이 순간, 발각된다 안 된다는 중요하지 않다. 그런 생각은 떠오르지도 않는다. 조금이라도 빨리 구멍을 빠져나가서 저쪽 호수로 들어가야 한다는 생각밖에는 없다.

찌익!

너무 급하게 서둘렀나? 옷이 바위에 걸려서 찢어졌다. 살도 살짝 긁혔다.

그러거나 말거나 당우는 급히 몸을 빼냈다.

작은 물웅덩이에서 비교적 너른 호수로 들어서자 비로소 마음이 안정되었다.

'됐어!'

묵혈도는 당우를 또 놓쳤다.

이번에는 분명히 잡았다 싶었다. 물웅덩이라고 해봐야 걸어 들어가면 가슴 언저리밖에 차지 않는 얕은 곳이다.

그런 곳에서 아이가 발버둥 치고 있다.

도저히 놓치려야 놓칠 수 없는 상황이다.

그런데 갑자기 사라져 버렸다. 물살이 거칠게 출렁이더니 온데간데없이 쑥 꺼져 버렸다.

"이거…… 웃기는 놈이네."

자신도 모르게 중얼거린 말이다.

한 가지 느껴지는 게 있다. 당우는 동굴을 잘 안다. 아주 잘 안다. 손바닥 들여다보듯이 환히 안다. 지리적인 이점을 이용해서 용케 빠져나간다.

"음!"

그는 팔짱을 끼고 물웅덩이를 쳐다봤다.

아이가 어디로 갔는지 알아내려면 자신도 물속으로 들어가야 한다.

그러기는 싫다. 굳이 옷을 적실 필요가 무엔가.

츠으으으웃!

천시지청술을 일으켜 세상의 소리를 들었다.

스웃! 스으웃! 스으으웃!

상당히 멀리 떨어진 곳에서 물살 헤치는 소리가 들렸다.

묵혈도는 고개를 갸웃거리며 다시 한 번 귀를 기울였다. 아이가 그 짧은 순간에 저곳까지 갔다는 게 믿기지 않는다.

스으웃! 스으으웃!

확실히 물살 헤치는 소리다.

작은 고기가 아니고 물개만 한 게 아주 은밀히 움직이고 있다.

"허! 어느새 저곳까지. 이거 피곤한 놈이네."

묵혈도는 십여 장 떨어진 곳에 있는 넓은 못을 쳐다봤다.

연못이라고 해야 할까? 호수라고 해야 할까? 끝이 보이지 않으니 호수인 것 같기도 하고, 깊이가 그리 깊지는 않은 것 같으니 연못이라고 해도 될 것 같고…….

그곳에서 큼지막한 고기가 헤엄치고 있다.

저벅! 저벅!

묵혈도는 청각이 이끄는 대로 걸어갔다.

'잡힌다!'

치검령은 당우의 임기응변에 찬탄을 보냈다.

당우의 몸놀림은 무인이라고 해도 믿겨질 만큼 민첩했다. 상황 판단도 빨랐다. 움직일 시기를 정확히 잡아냈다. 또한 움직일 때는 조금도 망설이지 않았다.

묵혈도 같은 고수를 앞에 두고 치기 어린 어린아이가 할 행동은 아니다.

하나 그것도 마지막이다.

당우는 작은 물웅덩이를 버리고 큰 호수로 들어섰지만 아이가 갈 수 있는 곳은 그곳이 끝이다.

당우는 천시지청술을 벗어나지 못한다.

무림에 '천시지청술'이라는 절기를 가진 문파는 많다.

공부(功夫)의 용도는 같다. 오감을 최대한으로 자극하여 미세한 소리를 듣고, 깨알만 한 것을 보며, 바람에 묻어온 향기를 맡는다. 감각이 극도로 미세해진다.

그런 연유로 대부분 이와 같은 공부에는 천시지청술이라는 명칭을 붙인다.

그러나 적성비가의 천시지청술은 여느 문파의 그것들과는 차원이 다르다.

적성비가는 천시지청술만 따로 추려내어 절기로 만들어냈다.

무공 수련 과정 중에 부가적으로 수련하는 것이 아니라 검도창편(劍刀槍鞭) 등과 함께 필수적으로 수련해야 할 기본 무공으로 고정시켜 놓았다.

적성비가 출신들은 모두 천시지청술의 달인이라고 봐야 한다.

추포조두가 적성비가의 무인이라면 묵혈도나 벽사혈도 사형제(師兄弟)라고 보는 편이 맞다.

모두 적성비가 무인들이며, 천시지청술의 달인이다.
　당우 같은 어린아이가 상대할 수 없는 절기 중의 절기다.
　'흠!'
　치검령은 신음을 흘렸다.
　지금 당장에라도 뛰쳐나가 도와주고 싶은 마음이 간절하지만 그럴 수 없다.
　적성비가에 천시지청술이 있다면 풍천소옥에는 초령신술(超靈神術)이 있다.
　기감기(氣感氣)!
　기운으로 기운을 읽는다.
　초령신술로 분별하건대…… 뒤에 꼬리가 붙었다.
　상대가 누구인지는 쉽게 짐작된다. 추포조두다. 그가 왜 꼬리에 달라붙었는지도 알 것 같다. 자신을 붙잡으려는 의도다. 자신이 당우를 도와준다면, 그 순간이 바로 추포조두와 맞서는 순간이 된다.
　그런 순간이 오면 그때는 결전이다.
　추포조두와 묵혈도를 되살아날 수 없을 만큼 완전히 죽인 후에 떠나야 한다.
　자신에게 그럴 능력이 있나?
　추포조두만 상대하기에도 벅찬데 묵혈도까지…… 승산이 없다.
　치검령은 차분히 생각했다.
　당우가 계속 도주할 수 있을까? 그런 확신만 있다면 도와주는 것도 나쁘지 않다.

이것은 아주 극단적인 선택이다.

여기서 당우를 빼내면 자신은 추포조두의 추적을 받게 된다. 천검가에서 내쳐질 것이고, 투골조 수련을 도와준 방조자로 낙인찍힐 수도 있다.

천검가는 사정을 알고 있지만 자신을 변호해 주지는 않는다. 아니, 투골조의 비밀을 알고 있기 때문에 오히려 살수를 보내 목숨을 빼앗으려고 할 게다.

그렇다고 해서 천검가를 욕할 수는 없다.

이게 무림의 속성이다. 필요하면 거두고 불편하면 내친다. 으르렁거리면 이빨을 뽑고, 물 것 같으면 미리 목을 쳐낸다.

이것이 어둠의 무림에서 사는 사람들의 운명이다.

'일단 여기서 잡히면 만사휴의(萬事休矣)!'

치검령은 추포조두의 동정을 주시했다

그가 움직이고 있는가? 아니다. 자리를 잡고 차분히 기다린다. 아마도 자신이 나서는 순간을 저울질하고 있을 게다. 거리는 얼마나 떨어져 있나? 십여 보 안짝이다. 신형을 날리면 촌각 만에 짓쳐 올 수 있는 거리다.

한마디로 그는 만반의 준비를 갖춰놓고 있다.

'간닷!'

치검령은 결단을 내렸다.

천검가를 위해 목숨을 버린다. 이것이 풍천소옥 출신으로서 할 수 있는 최선이다.

쒜엑!

검은 박쥐가 날개를 활짝 펼쳤다.

"후후! 뭔가 있는 것 같았어!"

묵혈도는 당황하지 않았다. 느닷없이 전개된 공격을 맞이하면서도 태연하게 혈도(血刀)를 뽑았다.

역시 묵혈도도 적성비가 출신이다.

그의 천시지청술은 추포조두의 것과 같다. 자신의 숨소리를 감지해 냈을 게다. 워낙 숨을 죽였기 때문에 인간의 숨소리인지 확신하지는 못했겠지만 무엇인가 있다는 느낌은 떨치지 못한다.

경계는 이미 하고 있었다.

안다! 알면서도 공격했다. 초령신술로 판단하건대 묵혈도의 경계는 당우에게 집중되어 있다. 자신에 대한 경계는 단순히 거리를 두고 견제하는 수준이다.

묵혈도의 경계심이 이 정도라면 기습 공격은 성공한다.

쒜에엑!

우수(右手)가 활짝 열리며 꽃잎이 분분히 피어났다. 아니, 하늘거리며 떨어졌다.

묵혈도는 두 걸음이나 쭉 물러섰다.

"낙화산겹수! 풍천소옥!"

"후후!"

"누구냐!"

"문답무용(問答無用)!"

쒜에엑!

우수를 다시 떨쳐 냈다. 동시에 좌수도 번쩍 빛을 토해냈다.

"일촌비도까지! 너무하지 않나!"

소리는 묵혈도가 내뱉은 게 아니다. 그토록 주의를 기울이던 추포조두가 토해낸 말이다.

쨍!

날카로운 금속성 소리가 어둠 속에서 터졌다.

치검령이 던진 일촌비도가 무언가에 격중되어 떨어졌다.

'십자표(十字鏢)!'

그 순간, 한 발 더 물러섰던 묵혈도가 쾌속하게 달려들었다.

신법은 암행류, 도법은 암흑사도(暗黑死刀)!

일순, 도(刀)가 보이지 않는다. 캄캄한 어둠과 동화되어서 완벽하게 모습을 감췄다.

"치검령!"

묵혈도가 치검령의 존재를 알아채고 웃었다.

그의 말은 '네놈이 걸려들었구나!' 하고 조롱하는 듯했다.

쒜에엑!

뒤쪽에서도 움직임이 일었다.

물 흐르듯 유연하게 미끄러져 온다.

묵혈도가 전개한 암행류인데, 추포조두의 것은 훨씬 부드러워서 마치 바람에 떠밀린 것 같다.

쒜엑!

검광이 번뜩였다.

한 번 경험해 본 일섬겁화다. 공격해 오는 것을 알면서도 '어!' 하는 사이에 당하고 만다는 번갯불이다.

파파파팟!

치검령은 즉시 몸을 튕겨냈다.

이들과 맞서 싸울 수는 없다. 절정무인 두 명을 단신으로 맞서는 것만큼 미련한 짓도 없다. 또 애당초 공격 목적이 이들을 치고자 하는 데 있지도 않았다.

퐁!

치검령은 호수 속으로 신형을 던졌다.

물살은 일지 않았다. 소리도 크게 울리지 않았다. 호수 한가운데 돌멩이 하나를 던져 넣은 것처럼 짤막한 입수 소리와 함께 잔잔한 파문만 번져 갔다.

쒜엑! 퐁! 쒜에엑! 퐁!

추포조두와 묵혈도 역시 망설임없이 신형을 쏘아냈다. 마치 이럴 줄 알았다, 네가 물속으로 뛰어들 줄 예상했다는 듯 거침없이 뒤쫓아갔다.

한편, 물속으로 먼저 들어간 치검령은 잠시 당황했다.

당우가 보이지 않는다! 지금 즉시 뒷덜미를 낚아채서 밖으로 끌고 나가야 하는데, 어느 구석에서도 아이의 흔적을 찾을 수 없다. 밖으로 나가는 걸 본 적이 없고, 숨도 안 쉬고 물속에만 머물 수도 없는데…… 없다!

쒜엑!

치검령은 즉시 몸을 튕겨내 물 밖으로 뛰쳐나갔다.

물속에 오래 머물러 있을 수 없다. 당우가 없는 걸 확인했으니 밖으로 나가 어찌 된 영문인지 살펴야 한다.

그륵!

등 뒤에서 암흑사도가 터졌다.

물살을 헤치며 다가온 도광이지만 밖에서 전개한 것만큼 빠르다.

치검령은 상대하지 않고 밖으로 뛰쳐나갔다.

스으윽!

등 뒤에서 따끔한 아픔이 일었다.

살짝, 그러나 길게 베어졌다.

역시 상대했어야 하나? 아니다. 그랬다면 또다시 두 명과 맞서야 한다. 그리고 그때는 몸을 빼낼 기회조차 잡지 못한다.

쉬익! 파파팟!

치검령은 물 밖으로 나오자마자 즉시 은형비술을 펼쳤다.

"여우 같은 놈!"

"후후후! 걱정 마세요. 칼질 한 번했으니까 오래 숨어 있지는 못할 겁니다."

추포조두는 고개를 흔들었다.

그런 정도로 심하게 다쳤다면 은형비술을 펼칠 리 없다. 최상의 신법을 펼쳐서 빠져나가는 데 주력할 게다.

놈이 은형비술을 펼친 이상 찾을 길이 없다.

밖이라면 수색이라도 해보련만…… 캄캄한 어둠 속에서 횃불 하나 달랑 들고 어둠과 완벽하게 동화되어 있는 놈을 찾기란 하늘의 별 따기다.

결국 치검령을 잡는 데는 실패했다.

단 한 번 기회가 주어졌는데 아깝게도 놓쳤다.

나중에 천검가에서 치검령을 만나더라도 이곳에서 벌어졌던 일은 아예 모른 척할 게다.

언제 무슨 일이 있었소?

발뺌하면 그만이다. 더 이상 그를 추궁하면 추궁하는 놈만 바보가 된다.

잡으려면 여기서 잡아야 했는데, 놓쳤다.

왜 이런 일이 벌어졌을까? 무게가 다르다. 지금쯤 치검령은 당우를 붙잡고 있어야 한다. 한 팔에 당우를 끼고, 다른 팔과 두 다리만 도주하는 데 써야 한다. 그런데 놈은 빈 몸이었다. 당우를 손에 거머쥐지 못했다.

그 차이가 놈을 궁지에서 빼냈다.

그러면 놈은 왜 당우를 잡지 못했을까? 기껏 도와주려고 달려들었다가 왜 빈 몸으로 빠져나갔을까? 이건 하지 않아도 될 일을 했다가 괜히 정체만 노출시킨 꼴이지 않나.

츠으으으읏!

천시지청술을 일으켜 주위를 살폈다. 없다!

'허!'

추포조두는 헛바람을 찼다.

그는 치검령이 왜 빈손으로 빠져나갔는지 이유를 알았다.

당우가 물속에 없다!

어디로 사라졌는지 알지 못한다. 없어지기는 했는데 아무런 낌새도 알아채지 못했다. 치검령도 그랬던 것 같다. 그러니 도와주려고 나타났다가 빈손으로 돌아간 게다.

"엇! 이놈이!"

묵혈도도 이상한 예감에 천시지청술을 끌어올렸다가 이제야 정황을 읽어냈다.

"조두!"

"네 잘못이 아니다."

"하, 이거……."

"흠……!"

두 사람은 할 말을 잃었다.

그들이 자신하던 천시지청술이 무용지물이 되어버렸다 투골조의 특성인 냄새도 없다.

어떻게 이런 일이 벌어졌는지 알 길이 없지만…… 자신을 비롯해서 묵혈도에 치검령까지…… 고수 세 명이 어린아이 한 명에게 말려들었다.

셋 중에서 어느 누구도 아이가 떠나는 것을 느끼지도 보지도 못했으니 단단히 바보가 되었다.

"가자."

주위를 쓸어보던 추포조두가 먼저 앞서 나갔다.

'노옴!'

생각할수록 기가 막힌 놈이다.

어디로 사라졌지?

고수들의 이목을 감쪽같이 속이고 사라질 정도로 영악한 놈이었던가? 어느 정도 약은 줄은 알았는데 이 정도로 임기응변이 빠른 놈이었나?

그는 새삼 당우의 얼굴을 떠올렸다.

이대로라면…… 이틀 정도는 무사히 보낼 수 있을 것 같다. 하면 그다음은 쉬워진다. 자신도 공식적으로 추적에 동참하면 된다. 추포조두와 동행해도 상관없다. 다만 아이를 생포하는 대신 죽이는 데 열중할 뿐이다.

'까딱하면 일이 어려워질 뻔했는데…… 잘해주었다.'

치검령은 만동을 쓸어보며 걸어나갔다.

그의 등에서 가는 선혈이 주르륵 흘러내렸다.

2

당우는 움직이지 않았다.

꼬르르륵!

물이 입안으로 쏟아져 들어왔다.

뼈다귀를 잘못 골랐다.

빛 한 점 들지 않아서 칠흑처럼 어두운 동굴 호수 속에도 물고기는 산다. 대체로 눈이 퇴화되었고, 천적이 없어서인지 색깔도 눈에 띄는 흰색이 많다.

물고기들이 무엇을 먹고사는지 궁금하기 짝이 없다.

혹, 이놈들이 뼛골을 파먹고 사는 건 아닐까?

정말인지 아닌지 알 길은 없지만 호수에 빠져 죽은 유골은 뼛속이 대나무처럼 텅 비어 있다.

뼈도 많이 삭아 있다. 살짝만 힘을 가해도 으스러질 정도로 약하다.

당우는 뼈를 입에 물고 숨을 쉬었다.

이렇게 하면 얼굴을 밖으로 내밀지 않고도 숨을 쉴 수 있다.

몸만 움직이지 않으면 된다. 움직이고 싶은 마음이 불길처럼 일어나도 이를 악물고 참아야 한다.

그렇게 긴 시간을 보냈다.

자신을 두고 쟁탈전을 벌인 세 사람은 평소라면 절대 저지르지 않을 아주 간단한 실수를 저질렀다.

세 사람은 모두 같은 순간에 자신을 놓쳤다.

싸움을 벌이는 순간이다. 그 순간 치검령은 두 사람을 신경 썼고, 다른 두 사람은 치검령에게 온 신경을 쏟아부었다.

그때, 그는 숨을 참지 못하고 수면 밖으로 머리를 내밀고 말았다. 한데도 그들은 서로를 공격하는 데 정신이 팔려서 그에게 눈길을 주지 않았다.

물속으로 다시 들어가 뼈다귀를 주웠고, 그때부터 편하게 숨을 쉴 수 있었다.

숨만 쉰다고 다 끝난 것은 아니다. 물속으로 들어와 온갖 곳을 뒤지고 다닐 수색에 대비해야 한다.

 몸을 호수 벽에 바싹 붙였다.

 바위가 쪼개진 것 같은 틈바구니에 몸을 집어넣고, 그다음은 될 대로 되라는 식으로 움직이지 않았다.

 치검령이 안으로 뛰어들어 왔다.

 추포조두와 묵혈도도 바로 뒤를 이어 쫓아 들어왔다.

 물속에서 그들은 아주 잠깐 동안 있었다. 그야말로 숨 한 번 몰아쉴 정도의 시간도 있지 않았다. 들어왔다 싶은 순간, 벼락 맞은 것처럼 튕겨 나갔다.

 그들이 왜 그렇게 빨리 나갔는지 이해가 안 된다.

 충분히 조사할 만큼 조사했으니 나갔겠지만…… 한 바퀴 빙 돌아보지도 않고 바로 튀어 나갔다.

 덕분에 무사하다.

 그는 밖에 아무도 없다는 것이 확신되자 슬그머니 물 밖으로 기어나왔다.

 '안에 있어!'

 치검령은 즉각 자신이 잘못 찾았다는 걸 깨달았다.

 초령신술을 펼치면서 공격했다. 사방에서 일어나는 움직임을 놓치지 않으려고 부단히 애를 썼다.

 그때까지만 해도 당우는 분명히 물속에 있었다.

 동굴 안에서 감지해야 할 세 명이 모두 감지되었다.

 그리고 한순간, 초령신술을 죽였다. 추포조두와 묵혈도의 합공을 막아내기 위해서는 전력을 기울어야만 했다. 한순간이라도 방심하면 아주 난감해질 처지였다.

그리고 물속에 들어갔을 때, 그가 가진 것은 무인으로서의 오감뿐이었다.

초령신술을 일으키지 않았다.

묵혈도가 날아들고, 일섬겁화가 피어날 것이기에, 그리고 당우는 보이지 않기에 급히 뛰쳐나왔다.

초령신술을 일으키지도 않았으면서 일으킨 것으로 착각했다.

아주 짧은 순간에 급격한 변화가 일어났기 때문에 한순간 착각하고 말았다.

있을 수 없는 일인데…… 저질렀다.

그런 점은 추포조두도 마찬가지다.

그는 자신의 내력을 짐작한다. 풍천소옥 출신이라는 것을 알고 있으며, 그곳 무인들은 초령신술로 주변의 기운을 읽어낸다는 것까지 안다.

치검령이 물속에 들어갔다가 즉시 튀어나왔다.

초령신술로 읽었을 때, 물속에 아무도 없다는 뜻이 된다.

추포조두는 그래도 천시지청술을 펼치는 꼼꼼함을 보였다. 사방의 소리를 듣고, 개미가 기어가는 모습까지 살피고…… 하나 그런 그도 물속은 살피지 못했다.

치검령이 살펴봤기에 자신도 살펴봤다고 착각한 게다.

어떻게 이런 착각이 연이어 일어날 수 있는 것일까?

츠으읏!

초령신술을 끌어올렸다.

주위에는 아무도 없다.

추포조두는 떠났다. 묵혈도와 벽사혈도 떠났다.

당우를 포기한 것은 아니다. 추포조두는 삼십홀을 본격적으로 활용할 것이다.

순식간에 인근 삼십여 리에 철통같은 경계망이 형성될 것이다.

당우가 하늘을 날지 않는 한, 땅속으로 삼십 리를 기어가지 않는 한은 삼십홀에게 걸려든다.

추포조두가 당황하지 않고 동굴을 떠난 데는 어디로 어떻게 도주해도 잡을 수 있다는 자신감이 깔려 있는 게다.

본의는 아니었지만 잠시 초령신술을 풀었던 것이 추포조두와 묵혈도를 몰아낸 결과가 되었다. 서로 착각을 했는데, 자신에게는 오히려 더 잘된 일이다.

당우는 분명히 안에 있다.

확신하는가? 확신한다. 그래도 혹여 모르는 것……. 만일에 대비할 준비를 한다. 또 이런 준비가 추포조두의 시선을 묶는 역할도 해줄 게다.

품에서 화통(火筒)을 꺼내 불을 붙였다.

치이익! 타악!

화통에서 쏘아진 불꽃이 하늘 높이 솟구치더니 화악 번졌다.

검은색과 붉은색, 이색(二色)으로 이루어진 신호탄이다.

'하나는 끝났고······.'

연락은 천검가에서 받는다.

천검가 무인들이 길목을 지킬 것이다. 경계망이 삼엄해질 게다. 당우를 잡기 위해 총력을 펼칠 게다.

당우가 만동을 빠져나갔다고 쳐도 천검가의 경계망은 벗어나지 못한다.

또 이런 노력은 다른 효과도 불러온다.

천검가 무인들이 갑자기 부산해지면, 추포조두는 당우가 확실히 빠져나갔다고 여길 게다.

삼십홀은 가동될 것이고······ 쓸데없는 곳에 쓸데없는 경계망만 펼치게 된다.

그사이, 자신은 당우를 처리한다.

치검령은 만동에서 그리 멀지 않은 곳에 자리를 잡고 앉았다. 당우가 만동에서 나올 때까지 기다리려면 인내심을 가져야 한다.

이미 한 번 놀란 아이니까 신중에 신중을 더할 것이고, 앞으로 이삼 일 동안은 꼼짝하지 않을 게다.

아무래도 좋다.

이삼 일 정도만 지나면 당우의 체내에 독기가 남아 있지 않는다. 그 정도 시일이 흐르면 자신이 다시 들어가도 상관없다. 물론 그때는 아이를 발견하는 즉시 죽이게 될 게다.

치검령은 초령신술을 펼친 채 눈을 감았다.

'아이야, 안됐지만 넌 벗어날 수 없단다.'

"어라? 저건 천검가의 신호탄인데?"

벽사혈이 하늘을 물들인 검고 붉은 연기를 보며 말했다.

"놓쳤으니까 포위망을 구축하라는 신호지 뭐. 그 녀석, 사람 속 무지 썩이네. 그런데 어떻게 빠져나갔지? 분명히 다른 무공은 안 익혔는데."

묵혈도가 머리를 긁적거리며 말했다.

"어린아이 하나 잡지 못하고."

"뭐라고 해도 할 말은 없다만 네가 들어갔어도 마찬가지였을 거야. 보통 영악한 놈이 아니라니까. 그리고! 나만 놓쳤니? 조두님도 놓쳤는데 왜 나만 가지고 그래!"

"그래, 그래. 알았다, 바보야."

"벽사혈!"

"알았다니까!"

묵혈도와 벽사혈이 티격태격했다.

그동안 결가부좌를 틀고 앉아서 천시지청술을 펼치던 추포조두가 옅은 웃음을 머금으며 눈을 떴다.

"후후후!"

웃음은 미소만으로 그치지 않았다. 기어이 입 밖으로 웃음소리를 흘려냈다.

"뭐 잡힌 거라도 있습니까?"

묵혈도가 눈을 반짝이며 말했다.

"치검령이 산을 내려오지 않았다."

"그래요? 그 녀석, 심하게 베이지는 않았는데……."

"만동 입구에 자리를 잡고 앉았다."

"……!"

묵혈도가 눈빛을 반짝였다. 벽사혈도 장난스러운 웃음기를 거두고 정색했다.

"그놈이 아직 나오지 않았군요."

"귀신이 곡할 노릇이지만 묵혈도와 나, 눈 뜨고 코 베였다."

"치검령, 그 새끼!"

묵혈도가 만동을 쳐다보며 으르렁거렸다.

"치검령이 아니다. 그 녀석…… 당우에게 당했다는 말이야. 치검령도 뒤늦게야 안 모양이다만…… 어쨌든 당한 건 당한 거지. 하하하! 이런 곳에 와서 이런 망신을 당할 줄은 몰랐구나. 하하하!"

추포조두는 즐거운 듯 앙천광소를 터뜨렸다.

당우는 아직도 만동 안에 있다.

이번에 아주 쓴맛을 크게 봤으니 이삼 일 동안은 꿈쩍도 하지 않을 게다.

그동안이면 독기가 빠진다.

투골조의 독기는 여전하겠지만 명문혈에서부터 십지에 이르기까지 넓게 퍼져 있는 잔재들은 말끔히 녹아내린다.

투골조를 밖에서 안으로 밀어 넣었다는 흔적이 없어지는 게다.

보자, 보자…… 일이 이렇게 되면 어떻게 되는 건가? 당우가 나오자마자 치검령은 살수를 전개할 것이고, 자신들은 막을 이유가 없다. 설혹 취조를 이유로 막는다고 해도 아이의 입에서 별다른 말은 듣지 못할 것이다.

그래도 아이를 생포해야 한다.

아이가 입을 열지 않겠지만…… 어떻게든 그 입을 열도록 만들어야 한다.

변한 것은 없다.

처음에는 치검령이 승기를 잡는 듯했지만 뜻밖의 상황으로 승기를 자진 반납했다. 두 번째는 자신이 이긴 듯했는데, 아이에게 속고 말았다.

일승일패.

이제 아이를 잡아봤자 예전만 한 효과를 거둘 수는 없지만 그래도 일단은 생포하고 본다.

추포조두는 잠시 망설였다.

지금 만동으로 들어가면 어떨까? 들어가서 곳곳을 뒤지면 잡을 수 있지 않을까?

그 생각은 곧 포기했다.

한 번 겪어봐서 알지만 아이는 동굴에 대해서 환하다. 은밀한 곳에 숨어봤자 소용없다는 것을 배웠다. 또 물속에 숨어 있으면 찾지 못한다는 것도 알아냈다.

아이는 그 경험을 잊지 않을 것이다.

지금쯤이면 더 좋고, 안락한 자리를 마련했을 것이다. 다시 들어가서 천시지청술을 펼친다고 해도 아이를 잡을 수는 없다. 혹, 초령신술이라면 잡을 수 있을지 모르지만.

그렇다고 풍천소옥의 초령신술이 천시지청술보다 낫다는 것은 절대 아니다.

두 절공은 일장일단이 있다.

거리가 한정된 곳이라면 확실히 초령신술이 정확하다. 자신이 속은 것도 초령신술의 정확도를 믿었기 때문이다.

천시지청술은 원거리에 유용하다.

인간의 눈이 닿지 않는 곳, 귀로 들을 수 없는 미세한 소리를 듣는 데는 천시지청술만 한 것이 없다.

'기다린다.'

추포조두는 결정을 내렸다.

"치검령을 주시해. 초령신술 안으로 들어서면 안 된다. 은밀하게 포위했다가 움직임이 보이면 즉시 나서라. 절대로 아이를 죽게 만들면 안 돼."

당우는 가부좌를 틀고 앉았다.

츠으으으읏!

단전에서 진기가 일어나며 꽁꽁 언 몸을 녹여준다.

동굴 속의 연못은 한여름에도 얼음이 맺혀 있을 만큼 춥다. 그런 곳에서 온몸을 담그고 장시간 동안 서 있었으니 그야말로 온몸이 얼어붙을 지경이다.

파아앗!

뜨거운 불덩이가 일어나 전신을 휘돌았다.

한 번, 두 번, 세 번…….

진기 운행을 거듭할수록 전신이 가뿐해졌다.

'음…… 아저씨, 잊지 않을게.'

당우는 치검령에게 무한한 고마움을 느꼈다.

치검령은 죽여야 할 자신을 죽이지 않았다. 가슴을 치면서 살길을 열어주었다. 이번에도 도와주었다. 두 명을 상대하면서까지 자신을 잡지 못하도록 해주었다.

치검령은 칼을 맞았다.

동혈에 점점이 뿌려진 붉은 혈흔은 치검령의 몸에서 나온 것이다.

치검령이 아버지를 찾아왔다. 어쩔 수 없어서 찾아왔을 게다. 자신을 달라고 했다. 어쩔 수 없는 선택이었으리라. 그리고 또 어쩔 수 없이 일을 벌이기는 했지만, 그래도 목숨만은 살려주기 위해서 최선을 다한다.

치검령에겐 원한이 없다.

천검가에서 잘못한 일을 자신에게 미뤘지만 그것 역시 아버지의 목숨 빚이니 기꺼이 감수한다.

추포조두나 묵혈도가 밉지도 않다.

그들은 자신들이 해야 할 일을 충실히 하고 있다. 투골조가 나쁜 것이고, 반드시 제거해야 하는 대상이기 때문에 악착같이 죽이려고 하는 것이다.

투골조가 얼마나 나쁜 것인가?

그것은 마을 사람들이 분노한 것만 봐도 알 수 있다.

자신에게 얼마나 잘해주었던 사람들인가. 명절이면 떡이며 과일이며 손에 잡히는 대로 건네주시던 분들이지 않은가.

그런 사람들이 '죽일 놈' 운운하며 집에 불을 질렀다.

투골조는 정말 나쁜 무공인 것 같다.

하나 투골조의 진기를 일으킨다. 그것으로 몸을 녹이고, 전신에 활력을 불어넣는다.

아직 이상한 점은 찾지 못하겠다. 진기를 일으킴으로 해서 무엇이 나쁘다는 것인지 판단이 서지 않는다.

동남동녀의 정기!

마음에 걸리는 부분은 그것인데…… 그 부분을 시행하지 않고 우회할 수 있는 방법이 있지 않을까 싶다. 그렇게만 된다면 나쁠 게 없을 것 같은데…….

어쨌든 지금은 믿을 수 있는 게 투골조밖에 없다.

밖에 나가면 또 그 사람들에게 쫓기게 된다. 달리기로는 도저히 떨쳐 낼 수 없으니 주먹질을 교환해야 하는데, 그때 자신이 쓸 수 있는 건 오직 투골조뿐이다.

'쌍수십지성투골조(雙手十指成透骨爪) 축력쌍수(蓄力雙手)…….'

투골조의 구결을 되뇌었다.

투골조를 제대로 펼치기 위해서는 십지를 투골, 즉 투명하여 보이지 않는 손으로 만들어야 한다.

이것이 기본이다.

독기를 뿜어내는 것은 부수적인 현상이지 주요 골자는 아니다.

 십지를 투골로 만들면 양손은 손바닥과 손등만 있는 기형적인 모습을 띤다.

 한마디로 손가락이 모두 잘린 사람처럼 보인다.

 일단 진기를 이끌어서 그런 상태로 만들어야만 진정한 투골조를 쓴다고 할 것이다.

 그다음에 이어지는 것이 축력쌍수다.

 십지가 투골이 된 다음에야 진기를 십지에 모으라는 뜻이니, 그런 의미에서 봤을 때 자신은 투골조를 쓰면 안 된다. 엄밀히 말하면 투골조를 사용할 자격이 없다.

 당우는 고개를 갸웃거렸다.

 자신에게 투골조를 넘겨준 천검가의 공자도 이 부분에 대해서는 깊게 생각하지 않는 듯했다. 그것은 치검령도 마찬가지다. 넘겨준 진기만 중요하게 생각했지, '투골' 부분에 대해서는 별다른 말을 하지 않았다.

 당우는 투골조의 구결을 밀마 해독하듯 꼼꼼히 살폈다.

 그가 가장 좋아하는 말이 독서백편의자현(讀書百編義自見)이다.

 글자를 읽었으되 뜻을 모르는가? 몰라도 상관없다. 읽고 읽고 또 읽어라. 눈을 감고 자연스럽게 암송할 수 있을 때까지 외워라. 입에서 줄줄줄 글귀가 흘러나오면 생각하라. 생각하고 또 생각하라. 앉으나 서나 오직 한 생각에 전념하라. 그래도 글귀가 깨우쳐지지 않거든 머리를 떼어내 돼지 밥으로 주어라.

인간이 만든 글귀는 누가 썼든, 아무리 현묘하든 반드시 해독되게 되어 있다.

'으······.'

투골조를 탐구하던 당우가 난색을 띠며 눈을 떴다.

동남동녀 백 명의 정기는 독기를 만들기 위해 흡수하는 게 아니다. 바로 투골을 만들기 위해서 흡취한다. 그들의 정기가 일종의 투골단(透骨丹) 형태로 작용하여 십지를 투명하게 해준다.

투골조의 구결은 동남동녀의 정기를 십분 받아들인 후에야 활용된다. 기본적으로 동남동녀의 정기를 밑바탕에 깔고 난 후에 구결대로 운공을 해야 제대로 된 투골조가 형성된다.

'제일식(第一式) 오지천공(五指穿孔)!'

츠으으웃!

진기를 십지에 모았다.

현재 자신의 단전에 모인 진기는 두말할 것도 없이 동남동녀의 정기다. 백 명의 목숨이 자신의 몸속에 깃들어 있다. 그들이 죽어가면서 흘렸을 피와 눈물이다.

그런 진기를 구결대로 이끌자, 십지가 누런색으로 변색되었다.

치이익······!

독기도 흘러나온다.

수퇘지 열 마리를 단숨에 죽인 독기이지만 진정한 투골조에 비하면 어린아이 장난에 불과하다.

　파악!

　오른손 오지가 바위에 틀어박혔다.

　비급대로라면 단 일성에 불과한 투골조이건만 바위에 정확히 오공으로 뚫어놓았다.

　치검령은 초식을 일러주지 않았다.

　투골조의 비급에는 운공 구결 외에도 초식들이 기재되어 있을 터인데, 그 부분은 알려주지 않았다.

　죽을 몸이기에 알 필요가 없는 것이다.

　당우는 오지천공을 전개하자 눈물이 주르륵 쏟아졌다.

　죽은 아이들에게 미안해서 진기를 함부로 쓰지 못하겠다. 그 아이들의 한과 넋이 자신의 몸에 쌓여 있다고 생각하니 몸을 함부로 굴리지 못하겠다.

　이전에도 자신의 진기가 어떻게 만들어졌는지는 알고 있었다. 하지만 구결을 참오하다 보니, 아이들의 정기가 어떻게 쓰이는지 깊이 이해하고 보니 그들의 한까지 절감하게 되었다.

　투골조를 더 깊이 연성하고픈 생각은 없다.

　동남동녀의 정기를 받아들이지 않는 한은 이것이 자신이 펼칠 수 있는 최대한의 위력이다.

　이것으로 만족한다. 그리고 아이들을 생각해서 이 재주를 좋은 데 써야 할 것 같다.

　'죽어서는 안 되겠네.'

생각이 굳어져 갔다.

목숨이 아까워서 죽지 않는 게 아니다. 아이들의 원혼을 달래주기 전에는 결코 죽을 수 없다. 자신이 이대로 꼬꾸라진다면 백 명의 원혼은 구제받을 길이 없어진다.

'아버지, 미안해요. 나 살아야겠어요.'

당우는 시커먼 동혈 속에서 주르륵 눈물을 흘렸다.

아버지가 생각나서, 어머니가 불쌍해서, 얼굴도 모르는 아이들의 한이 느껴져서.

第七章
피조(披抓)

詩曲
詩舞

1

'저놈…….'

치검령은 눈을 떴다.

당우가 나오고 있다.

그가 나오는 것을 알기 위해서 초령신술을 펼쳤지만 굳이 펼칠 필요도 없었다. 아직 만동 깊숙이에 있는 것 같은데 꾸리꾸리한 냄새가 진하게 풍겨 나온다.

'안에서 투골조를 연성했다는 말이군. 하기는 믿을 게 그것밖에 없으니까.'

치검령은 당우의 마음을 헤아렸다.

하지만 당우가 수련한 것은 투골조의 운공 요결일 뿐이다. 그것으로는 어떠한 공방(攻防)도 하지 못한다. 십지를 금강석(金剛

石)처럼 단단하게 만들 수는 있다. 하지만 그 정도로는 손에 철강장검을 든 것만 못하다.

초식이 배제되었다.

보법과 신법도 일러주지 않았다.

그래도 아무것도 안 하는 것보다는 나을 것이다. 하다못해 십지를 칼날처럼 단단하게 만들어주지 않는가. 무공을 갓 접한 당우는 그것만 해도 감지덕지할 것이다.

그리고 또 한 가지, 수련 기간이 너무 짧다.

당우는 겨우 이틀 동안 동굴에 머물렀다.

딱 그 정도면 동굴에서 기어나올 것이라고 생각했는데, 예상이 맞아떨어졌다.

이틀 가지고 무슨 수련을 하겠는가.

구결을 참오하고, 진기를 일으켜 보고…… 온갖 발버둥을 다 쳐봐도 이틀로 이룰 수 있는 것은 없다.

그런데 아니다. 당우는 다르다. 놈은 지독한 악취를 풍기지 않는다. 시체가 풀풀 썩는 냄새를 풍겨야 정상인데, 방귀를 뀐 것 같은 꾸리꾸리한 냄새만 풍긴다.

뭔가가 달라졌다.

저벅! 저벅!

당우가 동굴 입구에 모습을 드러냈다.

그는 미친 듯이 달리지도 않고, 은밀히 숨지도 않는다. 아무 죄가 없는 사람이 논으로 일을 나가듯이 태연자약한 걸음걸이로 느긋하게 걸어나온다.

밝은 햇살에 눈이 부시는가? 잠시 손을 들어 햇빛을 가린다.

치검령은 당우의 모습을 자세히 살폈다. 아니, 그를 살핀 게 아니다. 눈길은 당우에게 쏟고 있었지만 그의 온 신경은 주변을 향해 쏟아져 나갔다.

파아아아아앗!

초령신술로 사람의 기운을 읽는다.

가장 염려하는 사람은 추포조두와 좌우쌍비다. 그들만 오지 않는다면 이번 일은 쉽게 끝난다. 만약 그들이 와 있다면 조금 복잡해지지만 그렇다고 결과가 달라지지는 않는다.

'없군.'

치검령은 걱정을 내려놓았다.

자신 혼자서 그들을 상대할 수 없기 때문에 천검가에 도움을 청할 생각도 해봤다. 천검가 무인들 중에 두어 명만 가세를 해주어도 큰 힘이 될 것이다.

하나 그 생각은 일어나자마자 포기해 버렸다.

가주가 사람을 보내줄 리 없다.

이번 일은 철저하게 자신의 손에서 끝내야 한다.

천검가의 입장에서는 자신이 어떻게 되든 알 바 아니다. 결과만 기대했던 대로 내놓으면 된다.

천검가 무인이 간여했다가 혹여 일이라도 어긋나는 경우에는 더 큰 곤욕을 치른다. 그때는 정말 빠져나갈 길이 없다.

치검령 혼자라면 언제든지 버릴 수 있다.

치검령과 투골조를 연관 지을 수도 있고, 사람이 그러면 안 되지만 칼자루를 거꾸로 들고 오히려 치검령을 죽이려고 달려들 경우도 상상할 수 있다.

이것이 본가(本家) 무인과 객인(客人)의 차이점이다.

그는 철저하게 혼자다.

"후후!"

자리를 털고 일어섰다. 동굴에서 걸어나오는 아이를 맞이해야 하지 않나.

"아저씨!"

당우는 치검령을 보자 반갑게 달려갔다.

이 세상에서 자신을 절대로 죽이지 않을 사람을 꼽으라면 제일 먼저 치검령을 꼽을 것이다.

그는 '죽어야 한다', '죽일 것이다'는 말을 입에 달고 산다. 하지만 정작 검을 쓰지는 않는다. 오히려 죽게 되는 위험에 처할 때마다 위험을 감수하면서까지 살려준다.

치검령은 은혜로운 사람이다.

"고생했다."

치검령은 반갑게 달려온 아이의 머리를 쓰다듬었다.

당우는 해맑게 씩 웃었다.

"상처는 어떠세요?"

"괜찮다."

"많이 다치셨어요? 피가 뚝뚝 흘러 있던데······."

"괜찮다."

"고마워요, 아저씨."

"……."

"목숨을 살려줘서요. 그 깡마른 아저씨가 달려들 때 꼼짝없이 죽었다 싶었거든요. 아저씨가 구해주지 않았으면 벌써 저 승사자를 따라갔을 거예요."

"흠!"

치검령은 헛기침만 했다.

그걸 구해준 것으로 봤나? 하기는 구해주기는 했다. 그때 죽거나 잡히면 안 되기에 며칠 더 살려두어야만 했다. 그걸 고마워하는 건가? 그래서 한달음에 달려 내려온 것인가?

"당우야."

치검령이 당우의 머리에 손을 얹은 채 말했다.

"미안하구나."

순간, 당우의 안색이 갈색으로 물들었다.

치검령의 말뜻에서 자신의 운명을 예감한 듯…… 분노가 떠올랐다가 곧 체념으로 바뀌었다.

"지금…… 죽는 건가요?"

"그래야겠다."

"그 사람들은 다 갔잖아요. 아저씨만 모른 척하시면 되는데 살려주시면 안 돼요?"

"눈을 감는 게 좋겠다."

당우는 알겠다는 듯 고개를 끄덕였다. 그의 말을 알아들은 것이 아니라 죽어야 한다는 사실을 받아들이는 과정 같다.

"저 한 가지만 물어볼게요."

"말하거라."

"저 아버지의 약속은 지켰죠? 전 죽으려고 했는데 아저씨가 살려주신 거잖아요. 그러니까 지금 도망가도 약속은 지킨 거죠?"

"도망갈 생각이냐?"

"네."

당우는 태연하게 대답했다.

"도망갈 수 있다고 생각하느냐?"

"아뇨. 하지만 도망가도 된다고 하시면 저항이라도 해보려고요. 그래야 할 것 같아요."

"그래야 할 것 같다? 묘한 말이구나."

"아버지가 목숨 빚을 말하셨듯이 저도 목숨 빚이 생겼거든요. 반드시 갚아야 하는……. 그래서 이대로 죽을 수 없을 것 같아요."

치검령은 당우의 얼굴을 쳐다봤다.

거짓이 아니다. 목숨이 아까워서 하는 말이 아니다. 무언가가 당우의 심중을 뒤흔들었다.

목숨 빚이라…… 이틀 전까지만 해도 없던 빚이 느닷없이 생겼단 말인가? 그 말은 믿을 수 없다. 하나 아이는 진지하다. 결코 거짓을 말하는 얼굴이 아니다.

치검령은 한숨을 불어 쉬었다.

"좋다. 아비의 빚은 탕감되었다. 이제부터 난 너를 죽이려고 할 터, 도주할 수 있으면 해보거라."

이러거나 저러거나 변하는 건 없다.

"정말이에요?"

"그래."

치검령은 너무 장난 같은 놀음이라서 고개를 끄덕이는 것조차 낯 뜨거웠다.

아이가 자신의 손에서 빠져나가겠단다.

이미 살심(殺心)을 잔뜩 끌어올렸는데, 악마의 칼부림에서 벗어날 기회를 엿보겠단다. 아니, 그런 게 아니다. 이미 손이 머리 위에 얹혔는데, 진기만 끌어올리면 끝나는 생명인데 감히 도주를 말하고 있으니 장단을 맞춰줘야 하는 건가.

"아저씨, 그럼 이제 빚이 없는 거예요?"

당우는 다시 다짐했다.

"그래, 없다."

치검령도 확언을 해주었다.

"그럼 손 내리세요. 정정당당하게 시작해요."

"뭐?"

"저도 알아요, 머리를 짓눌러 죽이시려는 거. 손 내리시고 정정당당하게 시합해요."

"시합? 하하하!"

치검령은 웃으면서 손을 내렸다. 그 순간,

다다다다……!

당우가 그야말로 날다람쥐처럼 잽싸게 도망가기 시작했다.

산 밑을 향해서 죽을힘을 다해 달렸다.

'목숨 빚…….'
어찌 된 영문인지 대충 짐작할 수 있겠다.
과거에 어떤 은혜를 베푼 인물에게서 자식을 빼앗아왔다. 그 아이가 당우다. 당우는 천검가의 자식에게서 투골조를 전이받았고, 지금은 죽을 위험에 처해 있다.
"후후! 치검령, 실수했구나."
추포조두는 웃었다.
치검령은 아이를 죽일 수 없었다. 그가 살심을 일으키는 순간, 자신의 십자표가 뒷머리를 향해 쏘아질 것이다.
그는 치검령의 초령신술을 뚫었다.
치검령이 이틀에 걸쳐서 초령신술을 펼치는 동안, 그는 암행류를 써서 이틀 동안 겨우 삼십여 장을 이동했다. 초령신술에 발각되지 않고 이동할 수 있는 최고 속도다.
아직도 검을 쓰기에는 거리가 너무 멀다. 하나 십자표를 던지기에는 충분한 거리다.
"혈도! 사혈! 아이를 맡아!"
그의 명이 떨어지기 무섭게 풀숲에서 신형 둘이 불쑥 치솟았다.
추포조두도 신형을 날렸다.

"천검가에서 어쩐 일이오?"

"하하! 당우를 찾으러 왔지요."

"투골조에 관한 한 우선권은 나에게 있소. 그러니 이 순간부터 당우는 우리가 맡겠소."

"우리 천검가에 누명을 씌운 놈입니다. 그렇게 할 수는 없지요. 단, 공동으로 일을 처결하겠다면 동의하리다."

추포조두와 치검령은 서로 처음 본 사람처럼 대화를 나눴다.

"아이 하나 잡는 데 그럴 것까지는 없고…… 아이가 천검가에서 나왔다는 사실을 말해줄 증인이 열댓 명은 넘으니 완전히 누명이라고 할 수도 없을 것 같고…… 후후! 끝이 어떻게 될지는 두고 봐야 할 일 아니오?"

"알겠소이다. 뜻대로 하시죠."

치검령이 순순히 양보했다.

순순히? 아니다. 양보할 수밖에 없는 상황이니 물러선 것이다. 천검가의 지척인 백석곡에서 백 명의 시신이 나왔다. 투골조를 연성한 흔적이 나왔다. 천검가에서 그런 사실을 전혀 몰랐다는 것 자체가 천검가의 오명이다.

무엇보다도 추포조두의 권한은 대단하다.

신분이 지닌 위치로 보면 치검령이 말대꾸할 처지도 아니다.

무엇보다도 당우가 투골조를 전개한다.

이것은 변하지 않는 사실이며, 그렇다면 체포나 취조에 대한 전권은 추포조두에게 있다.

천검가는 그의 일을 방해할 수 없다.

이런 연유로 치검령이 순순히 물러선 것이다.

"그럼 전 이만……."

치검령이 포권지례를 취했다.

추포조두도 포권지례를 취하며 말했다.

"엊그제 일촌비도에게 톡톡히 망신당한 적이 있죠. 은형비술에 낙화산접수에……. 풍천소옥에서 고수가 나온 것 같은데…… 혹시 짐작 가는 사람이라도 있습니까?"

"그런 일이 있었습니까?"

"아! 모르시는군요. 쯧! 이번에는 나서지 말아야 할 텐데, 주제를 모르고 또 나설까 봐 걱정입니다. 하하하!"

추포조두가 재미있다는 듯이 웃었다.

"이놈!"

묵혈도가 당우의 뒷덜미를 낚아챘다.

애초부터 신법으로는 상대가 안 되는 아이였다. 순수하게 달리기만 해도 상대가 안 되는데, 진기를 써서 신법까지 운용하면 상대 운운하기도 부끄럽다.

당우가 묵혈도에게 잡히는 듯했다. 그 순간,

쒜엑!

누렇게 변한 당우의 오지(五指)가 갈퀴가 되어서 묵혈도의 완맥을 잡아왔다.

"엇!"

묵혈도는 깜짝 놀라 손을 거뒀다.

방금 당우가 전개한 일수는 절정고수의 수공(手功)에 못지 않다. 완맥을 치는 순간이 절묘했고, 속도와 타격점이 정확했다.

다다다닥!

당우는 뒤도 돌아보지 않고 치달렸다.

무공으로는 상대할 수 없다는 사실을 잘 알고 있다. 하니 오직 도주만이 살길이다.

"투골조!"

벽사혈도 꾸리꾸리한 냄새를 맡고 즉시 사태를 파악했다.

"이거 상당한 수준인데?"

"정말 물러선 거야?"

벽사혈이 믿을 수 없다는 표정으로 물었다.

"그래, 정말이다. 제대로 된 투골조였어."

묵혈도도 진지하게 대답했다.

묵혈도 같은 무인이 아이의 급공에 물러섰다고 하면 창피할 수도 있는 노릇이지만, 그는 전혀 개의치 않았다. 그것보다는 사실을 사실대로 아는 게 중요하다.

"들어갈 때만 해도 이 정도는 아니었잖아?"

"투골조를 간신히 쳐내는 수준이었지."

아무것도 모른다. 진기 운행이 무엇인지도 모른다. 다만 무엇인가가 뱃속에서 일어나 손끝으로 전달된다. 그리고 툭! 독기가 쏟아져 나온다.

며칠 전에 당우가 나무를 향해 터뜨린 독기는 그런 수준이었다.

이번에는 아니다. 초식은 없지만 투골조의 진기가 제대로 실렸다. 그 말은 타격을 당하면 묵혈도라고 해도 상당한 부상을 입는다는 뜻이다.

"투골조는 오지천공이라고 했지. 손에 닿는 것은 무엇이든 구멍을 낸다고."

"그 수준이라는 거야?"

"내가 보기에는 그랬어."

"겨우 일성인데?"

"그러게……. 일성 가지고는 그 수준이 될 수 없는데…… 동굴에서 기연이라도 만났나?"

"돌림병으로 사람이 죽는 묘지에서 무슨 기연을 만나. 말이 되는 소리를 해라."

벽사혈이 타박을 주었다.

하기는 그렇다. 당우의 발전은 영약을 복용하여 내력이 급상승했다는 그런 종류의 발전이 아니다. 구결을 제대로 이해하고 몸에 붙여서 나온 결과다.

한마디로 당우가 이틀 동안에 투골조의 구결을 완전히 체득했다는 뜻이 된다.

당우가 천재라도 되나? 한낱 촌구석에서 농사나 짓던 아이이지 않은가. 아이의 이름이 당우다. 그렇다. 당우라는 이름으로 불린 아이치고 천재는 없다.

"내가 해볼게."

쒜에엑!

벽사혈이 한달음에 쫓아갔다.

쒜엑! 쒜엑!

파공음이 연달아 터졌다.

하나는 손으로 어깨를 쳤고, 다른 하나는 발로 다리를 걸었다.

순간, 당우가 우뚝 멈춰 섰다. 즉시 뒤돌아섰고, 벽사혈을 향해 십지를 꼿꼿하게 내질렀다.

아이의 어깨 대신에 가슴을 두들길 수 있다. 다리를 거는 발로는 정강이뼈를 분지를 수 있다. 하나…… 그렇게 하면 자신 역시 십지를 어떻게든 받아넘겨야 한다.

쒜엑!

손길을 변형시켜 금나수(擒拿手)로 바꿨다. 치는 대신에 당우의 완맥을 움켜잡았다. 투골조를 알고 대응했다. 충분히 준비하고 차분하게 잡아챘다.

아이는 양 손목이 옥죄인 채 꼼짝도 하지 못했다.

"정말 투골조였어."

벽사혈이 양 손목을 움켜쥔 채 말했다.

"맞받는 건 가능한가?"

묵혈도가 가까이 다가서며 물었다.

"경기(勁氣)가 제대로야. 가능은 하지만 육장으로 부딪치면 고생깨나 할 거야."

"이놈이 그런 정도란 말이야?"

묵혈도가 믿지 못하겠다는 듯 당우의 이마에 꿀밤을 먹였다.

딱!

경쾌한 소리가 잔잔하게 울려 나갔다.

'잡혔나……'

치검령은 당우가 잡히는 과정을 두 눈 뜨고 지켜봤다.

이번에는 도움의 손길을 뻗치지 못했다. 추포조두가 노골적으로 신분을 드러내며 말을 걸어왔다. 그리고 그 후로 계속 지켜보고 있다. 그런 마당에 손을 쓸 수는 없다.

꼼짝없이 당했다.

처음에 죽였어야 했다. 폐가에서……. 그때 죽였다면 깨끗이 끝나는 거였다. 투골조의 독기가 경맥에 잔재를 남긴다는 사실만 알았어도…… 이틀만 늦게 데리고 나왔어도 아주 쉽게, 간단하게 끝나는 일이었는데…… 이제는 복잡하게 되었다.

당우가 입을 열까?

그럴 수도 있고, 아닐 수도 있다.

의리를 생각한다면 죽는 순간까지도 입을 다물겠지만…… 마음에 걸리는 게 있다. 당우는 목숨 빚이 있다고 했다. 그래서 살아야 한다고 말했다.

그 말은 진심이다.

목숨 빚이 무엇인지 모르지만 정말 그 때문에 살아야 한다면 어떤 일이 있었는지 이실직고할 수도 있다. 더군다나 자신은 목숨 빚이 끝났다고 확언까지 해줬다.

당우를 통제할 방법이 없다. 당우가 비밀을 지켜준다는 보장도 하지 못할 처지다. 그렇기 때문에 당우는 죽어야 한다. 독기의 잔재마저 없어진 지금은 더더욱 죽어줘야 한다. 그러기만 하면 세상은 평화로워진다.

'결국……'

암살(暗殺)밖에 남지 않았다. 한데 그것도 곤란하다. 추포조두의 눈을 속이고 암살하기가 상당히 어렵다. 추포조두도 암살을 염려할 것이다.

그래도 해야 한다.

'정말 힘들게 됐군.'

치검령은 쓴웃음을 지었다.

2

죽이려는 자들과 만났다.

당우는 이남일녀를 똑바로 쳐다봤다.

묵혈도와 벽사혈이 독기를 뚫고 뒤쫓아온 사람들이다. 묵혈도가 만동까지 들어와 자신을 잡으려고 했다. 추포조두는 치검령을 가로막아 선 사람이다.

이들에게 용서를 구할 수는 없다.

당우는 두 눈을 꼭 감았다.

"살고 싶다고 하지 않았느냐?"

추포조두가 모닥불을 피우며 말했다.

모닥불에 꿩고기가 노릇노릇하게 익어간다. 구수한 냄새가 들판에 진동한다.

당우는 눈을 꼭 감고 뜨지 않았다.

'관세음보살, 관세음보살, 관세음보살······.'

그는 속으로 관세음보살만 외웠다.

관세음보살이 무슨 뜻인지 알지 못한다. 절이나 승려는 알지만, 그리고 승려들이 입에 달고 사는 말이 '관세음보살'이라는 것은 알지만 정확하게 무슨 뜻인지 알아볼 기회는 없었다.

불경(佛經)도 언젠가는 접해볼 생각이었지만 현재는 글자를 깨우치는 게 더 선급했다.

아버지는 글을 배우지 못하게 했다.

스님들은 아픈 사람을 보며 관세음보살이라고 말한다. 불쌍한 사람에게도 같은 말을 해주고, 죽은 사람을 염할 때도 관세음보살을 중얼거린다.

'관세음보살.'

몸 안에 있는 백 명의 정령이여, 편히 영면하라.

살고자 했으나 살지 못하겠구나. 억울한 한을 풀고 그만 편히 떠나가거라.

"새끼가 어른이 물어도 대답을 않네."

묵혈도가 당우의 머리를 툭 쥐어박았다.

"이놈, 자주 웃기는 놈이라니까요. 하하! 내 이놈에게 당한 생각을 하면…… 아휴!"

묵혈도는 또 한 번 꿀밤을 먹였다.

딱!

제법 아프게 꿀밤을 때렸는데도 당우는 꿈쩍도 않는다. 눈을 감고 무슨 말인가를 계속 중얼거린다.

추포조두는 모닥불을 쬐면서 당우를 쳐다봤다.

꼭 감은 눈썹이 파르르 떨리는 것을 본다.

살고 싶어 한다. 모든 걸 포기한 듯이 보이지만 언제든 기회만 생기면 도주할 놈이다.

죽는 게 두려워서 살고자 하는 건 아닌 것 같다.

당우와 치검령이 나누는 말을 들었다. 만약 그때 치검령이 대답을 달리했다면 도주 대신 죽음을 택했을 아이다. 아버지의 목숨 빚은 네가 죽어야만 끝난다는 그 말 한마디…… 그렇게만 말했어도 당우는 차디찬 시신이 되어 뒹굴 게다.

무엇이 놈에게 이토록 살고자 하는 욕망을 부채질하는가.

"먹어라."

추포조두가 꿩고기를 내밀었다.

당우는 서슴지 않고 받아 들었다. 그리고 며칠 굶은 아이처럼 아구아구 뜯어 먹었다.

며칠 굶은 것은 맞다. 동굴에 들어간 이후 아무것도 먹지 않았다면 뱃속이 텅 비어 있을 게다. 하지만 당우는 뭔가를 먹었다. 동굴을 걸어나올 때, 치검령으로부터 도망칠 때…… 그 걸음걸이와 몸짓은 며칠 굶은 아이의 행동이 아니었다.

당우는 동굴을 나서기 직전, 체력적으로 완벽한 상태를 갖췄다. 동굴 안에 서식하는 무엇인가를 잡아먹으면서 굶주림을 채웠다. 아니, 허기를 달래는 정도가 아니라 몸을 완벽한 상태로 가꿨다.

용의주도한 아이다.

꿩고기를 먹는 것도 그렇다.

당우는 걸신들린 아이처럼 먹는다. 살을 싹싹 발라 먹고 뼈를 우두둑 깨물어서 골수까지 빼 먹는다. 연골 같은 것은 당연히 먹는다. 먹을 수 있는 것은 모두 먹는다.

"이것도 먹어."

벽사혈이 자기 것을 내줬다.

당우는 사양치 않았다. 고맙다는 말도 하지 않았다. 벽사혈이 내밀자마자 냉큼 받아 들더니 우걱우걱 쑤셔 넣었다.

"천천히 먹어. 음식은 빨리 먹으면 소화가 안 돼. 적은 양이라도 천천히 꼭꼭 씹어서 먹어야 내 몸에 살이 되는 거야. 힘을 내려면 많이 먹을 게 아니라 천천히 먹는 게 좋아."

당우의 미간이 꿈틀거렸다.

벽사혈의 말은 확실히 효과가 있었다.

먹는 속도가 훨씬 느려졌다. 고기를 입에 넣고 씹는 횟수도 많아졌다. 천천히, 잘근잘근…… 위장에 넘어가서 쉽게 소화

될 수 있도록 분쇄해서 삼킨다.

세 사람은 당우가 무슨 생각을 하고 있는지 짐작한다. 그만한 눈치쯤 없다면 추포조에 이름을 올리지 못할 게다.

추포조두가 팔베개를 하고 드러누우며 말했다.

"다 먹을 때까지 건드리지 마. 동굴에서 꼬박 이틀이나 굶었는데 한 끼라도 마음 편하게 먹도록 내버려 둬야지. 먹을 때는 개도 건드리지 않는다고 했어."

타탁! 타탁!

모닥불만 타들어간다.

사위는 칠흑같이 캄캄하다.

가장 가까이에 있는 민가(民家)도 사오 리는 떨어져 있다. 관도로부터도 멀찌감치 떨어져 있다.

누군가가 기습을 감행한다면 지금처럼 좋은 기회도 없으리라.

"그자, 풍천소옥 맞죠?"

묵혈도가 물었다.

"일급(一級)이다."

"제길! 어쩐지 강하더라니."

묵혈도가 연신 투덜거렸다.

그는 안다, 추포조두가 나타나지 않았다면 자신이 당했을 거라는 걸. 자신은 치검령의 낙화산접수만 봤지 일촌비도는 보지 못했다. 그런 상태에서 딱 일 초만 더 진행되었더라도 자신은 이 세상 사람이 아니다.

풍천소옥에서 일급으로 인정받은 무인이라면 패배했다고 해서 창피한 노릇은 아니다. 하지만 화가 난다. 상대가 풍천소옥 출신이라서 무척 화난다.

풍천소옥 출신 따위에게 당할 뻔했다니.

"그놈, 다음에 만나면 정식으로 붙어봐야겠어."

"까불지 마. 말만 들어도 알겠다. 너보다 한 수 위야."

"길고 짧은 건 대봐야지."

"벌써 대봤거든!"

"넌 내가 잘못되는 게 그렇게 좋냐!"

"다 널 위해서 하는 말이야. 괜히 자존심 세우다가 시체로 나뒹굴면 치우기만 힘들어."

"걱정 마라. 시체가 돼도 네 손은 안 빌린다!"

묵혈도와 벽사혈이 또 티격태격했다.

그때, 추포조두가 일어서서 당우에게 걸어갔다.

묵혈도와 벽사혈은 농담을 멈췄다. 그리고 추포조두와 당우를 주시했다.

심문이 시작된다.

원래 이런 일은 벽사혈이 맡아왔다.

벽사혈도 그렇게 생각하고 조금 있다가 저녁 먹은 게 소화라도 되면 천천히 시작해 보려고 했다.

이런 하찮은 일에 추포조두가 직접 나서는 걸 본 적이 없는데, 이번에는 무슨 특별한 이유라도 있는 것일까?

두 사람은 추포조두의 말에 귀를 기울였다.
"살고 싶지?"
"……."
당우는 대답하지 않았다. 고개도 쳐들지 않고, 하고 싶은 대로 마음껏 해보라는 표정이었다.
"우리 내기 하나 할까?"
그제야 당우가 고개를 쳐들었다.
"투골조를 펼쳐라, 최선을 다해서. 이 아저씨에게는 조공이 하나 있는데, 그것으로 맞서마. 네 내공이 미약하니, 아저씨도 내공은 쓰지 않겠다. 서로 같은 조건으로 맞춰서 시합 한번 해보자."
당우의 눈빛이 심하게 흔들렸다. 또한 한편으로는 이 말이 과연 진심일까 하는 의심도 묻어 나왔다.
당우는 무슨 말인가를 하고 싶어서 입술을 오물거렸다.
"하고 싶은 말이 있으면 하거라."
"제가 이기면 놓아주실 건가요?"
추포조두의 말이 떨어지기 무섭게 튀어나온 말이다.
"하하하! 그래, 놓아주마."
"정말이죠?"
아이의 눈에 빛이 감돌았다.
"대신 나도 얻는 게 있어야지."
당우의 표정이 금방 시무룩해졌다.
"전 드릴 게 없는데요?"

"있다."

당우의 안색이 더욱 어두워졌다.

추포조두가 줄 게 있다고 말한다. 무엇을 줘야 하는지는 당우도 짐작한다. 하나 그것은 줄 수 없다. 줘서는 안 되는 거다. 그렇기에 안색을 어둡게 물들였지만…… 그래도 혹시 그게 아닐 수도 있지 않을까 싶어서 다른 말을 했다.

"투골조의 구결이라면 알려 드릴 수 있어요. 그것밖에는 가진 게 아무것도 없어요."

아이의 심중을 읽을 수 있는 말이다.

당우도 추포조두가 원하는 것이 투골조에 얽힌 사연이라는 것을 안다. 치검령을 끌어들여야 하고, 천검가를 끌어들이면 더 좋다. 천검가의 공자까지 토설하면 목숨을 보존할 수 있다.

하나 그것만은…… 그것만은 말할 수 없다.

추포조두가 딱 잘라 말했다.

"그런 건 필요없고, 네가 지면 투골조를 얻게 된 연유를 말해다오. 거짓없이 진실되게. 그 정도는 말해줘야 서로가 공평하지 않을까 싶은데?"

당우가 애써 웃음을 지어 보였다. 담담한 듯, 태연한 듯, 아무렇지도 않은 듯 가장한 웃음이지만 산전수전 다 겪은 사람들에게는 속마음이 환히 읽혔다.

"그건 안 돼요."

"안 된다……. 안 된다는 말을 너무 쉽게 하는구나. 네가 살 수 있는 유일한 길인데."

"그래도 그것만은 말할 수 없어요."

"그래?"

당우는 고개를 푹 떨궜다. 그리고 더 이상 할 말이 없다는 듯 딴청을 부렸다.

당우는 아무 말도 하지 않을 것이다.

투골조에 자신을 가지고 있지만 과신은 하지 않는다. 살길이 투골조밖에 없다는 것을 알면서도 대응하기를 포기한다. 추포조두와 겨룬다는 건 계란으로 바위를 치는 것과 다를 바 없다고 생각한다. 또 사실이 그렇다.

인간은 자신이 가진 것 중에서 가장 강한 것을 건드려 줄 때 마음이 약해진다.

계란으로 바위 치기? 뭐라고 해도 좋다. 살길이 그것뿐이라면, 그리고 그곳에 일말의 가능성이라도 있다면 두 손 놓고 죽느니 발악이라도 해본다.

지금 안 된다고 말하고 죽음을 받아들이는 것과 패배한 후에 배짱을 튕기는 것과 무엇이 다른가. 결국 죽는 것은 똑같지 않나. 그렇다면 발악이라도 해보는 게 낫지 않을까?

이것이 인간들의 생각이다.

당우는 그것마저도 포기했다.

삶을 포기한 것은 아니다. 도망가기 위해서 발악을 할 것이다. 빈틈이 엿보이지는 않을 테니, 아이가 틈을 만들어야 하는데…… 지금의 포기는 그때를 위해서 남겨둔 것이다.

철저히 자신을 숨긴다.

나는 이미 목숨을 포기했으니 당신들 마음대로 알아서 하라고 생각하게 만든다.

최대한 방심을 유도하고 있는 게다.

추포조두는 할 수 없다는 듯 손을 털고 일어서며 말했다.

"혹시 이건 알고 있는지 모르겠다. 네가 투골조를 수련한 흉수라면 넌 당연히 능지처참(陵遲處斬)된다."

"알아요."

"능지처참이 뭔지는 알고 하는 말이냐?"

"팔, 다리, 사지를 토막 내서 죽이는 거잖아요."

"시신은 땅에 묻히지도 못하고 들개 밥이 될 게다. 투골조를 수련한 열 손가락은 기름에 절여져 전시될 것이고."

"네."

당우는 각오한 듯 담담하게 말했다.

그때, 묵혈도와 벽사혈은 서로를 쳐다봤다.

투골조를 수련한 장본인으로 당우가 지목되면, 당우는 당연히 죽는다. 하지만 추포조두가 말한 것처럼 능지처참되거나 손가락이 전시되는 일은 없다.

흉수는 가장 빨리 죽이는 길, 참수(斬首)에 처해진다. 그리고 시신은 봉분 없이 땅에 묻힌다.

추포조두는 당우의 근기(根氣)를 살피고 있다.

지금까지 살펴본 바로는 상당히 좋지 않다. 아이의 근기가 워낙 굳건해서 좋은 말로 풀어 나가기는 힘들어 보인다.

추포조두가 말했다.

"네 아비, 어미는 어디 있느냐?"

"몰라요. 집이 불탔어요. 아마 어디론가 끌려가신 것 같아요."

"집이 불탄 건 맞다만 끌려간 건 틀린 말이다. 네 부모는 그 전에 도주했다. 물론 우리는 어디로 도주했는지 안다. 계속 지켜보고 있지. 무슨 말인지 아느냐? 네가 흉수로 지목되면, 네 부모도 요행을 바라기 힘들 거야."

당우는 눈을 찔끔 감았다.

굳게 감긴 눈꺼풀이 파르르 떨린다.

마음속으로 심한 격정을 느끼고 있다. 혼란에 빠졌고, 어찌할 줄을 모른다.

영악할지언정 심계(心計)가 깊지는 못하다. 하기는 아직 어린아이에 불과한데, 이런 아이를 보고 심계 운운하는 게 오히려 말도 안 되는 이야기일 게다.

당우는 주먹까지 불끈 움켜쥐었다.

마음이 얼마나 들끓고 있는지 여실히 보인다.

추포조두가 아이의 마음에 대못을 박았다.

"내 말을 정확하게 이해하지 못하는 듯한데, 네가 천검가에 의리를 지키고자 한다면 너는 물론이고 네 부모도 능지처참을 당한다는 이야기다. 그래도 괜찮으냐?"

당우는 어금니를 꽉 깨물었다.

결심이 서는 순간이다. 혼란과 번민을 벗어던지고 마음을 확정하는 모습이다.

"괜찮아요. 아버님, 어머…… 님…… 모두 이해하실 거예요."

말은 당차게 했지만 당우의 눈에서는 비통한 눈물이 또르륵 흘러내렸다.

묵혈도와 벽사혈은 서로를 마주 보며 고개를 저었다.

'좋은 말로는 틀렸지?'

'틀렸어.'

'그럼 이제 내 차례인가? 말로 틀렸으면 몸뚱이를 때려야지. 매에는 장사가 없는 법이니까. 후후후!'

'가만있어 봐. 조두님이 계속하잖아.'

'그런데 왜 조두님이 직접 나서는 거야?'

'난들 아냐? 가만있어 봐. 구경 좀 하게.'

말로 해서 안 되면 폭력을 쓸 수밖에 없다.

추포조두는 당우의 천령개(天靈蓋)를 꾹 눌렀다.

"흑!"

당우가 굵고 짧은 신음을 토해냈다.

짧은 순간에 스쳐 지나간 감각이지만…… 머리가 뻥 뚫리며 피란 피는 모두 천령개를 통해 쏟아져 나가는 느낌을 받았다.

흔히 피가 곤두선다고 하는데 딱 그런 기분이다.

"내가 지금 뭘 하는 것 같니?"

"고문이요."

"맞다. 아주 고통스러울 게다. 참을 수 있는 데까지 참아보고…… 정 안 되겠다 싶으면…… 내가 원하는 게 뭔지는 알고 있을 테니 중언부언(重言復言)하지 않으마."

"아저씨는 참 무서운 분이세요."

"그러냐?"

"그런 말을 어떻게 웃으면서 하세요?"

"사람을 많이 죽여본 사람에게 이런 일쯤은 소일거리밖에 되지 않는단다. 이번에는 더 고통스러울 게다."

추포조두의 손이 목울대를 툭 쳤다. 순간,

"끄으으윽!"

당우는 닭 모가지 비틀리듯 목이 휙 돌아가는 느낌에 피를 토하는 듯한 비명을 내질렀다.

목이 돌아간다. 머리가 부서진다. 피가 머리로 몰리면서 뼈와 살이 잔뜩 부풀어 오른다.

말로는 표현하지 못할 고통이 엄습했다.

"아직 견딜 만하지?"

"끄으…… 으윽!"

"다음은 가슴이다. 심장마비를 경험할 텐데, 잘 견뎌봐라."

추포조두의 손이 유근혈(乳根穴)을 훑었다.

'헉! 끄윽! 끄으윽!'

분명히 비명을 토해낸다 싶었다. 한데 입으로는 한마디도 새어나오지 않는다.

끄으윽! 끄으윽!

어디서 짐승 우는 듯한 소리만 울린다.

누군가 칼로 가슴을 열었다. 그리고 억센 손으로 심장을 꽉 움켜잡아서 피를 통하지 못하게 한다.

심장이 발버둥 친다. 피를 움직이게 하려고 이리 뒤틀고 저리 움직이지만 피는 한 방울도 움직이지 않는다.

추포조두가 실제로 가슴을 연 것은 아니다. 그는 유근혈을 살짝 건드렸을 뿐이다. 한데도 당우가 받는 고통은 상상을 초월했다. 세상에 이런 고통이 있는가 싶었다.

"오기폐맥(五氣廢脈)!"

벽사혈이 신음하듯 말했다.

"우! 이건 너무하는데. 조두! 그 애 이제 열서너 살인데 괜찮을까요? 솔직히 오기폐맥은 나도 자신없는데."

"설마 오기폐맥을 다 쓰려는 것은……."

두 사람은 말을 잇지 못했다.

오기폐맥 중 벌써 삼맥을 폐맥시켰다. 남은 맥은 두 개뿐인데…… 그 고통은 필설로 다 하지 못한다.

기골이 장대한 장한도 걸려들기만 하면 견디지 못한다는 오기폐맥을 어린아이에게 쓰다니…… 과연 당우가 견딜 수 있을까? 도저히 견디지 못할 것 같은데.

무엇보다 놀라운 것은 추포조두가 직접 고문을 하고 있다는 점이다. 보통 이런 일은 묵혈도에게 시켰는데. 부녀자나 노약자는 대부분 취조로 끝내고 말았는데.

"내 장담하마. 지금 받는 고통은 앞으로 받을 고통에 비하면 그야말로 새 발의 피란다. 하니 말할 게 있으면 지금 하거라.

네가 어떤 일을 저질렀든 네가 한 일에 대해서는 면죄부를 주마. 널 아무 조건 없이 풀어주겠다는 말이다. 긴 이야기를 할 것도 없다. 천검가의 누구냐? 그것만 말하면 된다."

"끄으윽! 끄윽!"

"고집이 세군. 견디기 힘들 텐데."

추포조두는 기해혈(氣海穴)을 건드렸다.

"컥!"

당우가 벼락이라도 맞은 듯 펄쩍 뛰었다. 하나 그의 몸은 이미 마혈(麻穴)이 눌려져 있어 꼼짝도 하지 못했다.

"컥! 컥컥컥! 컥!"

당우는 다급한 비명만 토해냈다.

"고통이 심해보이는구나. 말해라."

"컥컥! 컥!"

당우가 급하게 눈짓을 했다. 눈망울이 급해지는 게 무언가 할 말이 있다는 표정으로 보였다.

탁탁탁! 탁!

추포조두는 막았던 맥을 풀어주었다.

"컥!"

당우는 맥이 풀린 후에도 한동안 아파서 쩔쩔맸다. 머리는 조각조각 깨져 버린 것 같고, 심장은 피가 통하지 않고, 뱃속에서는 오장육부가 비비 꼬인다.

한동안 쩔쩔매던 당우는 약간 정신이 수습되자 간절한 눈빛으로 추포조두를 쳐다봤다.

"저 부탁…… 부탁이 있어요."
"먼저 천검가 이야기부터 한 다음에."
"백곡, 백곡으로 데려다 주세요."
"데려다 주마. 그전에 천검가 이야기부터 해라."
"아이들을 보고 싶어요. 백 명의 동남동녀…… 투골조 때문에 죽었다면서요? 그 아이들을 보고 싶어요."
"지금 이 아저씨를 놀리는 거냐?"
추포조두가 손을 천령개에 얹었다.
당우는 태연했다.
"아저씨는 느끼셨잖아요. 전 한마디도 안 해요. 지금 겪은 것보다 두 배, 세 배 더 고통을 주셔도 말할 수 없어요. 죄송하지만 전 고통 참는 법을 배웠거든요."
"고통…… 참는 법을 배워?"
이 무슨 말도 안 되는 소리인가? 고통을 참는 법도 있었나? 그런 게 있으면 벌써 세간에 알려졌지 왜 아무도 모르는가? 세상에 무인들이 모르는 절기도 있었던가?
고통 참는 법이 있다면 그걸 가장 필요로 하는 사람들은 바로 무인이다.
당우가 눈빛을 또렷이 하며 말했다.
"시신을 보게 해주세요."

第八章

정혼(精魂)

1

도광도부는 중원에서 다섯 손가락 안에 꼽히는 밀마해자다.

그렇다고 이름이 널리 알려진 건 아니다. '밀마'라는 특성상 밀마해자들의 존재는 어둠을 타고 흐른다.

아는 사람만 아는 사람들.

밀마해자의 존재가 딱 그렇다.

적성비가나 풍천소옥 같은 은가(隱家)들은 당연히 밀마해자를 안다. 누가 어떤 밀마에 능통한지까지 세부적으로 파악해 놨으며, 실제로 이용한 적도 많다.

그들을 감시하거나 입막음할 필요는 없다.

밀마라는 것은 단편적이다. 사건이 일어나고 지속되는 동안에는 밀마가 생명력을 발휘하지만 사건이 종결되면 밀마도 목

정혼(精魂)

숨을 마친다. 더불어서 밀마해자가 풀이해 놓은 것들, 알고 있는 모든 것들이 동전 한 닢에도 팔 수 없는 하찮은 정보로 전락해 버린다.

밀마는 시간이 생명이다.

시간을 놓치면 아무리 귀중한 정보라도 가치가 없어진다.

예를 들어서 누구를 암살하려고 한다고 치자. 그러한 정보가 담긴 밀마를 입수했고, 풀이에 들어갔다. 하면 밀마가 생명력을 발휘하는 건 언제까지인가?

물을 것도 없다. 암살이 결행되기 전까지이다.

암살이 끝난 후에는 밀마도 소용이 없어진다. 밀마해자가 밀마 내용을 알고 있다고 해도 아무짝에도 쓸모없다. 밀마해자의 입을 단속할 필요도 없다.

영구히 입막음할 밀마도 존재하지만 거의 대부분의 밀마는 시간이 흐르면서 생명력을 잃는다.

도광도부도 한때는 많은 일을 했다.

적성비가의 일도 맡았고, 풍천소옥과도 일을 했다. 그 외에 다른 은가들과도 일을 했고, 밝은 세상에 존재하는 명문정파(名門正派)들 중에도 그를 아는 사람은 종종 불러서 일을 시켰다.

밀마해자⋯⋯.

머리가 지독히 좋은 사람들이다. 다른 머리는 몰라도 한 부분, 조각난 단편들을 분석하고 취합하는 데는 따를 사람이 없을 정도로 뛰어난 두뇌를 가졌다.

그들은 두뇌만 뛰어난 게 아니다. 집중력도 탁월하다. 밀마를 건네받으면 두문불출(杜門不出), 식음전폐(食飮全廢) 오로지 밀마에만 매달린다.

그렇지 않은 사람들이 거의 대부분인가? 그러면 그들의 밀마 해독 능력을 살펴봐라. 필요한 시간에 밀마를 해독해 낼 가능성이 얼마나 되는지 살펴보라.

적성비가 같은 곳에서 부르는 밀마해자들은 마치 밀마를 해독하기 위해 타고난 사람들 같다.

도광도부는 앉은자리에서 꼬박 사흘 동안 밀마만 쳐다봤다는 기록을 남겼다. 이 역시 어디에 적힌 것은 아니고 아는 사람만의 입에서 입으로 전해진 전설이다.

그도 허리가 아플 것이다. 팔다리가 쑤실 것이다. 사지가 비비 뒤틀릴 것이다. 배도 고플 것이고, 잠도 쏟아질 게다. 육신이 온갖 비명을 질러댈 게다.

말이 그렇지 사흘 동안 뜬눈으로 지새운다는 것은 보통 일이 아니다. 그것도 한자리에서 꼼짝도 않고 밀마만 쳐다봤다는 것은 거의 도통한 수준이다.

어떻게 그럴 수 있을까?

이러한 것들은 배운다고 되는 게 아니다. 타고나야 한다.

그렇기에 밀마해자는 배우는 게 아니라 타고나는 것이라고들 말하는 것이다.

당우가 말하는 '고통을 참는 법'이라는 게 이런 것이다.

당우는 어떻게 하면 눈앞의 일에 집중할 수 있는지를 안다.

고통을 망각하는 일 또한 밀마를 푸는 것과 다를 바 없다.

오기폐맥이 시전될 때, 당우의 머릿속에는 풀리지 않은 숙제로 가득 차 있었을 것이다. 육신에는 고통이 가해지지만 머릿속에는 오로지 집중된 생각만 그득할 게다.

당우는 밀마해자가 갖춰야 할 기본적인 요건을 거의 갖췄다. 아니, 갖춘 것이 아니라 선천적으로 타고났다고 해야 하는 건가?

다른 생각도 했다.

―시신을 보게 해주세요.
―목숨 빚이 있어요.

추포조두의 뇌리에 방금 당우가 한 말과 동굴을 나오면서 치검령에게 한 말이 교차되었다.

'이놈……'

당우는 죽은 백 명의 동남동녀에게 목숨 빚이 있다고 생각하는 건가? 그래서 시신을 보여달라고 하는 건가?

그렇다면…… 그렇다면 투골조의 진수를 깨쳤다는 것인가? 진기를 단순히 힘으로 느낀 게 아니라 그 속에 숨어 있는 생명력까지 감지했단 말인가!

추포조두는 촌각도 안 되는 짧은 순간에 이토록 많은 생각을 한 적이 없었다.

그는 손을 거뒀다.

"묵혈도 말대로 넌 참 웃기는 놈이구나."

"죽는 건 좋은데, 한 번만…… 보게 해주세요. 여기서 백곡은 멀지도 않잖아요."

당우의 표정은 절실했다.

방금 전까지 오기폐맥이라는 고문을 받고 신음을 토해냈다고는 믿을 수 없을 정도다. 오직 아이들을 보겠다는 주문에 사로잡힌 것처럼 눈에 광기까지 띠었다.

추포조두의 눈가에 이채가 번뜩였다.

'이거 정말 웃기는 놈이잖아!'

"우리 놀이나 할까?"

벽사혈이 당우 앞에 앉았다.

당우가 무슨 말이냐는 듯 고개를 쳐들었다.

"아줌마가 너를 때릴 거야. 넌 맞지 않도록 잘 막아봐. 어디 얼마나 잘 막는지 볼까?"

"하지 않으면 안 돼요?"

"안 돼. 해야 돼."

"그럼 하세요."

당우가 체념한 듯 손을 들어 올렸다.

스으웃! 스으으으…… 웃!

기분 나쁜 냄새가 고요히 피어났다.

썩는 냄새 같기도 하고, 똥 냄새 같기도 하고…… 미리 알고 있었지만 그래도 저절로 인상이 찡그러지는 것은 어쩔 수 없었다.

"때리세요."

당우가 당당하게 말했다.

열 손가락이 누런 황금색을 띤다. 동굴에서 나올 때만 해도 노란 물감을 들여놓은 정도였는데, 이제는 유광(有光)이다. 쇠붙이를 반질반질하게 닦아놓은 것처럼 윤기가 돈다.

'이놈……'

벽사혈은 기가 막혀 당우를 쳐다봤다.

동굴에서 나와 치검령을 만났다. 죽음을 확인했으며, 도주했다. 그러나 결국 묵혈도에게 잡혔다. 절망스러운 상태에서 협박과 고문을 당했다.

이 모든 일이 오후 반나절 동안에 일어났다.

그런데 그동안에도 당우는 투골조의 구결을 참오한 듯싶다. 조금 더 이해도가 높아졌다.

생각만으로 이런데 실제로 수련에 몰입하면 어떨까?

이 아이, 제이의 조마가 되는 것은 시간문제다.

비록 본의 아니게 투골조를 수련했다고 하지만 어쩔 수 없이 생명을 빼앗아야 한다.

투골조는 사공이다.

수련 과정에서 사람 목숨을 빼앗기 때문에 사공으로 분류되었지만 사실은 그게 전부가 아니다.

중독(中毒)!

무공에 중독이 되는 게 문제다.

무인치고 무공에 중독되지 않는 사람은 없다.

조금 더 강하게, 조금 더 빠르게, 조금 더…… 조금 더…….

절기를 얻는 조건으로 사지 중 하나를 내놓으라면 기꺼이 내놓을 수 있다.

강해지는 것은 폭력을 동반한다.

무공이 남들을 짓누를 정도로 강해지면 세상에 드러내 놓고 싶은 욕구가 생긴다. 사람을 짓누르고, 상처를 입히고, 죽이고…… 그러면서도 존경을 받는다.

그러니 남들보다 더 강한 무공을 얻기 위해 혈안이 되는 게다.

추포조두에게 천검가를 짓누를 정도로 막강한 무공이 있다고 치자. 그때도 지금처럼 암암리에 조사만 할 것인가? 아니다. 당장 전각(殿閣)에 자리를 잡고 앉아서 천검가의 식솔을 일일이 심문할 것이다. 물론 조금이라도 이상하다 싶은 놈이 나오면 가차없이 고문을 가할 것이다.

이것이 무공이다.

무공은 세상을 참 살기 편하게 해준다.

그래서 사공, 마공이 나쁜 줄 알면서도 많은 사람들이 끊임없이 손댄다. 투골조 같은 무공들이 질기디질긴 생명을 꾸준히 이어 나가고 있다.

투골조는 중독을 더욱 심하게 부르는 사공이다.

지금은 백 명의 원귀만 만들었다. 본인이 만들지도 않았다. 다른 사람이 만든 것을 전이받기만 했다. 하나 성취도가 높아지면 본인 스스로 또 다른 백 명을 찾아 나설 것이다.
 이것은 인성(人性)하고는 상관이 없다.
 꼭 마약에 중독된 사람처럼 더 높은 경지를 위해서 발버둥치게 만드는 것이 투골조다.
 백곡에 동남동녀 백 명을 납치해 준 사람도 더 이상 아이들을 제공할 뜻은 없을 게다.
 그럴 필요가 없다.
 천검가의 누가 투골조를 손댔던 간에 그는 자신 스스로 아이들을 납치하러 나선다. 반드시 그렇게 된다. 본인이 그러고 싶지 않아도 투골조가 그렇게 만든다.
 불행하지만 이 아이는 여기서 죽여야 한다.
 "잘…… 막아봐라."
 벽사혈은 손을 쓰기에 앞서서 마음 깊은 곳에서 치솟는 살기(殺氣)부터 억눌러야만 했다.
 '당장 죽이고 싶다. 지금 죽여야 해…….'
 마음이 끝없이 살심을 부추긴다.
 적성비가는 정종무공(正宗武功)을 추구한다. 사공이나 마공을 뿌리 뽑는 적대적인 입장에서 올바른 무공을 갈고닦는다. 그렇기 때문에 적성비가에서는 무공을 일 성 높이면 그 정도의 깊이만큼 반드시 정신 수양 과정을 수반한다.
 당우는 그런 과정도 생략할 것이다.
 죽여야 한다! 죽여야 한다!
 그녀가 수련한 무공이 당우를 죽이라고 말한다. 정종무공이 사공을 죽여야 한다고 말한다.
 탁! 타탁! 타타탁!
 벽사혈은 양손을 번갈아 때렸다.
 오지는 한데 모아 오련(五蓮)을 만들었다.
 다른 문파에서는 매의 주둥이라고도 하고, 독수리의 발톱이라고도 말한다.
 오지를 한데 모은 것뿐인데 모두 달리 말한다.
 오지가 모여서 무엇을 이루느냐. 여기에 각 문파의 비기가 담겨 있다. 아무렇게나 형상적으로 무엇과 비슷하다고 해서 따다 붙인 이름들이 아니다.
 적성비가의 오연은 움직이는 가운데 오므리기도 하고 활짝 피어나기도 한다.
 꽃잎이 오므라지면 송곳처럼 날카로워진다. 만개하여 다섯 손가락이 벌어지면 매의 발톱처럼 찍는 데 쓰이기도 하고 낚아채는 데 쓰이기도 한다.
 그때그때 상황에 맞춰서 유동성있게 변한다.
 탁! 탁! 탁!
 당우는 벽사혈의 조공을 천천히 맞받았다.
 당우가 뛰어나서 맞받은 건 아니다. 벽사혈이 맞받을 수 있게끔 천천히 손을 움직이고 있다.
 "조금 빨리 해볼까?"
 "네."
 탁탁탁! 타타타탁!

벽사혈의 조공이 조금 빨라졌다.

이번에는 일직선으로 내려치지 않았다. 좌에서 우로, 우에서 좌로, 아래에서 위로…… 자유자재로 방향을 꺾었으나 그 모습이 원래 그런 식으로밖에 움직일 수 없는 것처럼 자연스러웠다.

당우도 따라서 했다.

타탁! 타타탁! 타타탁!

벽사혈이 좌에서 우로 쳐오면 그는 우에서 좌로 맞받아갔다.

당우는 빠른 눈썰미로 벽사혈의 손을 봤다. 손이 움직이는 대로 급히 쫓아갔다.

타타탁! 타타타탁!

벽사혈과 당우는 마치 춤이라도 추듯이 율동있게 타격했다.

"구련조공(九蓮爪功)을 잘 따라가는데요?"

"그렇군."

"초식을 배운 손놀림은 아닙니다."

"구결만 들었다는 소리지. 진기를 전해 받고, 구결을 듣고…… 이삼 일 전에 말이야."

"그러게 말입니다. 대단한 무재(武才)예요. 뛰어나다는 놈들 많이 봤지만 저놈처럼 뛰어난 놈은 처음이에요. 며칠 사이에 투골조를 이해하다니. 허!"

묵혈도가 탄식을 불어냈다.

"무재는 아니다."

"네?"

"벌써 손이 어지러워지고 있어."

묵혈도는 당우의 손놀림을 자세히 주시했다.

벽사혈의 구련조공은 일, 이단계를 넘어 삼단계로 들어섰다. 방향 변화에 이어서 손목 놀림까지 가미되었다. 위에서 떨어져 내리는 손길을 막으면 손목이 툭 꺾이면서 오련이 이마를 찍는다.

당우는 몹시 당황한 듯했다. 손을 사용하는 것으로는 모자라서 머리도 움직이고, 상체도 움직이며 조공을 피한다.

투골조의 손놀림만으로 충분히 막을 수 있는데, 막는 길을 찾지 못하고 있다.

너무 어려서 그런가?

아니다. 웬만한 무재라면 이런 정도의 공격은 곧 방어책을 찾아낸다. 상대가 손목을 꺾으면 자신도 꺾으면 된다. 손가락만 사용할 것이 아니라 손등까지 사용하면 된다.

조공(爪功)과 수공(手功)을 합치는 과정이다.

그렇다. 어떤 무공도 단독으로 사용되는 경우는 없다. 절대 검공도 보법, 신법, 검법이 하나로 어우러졌을 때 제 위력이 발산된다. 검의 투로만 뛰어나다고 해서 절대 검공이 되는 건 아니다.

조공과 수공은 한 몸이다.

절대 무재라면 그런 이치를 단번에 깨우칠 것이다. 절대는 아니어도 무재라고 불린다면 두어 번 공방을 치르는 동안 저절로 답습하게 된다.

당우는 이도 저도 아니다. 온몸을 비틀면서 피하기에 급급하다.

"이건 또 무슨 현상입니까?"

"무공을 머리로 배웠다는 거지."

"네?"

"듣고, 외우고, 생각하는 힘은 뛰어나지만 몸에 붙이고 파악하고 숙달시키는 능력은 뒤진다. 아는 무공과 싸우면 매우 강하지만 모르는 무공과 싸우면 어느 결에 무너질지 모른다."

"흠! 안타깝군요."

"신경 쓸 만한 아이가 아니다."

추포조두는 고개를 돌렸다.

묵혈도는 추포조두의 말을 곰곰이 씹으면서 당우의 손놀림을 주시했다.

추포조두의 말이 맞다. 당우는 계속 버벅거린다. 조공이 삼단계를 넘어서 사단계로 들어서자 막는 횟수보다 두들겨 맞는 횟수가 훨씬 많아졌다.

벽사혈은 진기를 쏟는다.

당우가 무공을 제대로 배우지 못한 어린아이라고 하지만 악취를 풀풀 풍길 정도로 지독한 투골조를 사용한다. 진기를 쓰지 않고 구련조공을 펼쳤다가는 낭패를 당하는 수가 있다.

벽사혈은 철저하게 당우의 십지(十指)를 피했다.

손가락은 일절 상대하지 않고 손목 어림만 타격하면서 움직임을 차단했다.

당우는 그런 현상을 눈치채지 못하고 있다.

우직하게 달려들기만 하지 어째서 자신이 실패하는지 깨달으려고 하지 않는다.

"됐어! 이제 그만해!"

묵혈도가 소리를 질렀다.

추포조두는 이미 흥미를 잃은 듯 고개를 돌렸다.

'됐어!'

당우는 세 사람의 표정에서 자신의 직감이 들어맞았음을 감지했다.

시비를 걸어올 때는 반드시 이유가 있다. 아무 이유도 없이 시비를 거는 사람은 없다.

벽사혈이 장난하듯이 조공을 쳐올 때, 어느 선에서 맞받아줘야 하는지 난감했다. 아니, 맞받아준다는 말은 상수(上手)나 쓰는 말이고…… 어느 선까지 주의를 집중해야 하는지 고민했다.

치는 대로 다 맞아준다면 믿지 않는다. 믿지 않는 건 좋은데 경계심이 높아진다.

그런 건 탈출에 도움이 되지 않는다.

적당한 선까지 따라붙다가 빠진다.

그것이 일, 이단계였다. 삼단계 넘어서면서부터는 혼란스러

위했고, 또 한 번 손길이 변한 후에는 일방적으로 맞기만 했다.

시험은 끝났다.

세 사람은 자신을 경계하지 않는다.

모두들 잠에 떨어져 있다. 깊이깊이 잠들어 있다.

탈출할까? 아니다. 어림도 없는 소리다. 지금 탈출하면 경계심이 다시 높아진다. 물론 탈출도 하지 못한다.

왜? 지금은 도망갈 기회가 아니다.

그런 걸 알기 위해서 세 사람이 얼마나 깊이 잠들었는지 살펴볼 필요는 없다.

치검령이 오지 않았다. 즉, 지금은 치검령 같은 고수도 다가오지 못할 만큼 칼날이 곤두서 있다는 뜻이다.

이들이 방심할 때, 치검령이 온다.

천검가를 위해서, 자신의 입을 막기 위해서, 죽이겠다고 했으니까 죽이려고 온다.

그가 올 때…… 그때가 도주할 기회다.

당우는 몸을 옆으로 뉘었다. 그리고 곧 아무 생각도 하지 않고 푹 잠들었다.

2

"이거 어떻게 묶지?"

묵혈도가 오라를 들고 난감해했다.

적성비가에서는 죄인을 포박하는 포승법을 가르친다.

긴 줄 하나로 상반신을 완전히 동여맨다. 양손과 상반신을 꽁꽁 동여 묶는 방법인데, 결박에 사용된 매듭을 헤아려 보면 칠십이 매듭에 이른다.

이 방법으로 묶이면 그 누구도 자력으로는 풀지 못한다.

한데 이 포승법을 정성 들여서 익히는 사람은 없다. 사람을 포박해서 먼 길을 가야 할 일이 거의 없기 때문이다.

"나도 잊어버렸는데. 묶어본 지 오래되어서. 이리 줘봐."

벽사혈이 오라를 받아 들고 이리저리 매듭을 지어봤다.

"제일 먼저 어깨 밑으로 들어가는 것 맞지."

"어깨 밑으로 해서…… 여기서 손목을 묶고……."

"아냐. 여기서 등으로 돌려 가지고 왼쪽 어깨로 나와야지."

"아! 맞다!"

두 사람은 옛 기억을 되살리며 포박해 나갔다.

양 손목을 묶는 데만 일곱 매듭이 사용된다.

상반신에서 자유롭게 움직일 수 있는 부분은 열 손가락 끝마디밖에 없다.

"됐지?"

"된 것 같은데……."

두 사람은 마지막 매듭을 묶었다.

"아픈 데는 없지?"

벽사혈이 물었다.

"네."

당우는 몸을 비틀어보면서 대답했다.

상반신이 완전히 결박당해서 꼼짝도 할 수 없는데, 크게 불편하지는 않다. 결박이 너무 강해서 살이 팬다거나 짓눌리는 느낌이 전혀 없다. 단지 두 손만 몸에 찰싹 달라붙어 있다.

압박은 거의 느끼지 못하는데 결박은 완벽하다.

"그냥 꽁꽁 묶으면 되지 왜 이렇게 묶어요? 그냥 묶기만 해도 도망갈 수 없는데."

당우가 고개를 갸웃거리며 물었다.

"이렇게 묶으면 네가 푸는 건 완전히 불가능하고, 다른 사람이 손을 대도 쉽게 풀 수 없거든."

"다른 사람도 못 풀어요?"

"묶는 법을 아는 사람이 풀어야 돼. 묶었던 순서와 반대로 차근차근 풀지 않으면 엉키게 되지. 그럼 진짜 못 풀어."

"줄을 잘라내면 되잖아요."

"매듭이 칠십이 가닥이란다 흐흐흐!"

벽사혈이 웃었다.

적성비가에서 이토록 귀찮고 까다로운 포승법을 생각해 낸 것은 단순히 포박하기 위해서만은 아니다. 상반신의 자유를 완전히 뺏기 위해서도 아니다. 물론 그런 목적이 포함되지만, 그것 외에 중요한 목적이 또 있다.

일반적인 오라는 칼을 쓰면 쉽게 빠져나올 수 있다.

그런 점을 방비하려면 은잠사(銀簪絲)같이 칼로도 끊어지지 않는 실을 써야 한다.

그러나 은잠사는 비싸다. 밧줄을 만들어서 가지고 다닐 정도로 흔하지 않다.

어디서나 쉽게 구할 수 있는 밧줄로 은잠사와 같은 효과를 낼 수 있어야 한다.

"이걸 칼로 잘라내려면 적어도 서른 군데 이상은 잘라야 할걸? 누군가가 널 이렇게 묶인 채로 데려가서 시간을 가지고 잘라내면 모를까 그렇지 않으면 잘라낼 수 없어."

"그렇군요."

"앞으로 보름간은 이대로 있어야 하니까 불편하면 말해. 조금 느슨하게 묶어줄게."

"아뇨. 괜찮아요."

"정말 된 거지?"

"네."

당우는 웃어주기까지 했다.

벽사혈의 말에서 한 가지 사실을 얻어냈다.

'보름은 죽지 않아.'

당우가 잡혔다!

추포조두는 포박한 당우를 앞세우고 백곡으로 향했다.

"저 때려죽일 놈!"

"순진한 얼굴을 해가지고는 그런 짓을 해! 에라이, 죽일 놈아!"

길가에 모여 선 사람들이 돌을 던졌다.

탁!

주먹만 한 돌이 날아와 머리를 깼다. 머리에서는 곧 붉은 피가 주르륵 흘러내리고, 당우의 상반신은 붉은 물감을 묻혀놓은 듯 시뻘겋게 변했다.

묵혈도가 나서서 빽 고함을 질렀다.

"죄인을 압송 중이다! 어느 놈이 죄인의 입을 막으려 드느냐! 죄인을 해하려 드는 자, 죄인과 한통속으로 간주하여 즉참할 것이다!"

묵혈도의 시퍼런 서슬에 사람들은 움찔거리며 물러섰다.

더 이상 돌은 날아오지 않았다. 하나 상처를 치료하지 않아서 붉은 선혈은 끊임없이 흘러내렸다.

무슨 생각에서인지 세 사람은 당우의 상처를 치료하지 않았다.

군중들에게 처참함을 보여주려는 게다. 투골조 같은 사공을 수련하면 어찌 되는지 종말을 보여주는 게다. 그래서 돌팔매가 날아오는 것을 보면서도 막아주지 않았다.

당우는 어느 정도 다쳐야 한다. 피도 흘려야 하고……. 가급적이면 '그러게 왜 그런 걸 수련해서'라는 소리를 들을 정도로 망가질 필요가 있다.

또 당우의 모습은 천검가에도 아픈 곳을 찌르는 자극제가 될 게다.

천검가는 당우를 무시하지 못한다.

당우는 입을 굳게 다물고 있지만 그래도 천검가로서는 불안할 수밖에 없다.

당우는 아무 증거도 되지 못한다.

그가 입을 열어 사실을 토해낸다고 해도 직접 천검가를 치고 들어갈 수는 없다. 자칫 천검가에 한이 맺힌 사파 아이의 투정쯤으로 치부해 버리면 할 말이 없다.

그래서 아이를 추궁하는 것보다 다른 쪽으로 이용하려는 게다.

아이에게서 얻은 건 없지만 무엇인가 묵직한 것이 있다는 인상을 지운다.

아이가 토설할 게 무척 많은 것처럼 생각하게 만든다.

그런 의미에서 당우를 백곡에 데려가는 것도 괜찮은 방법 중의 하나다. 투골조를 전이받은 놈이 백곡에 가서 동남동녀의 시신을 본다? 처참한 광경을 보고 심중에 변화가 생긴다? 그래서 있는 것, 없는 것 모두 토설한다?

죄지은 자는 발 뻗고 잘 수 없는 법이다.

천검가는 당우가 가진 게 아무것도 없다는 사실을 인식하고 있을지라도 불안감 때문에 움직일 수밖에 없다.

천검가가 자발적으로 움직이도록 유도한다. 그러면서 천천히 당우도 심문한다.

한 번에 두 마리 토끼를 쫓는다.

당우를 처참하게 만들어서 민심까지 한편으로 끌어들였다.

투골조를 수련한 자는 그 누구를 막론하고 처단해야 한다는 여론을 끌어냈으니 일석삼조(一石三鳥)다.

"일촌비도가 어디서 날아올지 모른다. 단단히 경계해."

"걱정 마세요. 아무리 치검령이라고 해도 이런 상황에서는 손을 쓰지 못할 겁니다."

"그 자만심이 문제야."

"자만심이 아니라 정확한 사태 파악이라니까요."

추포조두와 묵혈도는 여유있게 대화를 나눴다. 하나 그들의 눈빛은 군중 속에 숨어 있는 암수를 찾기 위해 섬광을 뿜어냈다.

'틈이 없어!'

긴 밤을 뜬눈으로 지새웠다. 긴긴 밤 동안 지극히 짧은 찰나의 틈을 노렸지만 바늘 하나 들어갈 틈이 없었다.

사람들의 북적거림을 이용했다.

당우를 보려고 나서는 사람이 많을수록 그에게는 유리해진다.

아주 짧은 틈, 손가락 하나 움직일 만한 틈만 찾으면 된다.

한데 추포조두는 그런 틈조차 주지 않았다.

묵혈도와 추포조두가 전방, 후방을 나누어서 감시한다.

그들의 이목은 사방을 훑는다. 수상한 기미라도 있으면 매의 눈이 되어 노려본다.

그들은 보기만 한다.

실제로 몸을 움직일 사람은 당우 옆에서 한가롭게, 아무 경계도 하지 않고 걷는 벽사혈이다.

그녀는 여유로워 보이나 실은 시위를 당긴 활처럼 전신 신경이 팽팽하게 곤두서 있다. 추포조두나 묵혈도가 줄만 끊으면 그녀는 곧바로 발사된다.

일촌비도를 쏘아낸 후 그녀의 검을 피해야 하는데…… 그럴 틈이 없다. 일촌비도를 던지는 순간에 그녀도 쳐올 것이다. 그녀의 검은 막을 수 있다. 하나 뒤따라 달려온 추포조두와 묵혈도의 합공은 상대할 수 없다.

저들은 당우의 목숨쯤은 아랑곳하지 않는다.

일촌비도를 쏘아내면 당우를 내주는 대신 자신을 잡으려고 할 것이다. 그래서 미리 군웅들에게 선전포고를 한 게다. 당우를 죽이는 자는 한패로 생각하겠다고.

당우를 죽일 수는 있다. 하나 그 뒤는 감당이 되지 않는다.

'흠!'

치검령은 끈기있게 뒤따랐다.

계곡 전체가 하얗다.

간간이 나무도 있고 풀도 있지만 바위들이 너무 밝은 색이라서 온통 하얗게 보인다.

"백곡이다. 와본 적 있느냐?"

"없어요."

"없어?"

"네."

"후후! 그런 것까지 거짓말할 필요는 없다. 아이들을 납치해 오고 죽인 게 네 짓이 아니라는 건 아니까."

"정말이에요. 처음 와봐요."

"집에서 지척인데 와보지 않았단 말이냐?"

"이런 곳에 뭐 하러 와요? 약초도 없고 잡을 동물도 없고…… 이곳은 버려진 땅이잖아요."

"그런가?"

추포조두는 고개를 끄덕였다.

백곡은 인근 사람들에게는 버려진 땅으로 치부되는 모양이다. 하기는 나무가 없으니 땔감을 구하려는 사람도 없다. 당우 말대로 약초도 없으니 사람 발길이 닿지 않는 건 당연하다.

그렇다고 이들이 한가롭게 풍광이나 즐기겠는가.

인근에서 살던 아이가 한 번도 발길을 들여놓지 않은 곳이라면 인근 사람들이 백곡을 어떻게 생각하는지는 불 보듯 뻔하다.

어떻게 천검가가 지척인 곳에서 그런 짓을 할 수 있었는지 이해가 된다.

아이들이 울어댔을 것이다. 죽기 싫어서 발버둥 쳤을 것이고, 집에 가고 싶다며 아우성쳤으리라.

한 명이 우는 소리는 들리지 않을 것이다. 계곡 밖으로 울음소리가 새어 나가는 일도 없으리라. 그러나 백 명이 울면 사정이 달라진다. 계곡 전체가 들썩였으리라.

그런 소음이 사람들의 귀에 닿지 않았다.

버려진 땅……. 당우가 해답을 내놨다.

"여기서 백 명이 죽었다. 오십 명은 여아(女兒)고, 오십 명은 남아(男兒)다."

당우가 말을 받았다.

"남여칠세이하(男女七歲以下) 세사일규불통(世事一竅不通) 천지성어원기(天地成於元氣)."

"그 말도 구결에 있느냐?"

추포조두가 눈살을 찌푸리며 물었다.

"동남동녀라고 해도 아무나 납치하는 게 아녜요. 기준이 있어요. 칠 세 이하의 아이들을 잡으라고 했지만 나이는 크게 중요한 것 같지 않아요."

추포조두의 미간이 더욱 찡그러졌다.

당우가 이런 부분까지 이해하고 있는 것인가? 그럼 정말 죽여야 한다. 그렇다. 당우를 죽인다. 지금 이 말을 듣는 순간, 그건 변하지 않는 사실이 되었다.

추포조두의 마음을 아는지 모르는지 당우가 태연하게 말했다.

"세사일규불통은 그 나이의 아이들이라면 다 그렇죠? 누가 세상사에 닳고 닳겠어요. 노름판 같은 데 막 내던져진 아이들, 사람들 눈치를 보고 자라는 걸개(乞丐)들…… 이런 아이들은 납치하지 말라는 말일 거예요."

"그렇구나. 그럼 중요한 건 천지성어원기겠군."

"네. 봐서 원기가 손상되지 않은 아이들을 잡아야겠죠."

"그런 게 보면 알 수 있을까?"

몰라서 묻는 게 아니다. 원기가 성성한지 아니면 몰유(沒有)

한지는 쳐다보기만 해도 안다.
 하나 그건 다년간 무공을 수련한 무인의 눈으로 봤을 때다. 과연 당우 같은 아이도 그런 구분을 할 수 있을까?
 당우가 태연자약하게 말했다.
 "그럼요. 알 수 있죠. 팔팔한 아이와 가라앉은 아이를 구분하지 못하겠어요?"
 "흠!"
 추포조두는 침음을 흘렸다.
 당우의 말은 일면 맞고, 일면 틀리다.
 그렇게 구분하는 것이 가장 쉬운 방법이지만 완벽하지는 않다. 차분하게 노는 아이들 중에도 원기가 성성한 아이들이 많다. 하나 모르는 사람이 구분하는 방법 중에는 가장 좋다.
 당우는 구결의 내용을 정확하게 이해하고 있다.
 아이가 이 자리를 벗어나서 투골조를 본격적으로 수련하고자 한다면, 그래서 아이들을 납치한다면…… 생각만 해도 끔찍하다.
 "여기다. 아이들이 죽은 곳."
 추포조두가 당우의 어깨를 툭 쳐서 앞으로 떠밀었다. 그곳에 인골이 수북이 쌓여 있었다.

 당우는 인골들 사이를 걸었다.
 뼈를 밟지 않으려고 주의했다. 뼈를 하나라도 더 보려고 눈을 부릅떴다.

"저 독한 놈 좀 봐!"

"저게 사람 짓이야? 아이고, 꿈에 나타날까 봐 무섭네."

백곡까지 따라온 사람들이 악다구니를 늘어놨다.

당우는 사람들의 말을 듣지 않았다. 인골 사이를 걸으면서 아이들의 한을 느끼려고 애썼다.

자신의 몸에 아이들의 흔적이 새겨져 있다.

그 흔적은 막대한 힘을 북돋워준다. 바위도 단숨에 구멍 낼 수 있는 파괴력을 안겨준다. 밤을 꼬박 새웠어도 진기 한 번만 휘돌리면 어느새 활기가 넘친다.

모두 이 아이들이 남긴 선물이다. 아이들의 한(恨)이다.

'내가 죽으면…… 너희들은 개죽음당하는 거겠지? 그러니 난 살아야 해. 얘들아, 이제부터 같이 살자. 내 몸 안에서 나와 같이 살자. 너희들의 모습…… 하나하나…… 잊지 않을게.'

아이들의 생전 모습이 어떤지는 알지 못한다. 하나 인골의 모습이라도 기억 속에 새겨 넣으려고 애썼다. 그러기 위해서 최대한으로 집중했다.

"저놈, 뭐 하는 거야?"

"글쎄……."

묵혈도와 벽사혈은 고개를 갸웃거렸다.

추포조두도 이해할 수 없다는 표정을 지었다.

당우는 백곡에 데려가 달라고 절실하게 빌었다. 한 번이라도 아이들을 만날 수 있게 해달라고 애원했다.

정혼(精魂) 267

진기에서 아이들의 생명력을 느꼈기 때문일 것이라고 추측했다.

죽은 아이들에게 미안하다. 그래서 인골만 남았을지언정 보고 싶다. 아이들에게 미안하다는 말이라도 하고 싶다.

당우의 애원을 그런 뜻으로 받아들였다.

그래서 천검가를 끌어들이기 위한 미끼이지만, 당우가 원한 대로 데려왔다.

당우는 생각과는 달리 미안하다는 표정을 짓지 않는다. 죄를 지었다는 마음도 없는 듯하다.

죽은 아이들의 원혼을 달래줄 생각은 애당초 없었던 듯하다.

수북이 쌓인 인골을 보고도 아무렇지도 않게 다가선다. 그리고 마치 찾을 게 있다는 듯 여기저기 두리번거리기 바쁘다.

생각했던 것과는 전혀 다른 상황이다.

이걸 어떻게 해석해야 하나?

"저 자식, 여기서 공부하고 있잖아!"

묵혈도가 신경질적으로 말했다.

"공부?"

"저 태도가 뭐냐고? 공부하고 있는 거잖아. 죽은 땅의 기운이라도 흡취하는 건가?"

"흠!"

"새끼, 좀 좋게 봐주려고 했더니 이렇게 뒤통수를 치네."

"그러게. 죽이는 게 미안하다 싶었는데."

벽사혈의 눈에도 살광이 깃들었다.
당우는 백 명의 동남동녀에게 사죄하려고 온 게 아니다. 그들에게서 남은 기운을 흡취하려고 온 것이다.
그들의 눈에는 그렇게 비쳤다.

'미안하다. 미안. 미안해.'
당우는 눈에 띄는 인골마다 진심으로 사죄했다.
이들을 자신이 죽였다. 자신의 손으로 죽인 것은 아니지만 결국 자신이 얻은 것 때문에 이 아이들이 죽었다.
앞으로 얼마나 더 살 수 있을지 모르지만 사는 날까지는 이 아이들과 함께 살아야 한다.
인골이 뇌리에 새겨졌다.
한 명, 한 명…… 모두를 기억 속에 새겨 넣었다. 그때,
쉬익!
신법을 펼쳐서 다가온 묵혈도가 당우의 뒷덜미를 낚아챘다.
"네놈 감상하라고 데려온 게 아니다. 자식 그것참…… 네놈이 죽인 건 아니라지만 미안하다는 말 한마디쯤은 해도 되잖아? 지금이라도 할 생각 없어?"
당우는 무표정한 얼굴로 말했다.
"제가 죽인 게 아닌걸요. 미안할 게 뭐 있어요?"
"그럼 여긴 뭐 하러 오자고 한 거야?"
"어떻게 죽었는지 궁금해서요."
"뭐?"

"궁금하잖아요. 원정을 빼앗기고 죽은 시신은 어떤 모습인……."

쫘악!

당우는 말을 잇지 못했다. 어느새 날아온 묵혈도의 손바닥이 뺨에 작렬했다.

"치검령이 네놈을 선택했을 때는 그만한 이유가 있었겠지. 후후! 죽을 만하니까 골랐겠지 아무나 골랐을까. 당우? 뱃속에 여우새끼가 수만 마리는 숨어 있는데 무슨 당우? 가자, 이놈아."

묵혈도가 당우를 질질 끌고 갔다.

추포조두와 벽사혈은 이미 앞서서 백곡을 빠져나가는 중이었다.

당우는 눈을 감고 뇌리에 기억해 두었던 인골들을 떠올렸다.

하나, 하나…… 한 명, 한 명…… 치기 어린 아이들의 모습이 되살아났다.

앞으로 같이 살아갈 아이들이 원혼이 되어 몸속으로 들어왔다.

아이들이 원하든 원하지 않든 투골조의 진기를 가치있게 쓰기 전에는 죽지 않을 생각이다.

묵혈도는 틀렸다.

미안하다는 말은 입으로 하는 게 아니라 마음으로 해야 한다. 또 미안하다는 말에서 그칠 것이 아니라 살기 위해서 발버둥 쳐야 한다. 그것이 아이들의 죽음을 보상하는 길이다.

자신이 아이들을 죽였다면 목숨으로 보상한다. 하나 아이들의 정기를 받았으니 잘 살펴줘야 한다.

그래서 울지 않았다. 마음속으로는 미안하다는 말을 하면서 겉으로는 무표정하게 지나쳤다.

그런 각오, 각오를 다지기 위해서 백곡으로 오자고 했다. 자신의 생각이 옳은 것인지 틀린 것인지 판단이 되지 않아서 현실을 보고 결정하려고 했는데…… 느낌이 맞았다.

인골이 되어 누워 있는 아이들을 보니 살아야겠다는 마음이 더욱 절실해진다.

당우는 눈을 감고 끌려가면서 다짐했다.

'아버지의 빚은 갚았어. 이제는 살 거야. 어떻게든 살 거야.'

第九章
참패 (慘敗)

梅由
保舞

1

 치검령은 방갓을 쓰고 은빛 흉갑(胸鉀)을 두른 무인들에게 에워싸였다.
 이들이 누구인지는 모른다. 하지만 사태가 어떻게 돌아가는지는 한눈에 알아차렸다.
 '기어이! 조금만 참으셨으면 좋았을걸……'
 진한 아쉬움이 밀려온다.
 천검가주는 추포조두가 적성비가의 인물인 줄 모른다. 그렇기에 서둘러서 일을 마무리 지으려고 한다. 이들을 풀기 전에 한 번이라도 어떻게 된 영문인지 물어왔다면 자초지종을 이야기했을 것이고, 그랬다면 시간을 좀 더 주었을 게다.
 자신은 적성비가의 방어막을 뚫을 수 있다.

참패(慘敗) 275

그 점을 믿어야 한다. 믿고 기다렸어야 한다. 그랬다면 당우가 죽으면서 일이 마무리된다.
"물러가셔야겠소."
흉갑을 두른 사내가 딱딱한 어조로 말했다.
사내는 흉갑만 두른 게 아니다. 어깨에는 견갑(肩鉀)도 찼다.
재질이 쇠가 아니라 가죽이고, 옷 속에 숨겨져 있어서 한눈에 알아보지 못했다.
전신을 갑옷으로 보호했다.
순간, 얼핏 떠오르는 사람들이 있다.
"혹시…… 광동(廣東) 낭족(狼族)?"
"……"
사내들은 가타부타 말이 없다. 뚫어지게 노려보면서 물러설 것인지 아닌지를 묻고 있다.
치검령은 두 손을 들어 보였다.
그러자 사내들이 두말없이 뒤돌아섰다.
쉬익! 쉭! 쉬이익!
여기저기서 옷자락 펄럭이는 소리가 들렸다.
어림잡아도 삼십여 명이 훌쩍 넘는 사내가 신형을 쏘아냈다.
'낭족 삼십 명이라…… 추포조두가 애 좀 먹겠군.'
치검령은 쓴웃음을 흘렸다.
잘못 생각한 게 있다.

가주는 절대로 추포조두를 얕보지 않았다. 자신에게 묻지 않고, 보고도 접하지 않아서 추포조두가 적성비가 출신이란 걸 모르고 있지만 만만치 않은 상대라는 건 안다.

풍천소옥 무인이 간단하게 처리하지 못하고 주위를 맴도는 것으로 상황을 알 수 있지 않겠나.

가주는 결코 추포조두를 얕보지 않았다.

그건 그렇고…… 광동의 낭족까지 끌어들이다니, 가주는 정말 대단하지 않은가.

낭족은 타인을 위해서 무공을 쓰지 않는다. 돈에 팔리지도 않고, 명예를 탐하지도 않는다.

그들이 무공을 쓰는 이유는 딱 하나뿐이다. 부족(部族)이 타인에게 위해를 입었을 때다. 그때는 상대가 누구이든 가리지 않는다. 하늘 끝까지라도 쫓아가서 반드시 결판낸다.

그들이 중원에 나와서 무공을 쓰는 이유는 딱 그것뿐이다.

그런 자들이 나왔다. 누구도 부릴 수 없고, 어떤 것으로도 움직일 수 없는 자들을 끌어냈다.

광동 낭족이라면 믿을 수 있다. 그들을 움직였다는 것은 천검가의 무인들을 동원한 것과 다를 바 없다. 그만큼 강하고, 확실하게 일을 끝내는 자들이다.

"흠!"

치검령은 우두커니 서서 낭족이 떠난 자리를 지켰다.

생각해 볼 것이 있다.

가주가 왜 낭족을 끌어들였을까? 왜 하필 이 시점에서 당우를 채가는 걸까?

가주의 생각에는 자신을 계속 쓰면 위험하다고 생각한 것이다. 자신은 이미 추포조두에게 노출되었다고 본 것이다.

그렇다면 가주는 모든 걸 알고 있다.

추포조두와 좌우쌍비가 적성비가 출신이라는 것도 안다.

모두…… 모두 다 안다.

여기서 가주는 독단적인 결정을 내린다. 천군만마(千軍萬馬)를 질주시켜서 하찮은 잡초들을 단숨에 짓밟아 버린다. 영원히 되살아나지 못할 정도로 철저하게 짓이겨 버린다.

그래서 동원된 것이 광동 낭족이다.

가주는 당우를 살려줄 생각이 없다. 아니, 당우는 생각도 하지 않는다. 놈은 어차피 죽을 운명이고, 죽게 된다. 이쪽이나 저쪽이나 양쪽 모두 살려줄 생각이 없다.

가주는 추포조두와 좌우쌍비까지 처리해 버릴 생각이다.

천검가가 아닌 낭족이 짓밟아 버린다.

물론 낭족은 검련일가의 추적을 받게 될 게다. 다시 말해서 살아날 가망이 없다. 아무리 생각할 줄 모르는 자라도 부족 몰살이 예상된다는 것쯤은 짐작할 게다.

낭족은 그런 일에 나선 것이다.

그러면 자신은……?

'나는? 나도 노출되었는데…… 수족으로 쓸 건가? 아니면 제거할 건가?

질풍노도처럼 휩쓸어 버린다. 아무것도 남겨놓지 않는다.
 막내아들 류명을 위해서 하는 일이다. 어떤 놈이 노골적으로 함정을 팠고, 걸려들었다. 그 일을 지우는 과정이다.
 '제거……'
 자신의 운명을 예감할 수 있다.
 치검령은 알겠다는 듯 고개를 끄덕였다.
 가주의 성격이나 일 처리 방식을 모르는 것도 아니고, 이번 일이 가벼운 것도 아니고, 일이 아주 조금만 틀어져도 천검가가 휘청일 정도로 큰 사단이 벌어지는 일이고…….
 가주는 사람을 함부로 버리는 사람이 아니다. 또 류명을 위해서라면 무엇이든 하는 사람이기도 하다.
 이 두 가지가 상충했을 때, 가주는 틀림없이 류명을 택한다.
 치검령은 초령신술을 일으켜 주변에 있는 기운들을 읽었다.
 '아니고…… 아니고…… 아니고…….'
 수많은 사람들이 읽힌다.
 거의 대부분 무공을 모르는 군중들이다. 당우가 잡혀서 백곡으로 끌려갔다고 하니 구경 나온 게다.
 '아니고…… 아니고…… 흠!'
 평범한 사람들을 하나씩 제거해 나가는 가운데 읽고 싶지 않은 기운, 특정한 기운이 읽혔다.

마치 검산(劍山)을 보는 듯하다.

인원은 대략 스무 명 남짓 되는 것 같은데, 하나같이 날이 바짝 서 있어서 잘 간 검들을 모아놓은 듯하다.

'천검귀차(天劍鬼叉).'

누가 왔는지 알 것 같다.

여느 문파의 형당(刑堂)에 해당되는 천검귀차의 무인들이다.

이들은 무림에 알려져 있지 않다. 중원 무림에 사마외도가 번성해도 천검귀차와 마주칠 일은 없다. 이들은 중원 무림과는 검을 섞지 않는다.

이들이 싸우는 상대는 오로지 천검가의 무인들뿐이다.

내부의 적!

이들이 처리해야 할 상대는 천검가의 무공으로 명성을 높인 천검가의 무인들뿐이다.

천검귀차가 몇 명으로 조직되었는지, 어떤 무공을 쓰는지, 거주는 어디서 하는지…… 이들에 대한 것은 모두 비밀이다. 이들을 아는 사람은 가주뿐이며, 가주의 명에 의해서만 움직인다.

이들이 왔다? 이들이 주변에 얼씬거린다? 가주가 자신을 제거하라고 명령을 내린 것이다.

천검귀차는 자신에 대해서도 잘 알고 있다.

자신이 풍천소옥을 떠나 천검가에 발을 디딘 날부터 자신에 대한 모든 것을 파악해 놓았다. 무공, 성격, 인맥, 재산…… 자신에 대한 것이라면 코 후비는 습관까지도 알고 있다.

추포조두만 어려운 상대를 만난 게 아니다. 자신도 참으로 까다로운 상대를 만났다.

그는 푸른 하늘을 쳐다보았다.

'오늘 하루…… 여러 사람이 고생깨나 하겠군.'

치검령은 백곡을 벗어나 관도로 움직였다.

가급적 사람이 많은 곳만 골라서 다녔다. 가는 길에 사람이 없으면 일부러 되돌아 걷기까지 했다.

천검귀차는 공개적으로 나서지 않는다.

자신을 죽일 것 같으면 은밀한 곳에서 소리없이 처결하기를 원한다. 남의 눈에 띄어서 어떤 사람들이 누구를 죽였다는 소문이 나는 걸 제일 싫어한다.

치검령은 그 점을 최대한 이용했다.

'숲!'

자신이 바라던 곳이 나타났다.

숲은 몸을 충분히 숨겨준다. 또한 장검을 휘두르는 것보다 일촌비도를 쓰는 게 더 유용한 곳이다. 숲에 들어간다는 것은 치검령이라는 물고기에게 물을 마련해 준 것과 다를 바 없다.

평지에서라면 스무 명이라는 인원을 감당할 수 없지만 숲이라면 가능하다. 숲에서 싸우는 것은 무공으로 싸우는 것이 아니라 지리(地理)로 싸우는 것이다.

한데 숲은 천검귀차도 사양치 않는다.

천검귀차는 일을 처리함에 흔적을 남기지 않는다. 그러다 보니 자연스럽게 인적이 끊긴 곳에서 일을 해결하는 경우가 많다.

숲도 그중의 하나다.

숲에 들어오면 비교적 소리나 다른 사람의 이목에서 자유로울 수 있다. 숲에서 싸우는 방식도 알고 있다. 또한 치검령 같은 은가 사람들이 어떤 식으로 움직이는지도 안다.

그런 걸 알면서 숲으로 들어선다.

은가 사람들을 두려워하지 않거나 싸울 수 있는 대비책이 세워져 있는 게다.

누구의 판단이 옳은가는 숲이 결정해 준다.

치검령은 숲을 향해 걸었다.

천검귀차도 서둘지 않는다. 치검령이 숲으로 향하는 것을 본 후에는 한결 여유롭게 행동한다.

사람들이 뜸해졌다. 숲 가까이 다가갔을 때는 치검령 혼자 걷고 있었다. 그래도 천검귀차는 따라붙지 않았다.

너 먼저 들어가라, 우리가 곧 따라 들어가마.

천검귀차는 그리 말하는 듯했다.

스읏!

치검령은 숲으로 들어서기 무섭게 은형비술을 펼쳤다. 더불어서 초령신술도 펼쳤다.

감각을 최고로 끌어올린 상태에서 숲과 하나가 되어 숨는다.

 그가 먼저 자리를 잡고 앉아서 거미줄을 펼쳤다. 그는 기다리는 자가 되었고, 추격자의 입장에 섰던 천검귀차는 함정을 향해 달려드는 맹수가 되었다.

 함정을 찢어발기고 치검령을 먹느냐, 아니면 덫에 걸려 분함을 삭이면서 죽느냐.

 쒜엑!

 느닷없이 등 뒤에서 칼바람 소리가 울렸다.

 '헛!'

 치검령은 깜짝 놀라 몸을 옆으로 굴렸다.

 가각! 가가각!

 검이 땅바닥을 긁었다. 땅을 긁으면서 여전히 그를 노려왔다.

 초령신술이 통하지 않았다. 초령신술로 아무것도 읽지 못했다. 천검귀차 중 몇 명이 뒤로 돌아와 등을 후려칠 때까지 아무것도 감지하지 못했다.

 은형비술도 깨졌다.

 천검귀차는 그가 숨어 있는 곳을 단번에 찾아냈다.

 '어떻게?'

 치검령은 땅바닥을 데굴데굴 구르면서도 도저히 이 상황을 믿을 수 없었다.

 초령신술과 은형비술이 동시에 깨질 수는 없다.

적을 탐지해 내는 더듬이와 몸을 숨기는 은신술이 한꺼번에 깨진 전례는 없다.

천검귀차가 이렇게 강하다면 풍천소옥은 중원 무림에 발을 딛지 못한다. 풍천소옥의 절기들은 삼류무공만도 못한 쓰레기 무공으로 전락해 버린다.

이렇게…… 이렇게 깨질 수는 없다.

가가각!

땅을 긁으면서 다가온 검이 홱 들리더니 몸통을 내리찍었다.

"엇!"

치검령은 너무 놀라 자신도 모르게 비명을 토해냈다.

낙화직자(落花直刺)!

몸을 허공에 띄운다. 머리부터 무릎까지는 일직선으로 눕혀져야 하고 무릎부터 발끝까지는 하늘을 향해 곤두세운다. 양손은 검을 잡고 머리 위로 올려서 내리 찌르는 모습을 취하니 몸의 형태가 감(凵) 형(形)을 취하게 된다.

낙화검법(落花劍法) 중 제삼초식(第三招式)이다.

그가 낙화검법을 잘 아는 이유는 낙화검법이야말로 자신이 가장 깊이 수련한 검공이며, 풍천소옥이 내세우는 삼대검공(三大劍功) 중의 하나이기 때문이다.

팟! 팟! 팟!

낙화직자는 구르는 신형을 쫓아서 연달아 삼 검이나 떨쳐졌다.

완벽한 낙화직자다. 어디 한 군데 군더더기가 없다. 부족함도 넘침도 없다.

파앗! 타악!

치검령은 두 번을 더 구른 끝에 몸을 일으켜 세웠다.

이십여 명에 이르는 천검귀차가 주위를 에워쌌다.

자신이 땅바닥을 구르는 동안, 숲 밖에 있던 천검귀차들이 모두 들어섰다.

치검령은 그들을 쳐다보지 않았다. 그의 눈길은 방금 전까지 낙화검법을 펼쳐서 자신을 궁지로 몰아넣었던 천검귀차에게 딱 붙어서 떨어지지 않았다.

"누구냐?"

치검령의 입에서 스산한 귀음(鬼音)이 흘러나왔다.

천검귀차가 말했다.

"강호의 밥이 좋긴 좋은가 보군. 고생했던 시절은 깡그리 잊을 만큼. 후후후!"

치검령은 눈을 부릅떴다. 이 음성은!

"사형(師兄)?"

"후후후! 사형이라…… 오랜만에 듣는 소리군."

"사형, 이게 도대체……."

쒜에엑!

검이 날아왔다. 정확한 낙화검법이다.

낙화검법은 지상에서 수련하지 않는다. 절벽에서 뛰어내리며 수련한다. 도약하고 땅에 착지하기까지의 지극히 짧은 순간에 이십팔 초식을 펼쳐 내야 한다.

일 년을 수련하면 이 초식을 펼쳐 낼 수 있고, 오 년을 수련하면 칠 초 내지 팔 초까지는 가능해진다.

풍천소옥이 생긴 이래 이십팔 초 전 초식을 모두 펼친 사람은 탄생하지 않았다.

치검령은 하산하기 직전에 십오 초를 펼쳐 냈다.

그런 검을 가지고도 천검가의 뒷일을 마무리 짓는 데 충분했다. 단 한 번도 천검가의 이름을 판 적이 없고, 명예에 먹칠을 하지 않았으며, 일을 마무리 짓지 못한 적이 없다.

사형의 검초는 자신보다 느리다.

"사형!"

치검령은 버럭 고함을 내지르며 뒤로 물러섰다. 그때,

쒜에엑!

등 뒤에서 검이 날아온다.

'이런!'

치검령은 급히 몸을 피해냈지만 등이 따끔거렸다. 그리고 곧이어서 오줌을 지린 것처럼 뜨뜻미지근한 액체가 바짓가랑이를 타고 주르륵 흘러내린다.

일검을 맞았다. 천검귀차의 검공은 실수를 용납지 않는다.

'상대할 수 없다!'

치검령은 즉각 상황을 읽었다.

더 이상 어물거리다가는 몸을 빼지 못한다. 지금도 몸을 빼낸다는 생각은 하지 못하지만 그래도 기회가 있다면 지금뿐이다.

사형이 천검귀차와 함께 있다.

사형의 몸에서 천검가주의 숨결이 느껴진다. 자신에게 그랬던 것처럼 거절할 수 없는 욕망을 불어넣었을 게다.

귀가 얇은 사형이다. 누가 꼬드기기 딱 좋은 인물이다. 그런데 무공은 강하다.

천검가주의 눈에는 한두 번 써먹고 버릴 소모품으로 보였으리라.

사형이 천검귀차와 함께 있는 한, 싸움은 절대적으로 불리하다.

사형은 풍천소옥의 절기를 꿰뚫고 있다. 그러니 자신이 펼쳐 내는 공격은 일차적으로 사형이 감당해 낼 것이다. 그리고 천검귀차가 틈을 노린다.

저들은 아주 쉬운 싸움을 하고 있다.

"사형! 정 이러셔야 되겠소!"

치검령은 양손을 하늘을 향해 번쩍 치켜들었다.

손가락 사이에 일촌비도가 꽂혀 있다.

한 손에 두 개씩, 양손에 네 개의 일촌비도가 번쩍번쩍 빛을 토해낸다.

"후후후! 그걸로 될 것 같으냐?"

사형이 웃으며 팔짱을 꼈다. 순간,

파라락!

참패(慘敗) 287

양 손목에서 매미 날개처럼 투명한 망사가 확 펼쳐졌다.

예상하고 있었다. 풍천소옥 무인이라면 경수(鏡樹)의 껍질로 만든 방패를 지니고 다닌다.

경수라고 해서 나무를 말하지는 않는다.

황담호(黃淡湖) 물속에서 자라는 넝쿨을 뜯어다가 말리면 유리처럼 반짝이면서 투명해진다. 그것으로 씨줄, 날줄을 엮어서 방패를 만들면 사형이 들고 있는 형태가 된다.

황담호의 위치는 풍천소옥만 알고 있다. 또한 수중 넝쿨은 십 년 주기로 모습을 드러낸다. 거기에다가 황담호의 물색이 혼탁하기 이를 데 없어서 한 치 앞을 볼 수 없다. 그러니 물속으로 잠수한다고 해도 운이 닿지 않으면 구할 수 없다.

사형은 경수를 구했다.

그런 면에서는 무척 운이 좋은 사람이다.

쒜엑! 쒜에엑!

일촌비도가 날았다.

치검령은 사형이 경수피를 펼치자마자 일촌비도를 쏘아냈다. 왼손에 들린 두 개만! 오른손에 들린 것은 오른쪽 무인을 향해서 횡으로 쏘아냈다.

파팟!

치검령은 일촌비도가 손아귀를 벗어나기 무섭게 신형을 쏘아냈다. 왼쪽으로, 낙화검법을 펼치며!

2

일섬겹화가 불을 뿜었다.

섬광처럼 터져 나온 검광은 인간의 육신을 천참만륙(千斬萬戮)시킬 듯이 스치고 지나갔다.

그리고 날카로운 쇠붙이 소리가 울렸다.

까앙! 까아앙! 까앙!

"뭐야!"

묵혈도가 당황해서 물러섰다.

"광동 낭족이다."

추포조두가 일섬겹화를 쓸어내며 말했다.

까앙!

추포조두의 검도 맑은 쇠붙이 소리만 울려냈다.

사내들은 어림잡아 삼십이다. 이쪽은 넷이다. 그중 한 명은 도움은커녕 짐만 된다.

"낭족이라면…… 어디를 쳐야 하는 겁니까?"

이들은 전신이 갑옷이다. 목 밑에서부터 손등, 발등에 이르기까지 단단한 갑옷으로 둘둘 말려 있다. 더군다나 가슴과 등은 철갑으로 감싸놔서 힘껏 쳐봤자 손만 아프다.

한데 이들은 머리를 비워놨다.

몸통은 손가락까지 방비를 취해놨으면서 머리는 텅 비워놨다. 그래서 가장 먼저 머리부터 공격을 가한다. 몸은 쳐봤자 필요없으니 집중적으로 머리만 공격한다.

그것이 미끼다.

머리를 치면 즉각 반격을 당한다. 손이 위로 쳐들리기만 하면 그야말로 산비탈을 굴러오는 바윗덩어리처럼 거침없는 육탄 돌격이 시작된다.

머리를 공격하지 않아도 육탄 돌격에서 벗어날 수는 없다.

검을 들지 않은 뒤에서, 옆에서…… 쳐도 쳐도 죽지 않고 부서지지 않는 돌덩이들이 굴러온다.

공격할 곳이 없다.

"빌어먹을!"

벽사혈이 신경질적으로 말하며 구중철각을 차냈다.

퍼억! 쿵!

거세게 달려들던 자가 철벽도 부숴 버린다는 구중철각에 정통으로 얻어맞았다.

사내는 거칠게 나가떨어졌다.

구중철각은 통하는 건가? 살은 베지 못한다고 해도 내장에 충격을 가하면 되는 건가?

나가떨어진 사내는 통증이 치미는지 배를 움켜잡고 쩔쩔맸다. 하나 그것도 잠시, 그는 다시 일어났다.

"이거 미치겠네!"

벽사혈이 어금니를 꽉 깨물었다.

구중철각은 진기 소모가 막심한 절기다. 수십 차례나 연거푸 전개할 수 있는 초식이 못 된다. 일격으로 끝낼 수 있겠다 싶을 때, 한 번 걷어차는 그런 절기다.

그런 절기를 펼쳐서 잠시 고통스럽게 하는 것으로 그친다면 이쪽이 손해다.

"조두!"

묵혈도가 답답해서 추포조두를 불렀다.

"치고 싶은 대로 쳐. 지금까지 무공을 어디로 배운 거야!"

추포조두는 씩 웃으며 말했다. 그리고 신형을 반쯤 비틀며 일섬겁화를 뿜어냈다.

번쩍! 쒜에엑!

지금까지와는 전혀 다른 일섬겁화다.

검이 쳐들리는 것은 봤다. 하나 내리꽂히는 것은 보지 못했다. 설혹 눈썰미가 예리해서 본 사람이 있을지도 모르겠지만 그래도 달라질 것은 없다. 피하기에는 너무 늦었고, 방어하기에도 늦었고⋯⋯ 두 눈 빤히 뜨고 지켜보는 수밖에 없다.

싸각!

낭족 사내의 머리가 미끈하게 잘려 나갔다.

낭족 무인들은 머리를 피하는 법에 능통하다. 머리를 미끼로 내놓은 만큼 간발의 실수가 곧 죽음과 연결되기에 심혈을 기울여서 절기를 완성시킨다.

사실인지 아닌지 모르겠지만 부족 세 명이 동시에 검을 써서 완벽하게 피해냈을 때에만 출도(出道)를 허락할 만큼 머리는 곧 이들의 전부다.

추포조두가 벤 것은 한 무인의 머리가 아니다. 낭족 전체의 자존심이다.

"후후후!"

"흐흐흐흐!"

낭족 무인들의 눈가에 살기가 이글거렸다.

"십성의 일섬겁화! 제길! 피곤한 싸움이 되겠군."

벽사혈이 중얼거렸다. 그러나 그녀의 얼굴에는 자신감이 가득했다. 절대로 무너지지 않을 것 같은 철벽에서 균열을 발견했을 때의 기쁨은 뭐라고 설명할 길이 없다.

십성의 일섬겁화를 열 번이나 쳐내면 기진맥진할 게 틀림없다. 그러나 삼십 명 낭족 무인들의 목숨과 잠시의 피곤함과 맞바꾸는 것이니 수십, 수백 배 남는 장사다.

"흐흐흐! 써라."

싸움에 가담하지 않고 뒤에서 지켜보던 사내가 징그러운 웃음을 흘리며 말했다.

그러자 낭족 무인들이 일제히 품에서 네 겹으로 된 철판을 꺼내더니 머리에 뒤집어썼다.

"흠!"

"으……."

추포조두를 비롯해서 묵혈도와 벽사혈은 암담한 표정을 지었다.

낭족의 갑옷은 견고하기 이를 데 없어서 도검이 뚫지 못한다.

머리에 쓴 투구는 가슴을 감싼 은빛 흉갑과 같은 재질의 쇠를 사용했다.

광동(廣東) 보화산(普華山)에서 캐낸 오사(烏沙)를 백련정강(百

鍊精剛)하면 은빛 색깔의 철로 탈바꿈되는데, 이를 은오철(銀烏鐵)이라고 부른다.

은오철은 철 중에서 최강이다. 도검에 잘리지 않는다.

은오철을 두 겹, 세 겹으로 덧대면 막중한 충격도 흡수한다. 벽사혈이 구중철각을 전개하고도 이득을 보지 못한 것은 은오철의 이러한 효능 때문이다.

그러나 전신을 은오철로 감쌀 수는 없다.

일단 은오철은 무겁다. 또 귀하다. 그러므로 무인이 쓰기에는 한계가 있다.

이런 단점을 보완한 것이 족갑(足鉀)과 견갑 등이다.

은오철을 사용하지 않은 곳은 가죽을 썼는데 어떤 동물의 가죽인지는 알 길이 없다. 하나 그곳 역시 도검이 들어가지 않는다는 것만은 확실하다.

중요한 부분은 은오철을 사용해서 보호하고, 그렇지 않은 곳은 가죽을 사용했다는 것밖에는 알려진 바가 없다.

낭족이 은오철로 된 투구를 썼다.

그들이 수련한 방법으로는 십성의 일섬겁화를 상대할 수 없다고 판단한 것이다.

"허!"

진기를 가득 끌어올린 묵혈도가 헛바람 빠지는 소리를 냈다.

십성의 일섬겁화도 은오철을 자를 순 없다. 강한 타격으로 잠시 혼절시킬 수 있을지는 모르겠다. 그렇게만 되어도 다행인데…… 좌우지간 죽이는 건 틀렸다.

'노릴 곳이 얼굴밖에 없어!'

얼굴도 투구의 양면이 볼을 감싸주고 있기 때문에 정면으로 찌르는 검만이 유용하다.

두두두두! 두두두두!

낭족 무인들이 지축을 뒤흔들며 달려들었다.

"헛!"

벽사혈이 움찔하며 몸을 피했다. 그 순간,

서걱!

"악!"

무엇인가 베이는 소리와 함께 짤막한 비명이 울렸다.

"앗차!"

벽사혈이 당황해서 돌아봤을 때는 이미 늦었다.

벽사혈이 몸을 빼내자, 낭족 무인의 검이 그녀 곁에 있던 당우를 베어냈다.

당우는 피하지 못했다. 붉은 피를 온 천지에 쫙 뿌리며 힘없이 쓰러졌다.

서걱!

낭족 무인은 쓰러지는 당우를 향해 재차 검을 날렸다.

이번에는 비명도 없다. 쓰러지던 당우는 베어 올리는 힘에 떠밀려 둥실 떠올랐다가 나가떨어졌다.

당우는 꼼짝도 하지 않았다.

스륵!

당우를 베어낸 검이 추포조두를 향해 겨눠졌다.

추포조두는 미간을 찌푸렸다.

어찌 된 영문인지 이들은 적성비가의 비예(秘藝)를 소상히 파악하고 있다.

일단 암행류가 통하지 않는다.

공격을 하든 방어를 하든 신법이 통해야 하는데, 신법부터 막히고 있다. 신형을 쏘아낼 곳에는 고슴도치처럼 갑옷으로 온몸을 무장한 낭족 무인이 지켜서 있다.

신법이 통하지 않으니 좁은 보폭에 의지하여 완벽하지 못한 무공만 전개한다.

이들이 어떻게 적성비가의 무공을 아는 것일까?

"하나만 묻자."

추포조두가 검을 내리며 말했다.

그에게 검을 겨눈 낭족 무인은 대답하지 않았다. 무심한 눈길로 쏘아본다. 하나 무언의 침묵은 그에게 몇 마디 말쯤은 해도 좋다는 뜻으로 보인다.

"당우를 죽였다. 끝까지 갈 텐가?"

"……"

"지금…… 검련십가와 적이 되었다는 사실을 알고 있나?"

다다다다!

낭족 무인은 더 듣지 않았다. 검을 가슴 안으로 끌어들이고, 몸을 둥글게 만든 다음 거칠게 달려왔다.

"후후후!"

추포조두는 웃었다.

이들의 목적은 자신들 앞에서 검을 꺼낼 때부터 알았다. 당우만 처리하는 데서 끝나지 않는다. 자신들 모두를 죽여야만 끝난다. 그러면 검련십가와도 아무런 일이 없다. 추포조두의 죽음은 미궁에 빠질 테니까.

완전범죄, 완전한 살인! 그것을 방해한다!

쒜엑!

추포조두는 돌진해 오는 무인을 무시하고 머리가 잘려서 죽은 사내를 향해 검을 쳐냈다.

탁! 타탁!

죽은 사내의 머리가 검끝에 매달려 둥실 떠올랐다. 사내의 가슴을 감싸고 있던 흉갑도 몸에서 떼어져 허공을 날았다.

"혈도!"

묵혈도는 추포조두의 뜻을 즉시 알아챘다.

이 싸움, 미안하지만 승산이 없다. 이대로 지속한다면 전멸만 기다린다. 어찌 된 영문인지는 모르겠는데, 이들은 적성비가의 무공을 낱낱이 파악하고 있을 뿐만 아니라 파해법(破解法)까지 안다.

차분하게 생각을 정리하고 다시 싸워야 한다. 이대로 싸움을 끌고 나가면 틀림없이 모두 죽는다.

이런 상황이 묵혈도에게 읽히지 않을 리 없다.

그는 즉시 신형을 날려서 추포조두가 허공으로 띄운 머리와 흉갑을 낚아챘다. 그리고!

쒜에에엑! 쒜에에엑!

그의 신형이 허공으로 수직 상승했다. 아니, 솟구쳐 오르는가 싶더니 옆으로 방향을 틀어서 휙 날아갔다.

낭족 무인들의 머리를 뛰어넘었다.

포위망을 빠져나간 그는 추포조두와 벽사혈을 버리고 냅다 치달렸다. 뒤도 안 돌아보고 앞으로만 달려갔다.

"제운종(梯雲縱)! 유운신법(流雲身法)!"

추포조두를 향해 달려오던 사내가 당황한 듯 고함쳤다.

묵혈도의 몸에서 무당파(武當派)의 신법이 펼쳐졌다. 적성비가의 무공이 아니라 도가(道家) 무학(武學)의 본산인 무당파의 절학이 쏟아져 나왔다.

적성비가의 신법에는 이런 식으로 허공에서 방향을 꺾고, 계속 나아가는 신법이 없다.

제운종에 일 호흡, 유운신법으로 변환시키면서 일 호흡, 유운신법을 펼치면서 일 호흡…… 모두 삼 호흡이 일시에 펼쳐져야 한다. 세 번 숨을 쉬는 것이 아니라 일 호흡에 삼 호흡을 담아야 하며, 각 단계에 접어들 때는 강한 탄력을 불어내어야 한다.

반면에 적성비가의 암행류는 장호흡을 사용한다. 일 호흡에 이십 보, 삼십 보를 움직인다.

서로 완전히 다른 호흡 체계를 사용한다.

뱀은 좌우로 움직이며 나아간다. 뒤로 물러서지 못하고, 하늘을 날 수도 없다.

이것이 뱀을 보고 생각해 낸 움직임이다.

그런데 느닷없이 뱀이 하늘을 날았다.

낭족 무인들이 당한 것이 바로 이 부분이다.

전혀 생각하지도 않은 움직임이 튀어나왔기 때문에 얼떨결에 당하고 말았다.

"추격해!"

그 말이 떨어지기 무섭게 낭족 무인들 중 십여 명이 후다닥 신형을 날려 묵혈도를 쫓아갔다.

다른 이십여 명은 두 사람을 에워쌌다.

추포조두는 검을 늘어뜨렸다.

싸움은 끝났다. 묵혈도가 전장을 빠져나간 순간부터 싸움은 종지부를 찍었다.

"저들이 잡을 수 있을 거라고 생각하나?"

"……"

낭족 무인은 함구했다.

묵혈도가 전장을 빠져나갔다. 그는 이제 숨을 것이다. 낭족 무인들이 생각하지 못한 길로 이동할 것이다.

적성비가 무인이 마음먹고 숨으면 잡을 길이 없다.

"묵혈도는 이 길로 검련일가로 달려갈 것이다. 가는 길을 막을 자신이 있나?"

"……"

낭족 무인은 이번에도 함구했다.

묵혈도가 검련일가에 도착하면 그때부터는 검련과 낭족의

싸움이 된다. 검련일가와 싸우는 게 아니라 검련십가와 싸워야 한다. 아니, 검련에 포함된 모든 문파가 적이 된다.

전멸…… 씨도 안 남는다.

후손을 숨길 수도 없다. 검련일가가 손을 쓰기 시작하면 그야말로 풀 한 포기 남기지 않는다. 갓 태어난 아이부터 늙어서 숨넘어가기 직전인 노인까지 모두 명을 달리한다.

묵혈도를 놓친 순간부터 낭족의 몰락은 기정사실이 되었다.

추포조두가 말했다.

"물러가라. 물러가면 불문(不問)에 붙이겠다."

"불문? 불문인가?"

낭족 무인이 마지못해 입을 열었다.

"불문에 붙이겠다. 너희 낭족에게 어떠한 추궁도 하지 않겠다. 당우를 죽인 죄도 묻지 않겠다. 이건 우리 쪽 이야기고…… 저쪽은 어떤가? 이대로 물러나도 상관없는가?"

"우린 상관없다만 너흰 아닐 것이다. 오늘이 지나기 전에 또 다른 공격을 받을 것이다. 그래도 불문인가?"

"불문."

낭족 무인이 검을 내렸다.

"네 말을 믿겠다."

낭족 무인들은 돌아갔다.

묵혈도를 놓쳤고, 그가 머리 하나와 흉갑 하나를 지니고 있지만 추포조두를 믿고 떠났다.

추포조두는 암울한 눈빛으로 당우를 쳐다봤다.

천검가가 움직일 것을 예상했다. 기습 공격을 가해올 것도 짐작했다. 하나 제일 먼저 치검령이 쳐올 것이라고 생각했다.

그 생각이 잘못되었다.

천검가주가 풍천소옥을 알고 적성비가를 안다면 치검령으로서는 힘들다고 판단했을 수도 있다. 지지부진하게 끌 게 아니라 확 쓸어버리겠다고 결정한 게다.

천검가주가 그럴 수 있는 사람이라는 걸 간과했다.

천검가주가 그런 결정을 할 때는 천검가 무인이 나설 것이라고 생각한 것도 잘못이다.

광동 낭족이 당우를 죽였다.

이제 천검가에 무엇을 들이밀 것인가? 당신들이 낭족을 끌어들여서 우릴 치지 않았냐고 억지를 부릴 참인가? 아니면 낭족과의 약속을 깨고 그들을 힐문할 것인가.

설사 낭족이 천검가와의 밀약을 공개한다고 해도 천검가에서 부인하면 그만이다.

아무것도 할 수 없다.

그래서 낭족 무인에게 '불문'을 말했다.

당우가 죽었지만 이대로 끝내자. 당신들이 한 일은 모른 척하겠다. 애꿎은 사람들끼리 원수라도 만난 듯 칼부림할 이유가 없으니 끝낼 수 있을 때 끝내자.

물론 낭족 무인에게 묵혈도를 잡을 자신이 일말이라도 있었다면 어림없는 제안이다.

두 가지를 알아내야 한다.

낭족이 어떻게 적성비가의 무공을 알고 있는지 파악해야 한다. 그리고 천검가의 누가 투골조를 수련했는지 끝까지 파헤쳐야 한다. 류명이 그랬을 거라는 건 짐작하지만 폐관수련에 들었다니 수련을 끝내고 나올 때까지 기다린다.

그때, 당우의 시신을 수습하던 벽사혈이 소리쳤다.

"이 애, 숨이 붙어 있어요!"

"뭣!"

"아직 숨이 붙어 있어요! 햐! 이거 억세게 운이 좋네. 정말 운이 좋다고밖에 말할 수 없는데요!"

추포조두는 단숨에 달려가 당우의 상태를 살폈다.

낭족의 검이 실수를 했다.

있을 수 없는 일이 또 한 번 벌어졌다.

낭족 무인은 검을 두 번이나 썼다. 한 번은 저항할 수 없는 아이에게 휘둘러졌고, 또 한 번은 절반쯤 저승 문턱을 넘어간 아이에게 쓰였다.

가만히 서 있는 말뚝을 쳐낸 것과 같다. 정통 무인이 가만히 서 있는 말뚝을 베었다.

어떻게 이런 검이 실패를 할 수 있을까?

"하!"

상처를 살펴보던 추포조두도 탄성만 토해냈다.

적성비가의 포승법이 아이의 목숨을 살렸다.

원래 적성비가의 포승법은 어른에게 맞춰져 있다. 그런 것을 아이에게 쓴 탓에 매듭이 훨씬 총총하게 엮였다. 낭족 무인도 그런 점을 알고 밧줄을 끊어낼 만큼 검을 썼다. 실제로 밧줄을 끊고 살과 뼈를 취했다.

그러나 치명적인 요혈은 치지 못했다.

적성비가의 포승법은 매듭이 한 겹이 아니다. 두 겹은 보통이고, 세 겹에 이르는 것도 있다.

낭족 무인의 검은 밧줄을 잘라냈지만 매듭까지는 잘라내지 못했다. 살을 갈랐지만 매듭이 있는 부분은 수박 겉핥기식으로 스쳐 지나고 말았다.

천운이 당우의 몸에 깃들었다.

추포조두는 즉시 머리를 회전시켰다.

"아이를 숨긴다."

"예?"

"난 이 길로 천검가로 갈 것이다. 가서 공식적인 조사를 끝내겠다고 말할 것이다. 당우가 죽었으니까. 더 파고들 만한 증거가 아무것도 남지 않았으니까."

"무슨 말인지 알겠어요."

벽사혈의 눈빛이 강렬해졌다.

"천검가의 눈이 우리를 바짝 쫓을 거야. 수단 방법을 가리지 말고 이놈을 숨겨. 이놈을 숨길 기회는 지금뿐이야."

"네."

벽사혈이 당우를 움켜잡고 신형을 날렸다.

"후후! 다 끝난 줄 알았더니…… 가주, 가주의 운명이 당우의 운명만 못한 것 같소. 후후후!"
 추포조두는 웃었다.

第十章
앙월(仰月)

1

 벽사혈은 당우를 껴안고 백곡으로 들어섰다.
 현재 인근에서 천검가의 눈길이 미치지 않는 곳은 오직 백곡밖에 없다.
 백곡은 동남동녀 백 명의 시신이 널려 있는 곳이다. 이곳에 대한 정보는 이미 검련일가에도 올라가 있다.
 천검가의 입장에서는 싹 지워 버리고 싶은 장소일 게다. 하지만 손을 대지 못한다. 추포조두의 조사가 끝나기 전까지는 아무도 손을 대지 못한다.
 하나 추포조두가 천검가주에게 조사 종결을 말하면 그 순간 부로 말이 달라진다. 그때는 수단 방법을 가리지 않고 이곳부터 폐쇄하려고 할 것이다. 류명과 투골조를 연관 지을 수 있는 유일한 장소가 바로 이곳이지 않은가.

그 시간 동안 당우를 치료해야 한다.

벽사혈은 부지런히 손을 놀렸다.

천운으로 요혈을 피했다곤 하지만 당우가 받은 상처는 상당히 깊다. 어설프게 베인 게 아니다. 낭족 무인이 죽었다고 생각할 정도로 깊이 베였다.

"후! 후!"

벽사혈은 거친 숨을 쏟아내며 연신 손을 놀렸다.

"이런 제길!"

그녀는 자신도 모르게 거친 말을 쏟아냈다.

자신의 포승법이 그녀의 손길을 막는다. 마음은 급한데 포승은 잘 풀어지지 않는다. 검으로 잘라보기도 했지만 매듭을 베어내는 게 푸는 것만큼이나 시간이 걸린다.

당우의 상태가 정상적이라면 단숨에 갈라낼 수도 있다. 그러나 지금은 상처가 깊다. 자칫하면 베어낸 밧줄이 오히려 나쁜 영향을 줄 수도 있다.

간신히 상처 부위만 풀어낸 후, 곧바로 치료에 들어갔다.

탁! 타탁! 타타탁!

혈(穴)을 눌러 지혈부터 시켰다. 금창약(金瘡藥)을 바르고, 붕대로 상처를 잘 감쌌다.

피는 곧 멈췄다.

적성비가의 금창약은 즉효성에서 가장 뛰어난 영약 중의 하나다.

혈맥이 완전히 절단되지 않는 한, 금창약만 바르면 곧바로 검을 휘두를 수 있다.

한숨을 돌리자 맥을 짚어 상태를 다시 한 번 살폈다.

맥이 매우 약하다. 검이 빗나갔다고 하지만 그래도 아이에게는 큰 상처가 되었던 듯싶다.

'목숨을 보장하지 못해!'

아이를 빨리 의원에게 보여야 한다. 하나 인근에 있는 의원은 그 누구도 믿을 수 없다. 인근 사람들은 당우를 모르는 사람이 없다.

당우를 내보이는 즉시 천검가 무인이 달려올 게다.

'어디로 간다?'

벽사혈은 재빨리 주변을 훑었다.

백곡 앞쪽은 위험도가 매우 높다.

천검가 무인이 없다고 해도 마을 사람들이 있다. 그리고 그들은 당우를 보려고 왔다. 투골조를 수련한 놈이 어떤 낯짝으로 죽은 아이들을 대하는지 보고 싶어 한다.

그들에게도 당우를 내놓을 수 없다.

'산을 넘어가야 해!'

벽사혈은 백곡 너머 까마득한 산봉을 쳐다봤다.

백곡 아래쪽으로는 모르는 곳이 없을 만큼 샅샅이 살폈지만 위쪽으로는 처음이다. 아예 살펴본 적이 없다. 그쪽으로 산을 넘어갈 일이 있으리라고는 정말 꿈에도 생각하지 못했다.

그래도 지금은 그 길밖에 없다.

'가자!'

그녀는 생각을 마치기 무섭게 신형을 쏘아냈다.

* * *

"후욱!"

치검령은 숨을 깊이 들이켰다.

천검귀차가 찰거머리처럼 바짝 따라붙는다. 큰 힘도 들이지 않고 유유자적 따라온다. 자신을 잘 아는 사형이 선두에서 인솔하고 있으니 그저 뒷짐 지고 쫓아오기만 하면 된다.

'후후! 가주.'

치검령은 천검가주의 심계에 다시 한 번 놀랐다.

아마도 사형은 자신이 천검가에 발을 딛는 순간부터 준비되어 있었으리라. 언젠가 자신을 제거해야 할 때, 사형은 아주 유용한 도구로 활용될 것이라고 생각하고 미리 준비해 두었다.

그럼 사형은 언제 연락을 받았을까?

치검령을 칠 테니 천검가로 들어오라는 말을 들었을 텐데…… 언제 들었을까?

이번 일을 덮으라는 밀명을 받았을 때다. 그때, 자신에게는 밀명을 던지면서 사형에게는 제거를 준비시켰다.

자식에 관한 일, 완벽하게 끝맺음하고 싶었으리라.

그럼 사형은 이번 일의 인과(因果)를 알까? 안다면 사형도 죽는다. 자신이 제거되는 순간 사형도 제거된다. 이번 일에 대해서 아는 사람은 모두 죽는다.

 사형은 아무것도 몰라야 한다. 단지 부름만 받고 와서 아무것도 모른 채 뒤쫓는 일만 해야 한다. 그래야 그나마 살 수 있다.

 '미련한 사람······.'

 사형을 원망하지는 않는다.

 사형은 무재(武才)가 아니다. 그러면서도 질투는 많다. 사부님이 버려진 아이를 차마 못 본 척하기 어려워서 데려와 키웠는데, 그러다 보니 자질을 파악하고 받아들인 제자들과는 많은 차이가 난다.

 사형도 괴로웠을 것이다.

 사제들이 팔팔 날뛰는데 사형이라는 자가 쩔쩔매고 있으니 체면인들 오죽 상했겠는가.

 그런 점을 알고 있기에 미워하지 않는다.

 질투가 많은 사람이기에 오늘과 같은 일이 벌어질 것도 어느 정도 짐작은 했다.

 다만 그 대상이 자신일 줄은 몰랐다. 한 점 미움도 없이 성심껏 받들었는데.

 쉬이익!

 치검령은 백곡으로 들어섰다.

 검에 베인 상처가 쑤셔온다. 등에 한 칼, 옆구리에 두 칼, 다리에도 한 칼을 맞았다.

 온몸이 피투성이다. 상처를 통해서 진기가 쑥쑥 빠져나가는 느낌이다. 어지럼중, 피로함 같은 증상들은 피가 빠져나가기 때문에 일어나는 현상이지만 꼭 진기가 사라져서 그런 것 같다.

"후우웁!"

큰 숨을 들이켜서 진기를 보충했다.

천검귀차가 모르는 지형으로 유인한다. 사형도 모르는 지형이어야 한다.

사형은 산에 대해서 모른다.

숲이나 강, 사막에 대해서는 충분한 경험을 쌓았지만 산은 무심히 지나쳤다.

"산전(山戰)도 배워야지요?"

"풍천소옥이 산에 있는데 뭘 배워. 노상 하는 게 산에서 싸우는 건데 뭘 더 배워. 배울 것 없어."

"그래도 병법은 다른 것이니……."

"하하하! 사제나 배워. 난 초령신술이나 수련해야겠다. 그것만 있으면 돼. 다가오는 자들은 모두 알아차릴 수 있잖아."

"연무혼기(煙霧魂氣)면 초령신술을 가릴 수 있어요."

"그래? 사제는 연무혼기라는 것도 배웠어?"

"아뇨, 사부님께 말만 들었죠."

"배웠구나! 어떻게 하는 건데? 혼자만 알 거야? 그러지 말고 나도 좀 가르쳐 주라."

사부님은 질투 많은 자가 고절한 절기를 수련하면 사고를 친다고 하셨다.
 "후후!"
 치검령은 웃었다.
 자신이 가르쳐 준 연무혼기에 자신이 당할 줄은 몰랐다. 사형이 자신의 이목을 가릴 정도로 연무혼기를 수련해 냈다고 생각하니 흐뭇하기도 하면서 어처구니없기도 하다.
 사형에게 가르쳐 주지 않은 것, 사형이 모르는 것…… 산전이다.
 쉬이이익!
 백곡 깊숙이 파고들어 갔다.
 백곡은 절곡 입구에만 존재한다. 안으로 깊숙이 파고들어 가면 울창한 수림이 나온다. 그리고 거기서부터 청화산(靑禾山)의 산로(山路)가 시작된다.
 '저기서부터 다시 시작하자고!'

 벽사혈은 짙은 피 냄새를 맡았다.
 '이놈이……?'
 그녀는 당우가 피를 흘리는 줄 알았다.
 산속으로 들어서면 냄새에 주의해야 한다. 피 냄새같이 독한 냄새는 후각이 길들여진 동물이나 무인들에게는 '상처 입은 내가 여기 있으니 와서 잡아먹으쇼' 하고 선전하는 것과 같다.

그녀가 산으로 들어서기 전에 당우의 상처부터 치료했던 것도 그 때문이다.

한데 피 냄새가 쏟아진다.

그녀는 당우를 내려놓고 상처를 살폈다.

'아닌데?'

당우는 피를 흘리지 않는다.

상처는 깊지만 금창약이 밀랍(蜜蠟)처럼 들러붙어 있어서 피 한 방울 흘러내리지 않는다.

'그럼!'

쉬이익!

그녀는 당우를 집어 어깨에 둘러메는 즉시 신형을 날렸다.

피 냄새가 당우와 상관없다면…… 누군가 다른 사람이 피를 흘리고 있다.

인근에서 피를 흘릴 만한 사람이 누굴까?

묵혈도, 그리고 그를 쫓아갔던 십여 명의 낭족 무인.

그들과의 거래는 이미 끝났는데, 싸움이 끝났다는 신호를 보냈는데…… 보지 못한 건가? 그래서 지금도 서로를 죽이고자 칼부림을 하고 있나?

'어?'

벽사혈의 눈에 상처 입은 치검령이 보였다.

그녀는 재빨리 나무 위로 올라갔다.

'치검령이…… 그렇군. 토사구팽(兎死狗烹)! 천검가주, 이 작자…… 너무하잖아!'

그녀는 잠시 망설였다.

치검령을 쫓는 자들은 상당한 고수다.

치검령의 무공은 추포조두와 버금간다. 양쪽이 검을 들고 정면 승부를 벌이면 누가 승리할지 장담하지 못한다.

그런 자가 피투성이가 되어서 쫓긴다.

여기 있다가는 괜히 벼락 맞기 십상이다. 아직 치검령이 알아채지 못했을 때 조용히 몸을 빼내는 게 상책이다.

다른 생각도 들었다.

치검령은 투골조에 대해서 가장 소상하게 아는 사람이다.

물론 그를 구해준다고 해도 그의 입에서 투골조에 대한 말이 나오지는 않는다.

천검가주가 그를 친 것과 그가 밀명을 받아서 일 처리를 한 것과는 전혀 별개의 사건이다.

천검가주는 같은 맥락에서 그를 제거하는 것이지만 풍천소옥 무인들은 임무와 임무에 따른 위험을 별개로 생각한다.

천검가주의 배신은 충분히 있을 수 있다.

자신이 맡은 일은 철저히 함구한다. 천검가주의 배신은 그의 목숨으로 받아낼 뿐, 그를 몰락시키는 데 자신이 맡았던 일을 이용하면 안 된다.

풍천소옥이나 적성비가나 그런 점에서는 분명하다.

그는 투골조에 대해서 한마디도 하지 않을 것이다. 아니, 당우가 살았다는 것을 알면 오히려 당우를 죽이려고 할지도 모른다. 그것은 그가 맡은 임무이니까.

그래도 그를 살려보는 게 어떨까 싶다.

당우와 치검령을 한데 섞으면 천검가주를 잡을 수 있는 그림이 되지 않을까?

이럴 때 추포조두가 있었다면 당장 판단을 내렸을 텐데…….

'어떻게 한다?'

피 냄새가 맹수를 불러들인다는 것은 치검령도 안다. 알면서도 상처를 치료하지 않았다.

천검귀차는 피할 수 없다.

지금 당장은 몸을 빼낼 수 있어도, 사형이 그들 곁에 붙어 있는 한은 지옥 끝까지라도 쫓아온다.

이런 싸움은 상처 입은 사람이 불리하다. 쫓기는 사람이 불리하며, 소수인 쪽이 지게 된다.

그래서 무리를 했다. 피를 흘려서라도 사형을 유인해야만 했다.

사형에게 유감은 없다. 사형이 자신을 쳤지만, 그 심정 이해한다. 그렇다고 사형 손에 죽을 수도 없지 않은가. 서로가 서로를 죽여야 한다면 자신도 최선을 다해야 하지 않나.

일단은 사형부터 친다. 그리고 그다음…… 천검귀차의 추적 능력이 얼마나 뛰어난지 알아본다. 앞가림을 해주는 사형을 벗겨냈을 때, 그들이 얼마나 뛰어난 능력을 지녔는지 알 수 있을 게다.

'후우.'

다시 한 번 숨을 돌리고 손을 놀렸다. 그때,

사사사사삿!

나뭇잎이 바람에 살랑거린다.

날카로운 검기가 바람에 실려와 뒷머리를 간질인다.

'벌써!'

이건 예상 밖이다. 사형이 쫓아오려면 일다경(一茶頃) 정도는 걸릴 것이라고 생각했는데, 자신과 거의 동시에 도착했다.

"후후후!"

치검령은 웃었다.

사형의 무공이 장족의 발전을 했다. 잠시 못 본 사이에 이 정도로 발전했다면 사형이야말로 진흙 속에 가려진 보옥이다. 진짜 기재다. 그동안 기재랍시고 어깨에 힘을 주고 다녔던 사제들은 모두 머리를 조아려 사죄해야 할 것이다.

'졌군.'

치검령은 상처를 치료하기 위해 금창약을 꺼내려다가 포기했다. 그런데,

"쫓는 자가 누구야?"

나무 위에서 생소한 음성이 들려왔다.

이 음성, 누구인지 안다. 근래 들어서, 당우의 뒤를 쫓으면서 가장 많이 들은 음성 중의 하나다.

"벽사혈?"

치검령은 고개를 들어 나무 위를 쳐다봤다. 그곳에 당우를

어깨에 들쳐멘 벽사혈이 앉아 있었다.

벽사혈이 물었다.

"쫓아오는 자들이 누구야? 낭족?"

"낭족이 벌써 들이쳤나? 난 내가 끝난 다음에나…… 내일쯤이나 들이칠 것이라고 생각했는데."

"낭족은 아니군. 누구야?"

치검령은 솔직히 감탄했다.

그는 추포조두가 당할 것이라고 생각했다. 그와 좌우쌍비만으로는 낭족 삼십여 명을 상대할 수 없다. 추포조두의 무공을 겪어봤으니 아는데, 기껏해야 십여 명 정도 살상하는 게 고작이다. 결국 승리는 낭족 몫이다.

그런데 벽사혈이 나타났다. 낭족을 들먹인다. 낭족을 물리쳤다는 소리다. 전멸하지도 않았다. 살아남았다. 감탄이 절로 나올 만큼 대단한 자들이지 않나.

"천검귀차."

치검령은 순순히 대답했다.

"몇 명?"

"스무 명."

"죽었네."

"그러니까 이 지경이 아닌가."

치검령은 상처를 보였다.

"상처나 치료해. 시간이 별로 없잖아?"

치검령은 벽사혈을 흘깃 쳐다본 후, 금창약을 바르기 시작했다.

 벽사혈이 살수를 쓰려고 했다면 벌써 썼다.

 그녀가 이렇게 호의적으로 말하는 것은…… 자신이 토사구팽을 당하는 몸이고, 배신을 당한 자이니 혹시 투골조에 대해서 언급하지 않을까 하는 기대심 때문이다.

 "낭족은?"
 "갔어."
 "얌전히?"
 "이놈만 죽이고."
 "그놈 안 죽은 것 같은데? 숨소리가 들려."
 "내가 살렸어. 왜, 이놈을 죽이고 싶어서? 쓸데없는 생각 마. 네 발등에 떨어진 불이나 꺼."

 벽사혈은 암행류를 펼쳐서 나무들 사이로 사라져 갔다.

 스르륵!

 그녀는 나무가 되었다.

2

 "앞에 선 자가 사형이다."
 "사형을 죽여야 하다니 비정한 사형제 간이네. 그쪽 풍토가 원래 그런가?"
 "말조심해라."
 "별로 조심하지 않아도 될 것 같은데?"

치검령은 피식 웃었다.

벽사혈은 강한 여자다. 건드리면 건드릴수록 튕겨 오른다.

벽사혈과 얼굴을 맞대고 이야기를 나눠본 것은 이번이 처음이다. 하지만 그녀가 어떤 여자인지 아는 데는 긴말이 필요없다. 지금 나눈 몇 마디 말로도 충분히 알 것 같다.

"사형과 천검귀차 간의 고리를 끊어줄 수 있나?"

"얼마 동안이나?"

"하나."

"하나?"

"속으로 하나만 세면 돼."

벽사혈은 '뭐 이런 놈이 있어?' 하는 눈으로 치검령을 쳐다봤다.

하나를 셀 동안 사형을 처리하겠다는 건 사형에 대한 정리가 이미 끝났다는 뜻이다.

일말의 망설임도 없이 치고 빠져나온다.

사형제 간의 정리가 티끌만치라도 남아 있다면 이런 잔혹한 수는 쓰지 못한다.

"좋아. 하나를 셀 동안 고리를 끊어줄게. 잘해봐."

벽사혈은 몸을 움직이기에 앞서서 도주로를 확보했다.

천검귀차를 공격하는 건 미친 짓이다. 천검가의 무인들을 정리하는 자들이라면 무공이 만만치 않을 것이다.

그것은 치검령이 입은 상처만 보아도 알 수 있다.

일검일검이 섬뜩하다.

모든 검은 뼈를 추리겠다는 의지가 담뿍 담겨 있다. 검이 닿는 순간에 최대한 방향을 틀어서 상처 부위를 넓힌다. 여느 검들처럼 확 갈라 버리는 것이 아니라 빙글 돌려 버린다.

검이 살에 닿는 짧은 순간 동안에 이러한 변화를 이끌어낼 수 있다면, 천검귀차는 죽음의 수련을 받은 자들이다.

그런 자들 앞에 단신으로 나선다는 자체가 무모하다.

'하나를 셀 동안이면……'

도주로에 당우를 숨겨놓았다.

낭족 무인의 검이 포승줄을 상당 부분 잘라냈지만 그래도 아직 칠 할 이상은 남아 있다. 당우는 상반신을 움직일 수 없는 상태다. 혼절해 있는 놈이 움직일 리도 없고, 움직이고 싶어도 상처 때문에 움직일 수 없겠지만.

그는 치검령을 쳐다보았다.

마침 치검령이 눈짓을 보내오고 있었다.

'일흔두 개의 매듭……'

당우는 벽사혈이 자신을 옭아매던 순간을 떠올렸다.

한순간, 한순간이 그림처럼 머릿속에 박혀 있다.

그는 그 그림들을 반대로 돌렸다. 다 묶은 순간부터 처음 묶기 시작한 순간을 향해 역으로 돌렸다.

다행히 손가락은 꼼지락거릴 수 있다.

낭족 무인이 밧줄을 삼 할가량 잘라놓았기 때문에 팔꿈치

부분도 움직여진다.

  슥! 스웃!

  매듭이 한 가닥씩 풀려 나갔다.

  상처 입은 몸으로 움직이는 것은 최악이다. 특히 몸을 가른 두 개의 검상 때문인지 열이 팔팔 끓는다. 온몸이 불구덩이 속에 내던져진 것 같다.

  그래도 움직였다.

  살기 위해서는 희망을 버려야 한다.

  누가 어떻게 해줄 것이다. 살려줄 것이다. 도망은 나중에 쳐도 된다. 우선 몸부터 추려야 하지 않겠나 등등 이 모든 생각들이 희망에 속한다.

  모두 버려야 산다.

  내가 지금 움직이지 않으면 살길이 없다고 생각해야 한다.

  당우는 몸을 굴리다시피 해서 일 장가량을 움직였다.

  벽사혈이 숨겨놓은 곳에서 바로 지척인지라 잠깐 주위만 돌아보면 찾을 수 있는 곳이다. 하지만 이것이 당우가 움직일 수 있는 최대한의 거리다.

  '우우욱!'

  비명이 새어나오려는 것을 억지로 참았다.

  상처가 갈기갈기 찢어지는 것 같다. 옷의 까칠까칠한 면이 뼈를 쓸어내리는 것 같다.

  '후웁! 후웁! 후웁!'

그는 애써서 뛰는 가슴을 진정시켰다.

저들은 고수다. 무심코 내뱉은 숨소리 한 올에도 전신 감각이 바짝 곤두서는 승냥이들이다.

'청정지해(淸淨之海) 일선진광(一線進光)……'

투골조의 구결을 떠올려 진기를 이끌어냈다.

'우욱!'

이번에도 비명이 터져 나왔다.

진기는 곳곳에서 가로막혔다. 뜨거운 진기가 전신을 확 돌아야 하는데 철벽같은 것이 진로를 가로막고 있다.

퍼억! 퍼억! 퍽!

뜨거운 진기는 철벽을 후려쳤고, 그러는 동안 극통이 치밀었지만 다행히도 철벽은 뚫렸다.

'됐…… 어.'

투골조의 진기가 전신을 일 주천한다.

극통이 한결 가벼워진다. 정신이 맑아진다. 불길에 휘감긴 것 같던 전신에 상쾌한 바람이 분다.

진기라는 것, 정말 좋다.

그는 수림에 숨어서 벽사혈을 지켜봤다. 치검령도 보여서 그도 주시했다.

그의 상식으로는 치검령과 벽사혈이 한편이 되어서 움직인다는 게 믿어지지 않았다. 하지만 저들은 그렇게 움직인다.

쒜에엑!

벽사혈이 먹이를 노린 뱀처럼 슬그머니 다가선다. 그러다가 갑자기 물 찬 제비처럼 날아오른다.

타악! 탓탓탓!

웅어리졌던 암기가 사방으로 폭발한다. 십자표라고 불리는 암기가 폭발적인 힘을 품고 퍼져 나간다. 벽사혈이 던진 게 분명한데 마치 태양의 빛줄기가 쫘악 퍼져 나가는 느낌이다.

쒜에엑! 쒜엑!

저들의 움직임도 벽사혈 못지않다.

저들은 도저히 피할 수 없을 것 같던 십자표를 너무도 간단하게 피해냈다. 뿐만이 아니라 약간 몸의 방향을 트는 것으로 이미 공격을 시작했다.

그 순간, 치검령이 움직였다.

'보이지 않는다! 은형비술!'

번쩍!

아무도 없는 곳에서 섬광이 터진다.

"컥!"

저들 속에서 짤막한 비명도 울렸다.

치검령과 벽사혈이 한편이 되어서 누구와 싸우는지 모르겠지만……. 저들 중 한 명이 가슴을 움켜잡고 쓰러졌다.

'일촌비도!'

당우는 뭐가 어떻게 된 건지 모른다. 하지만 그동안 들었던 것들, 보았던 것들이 있어서 두 사람이 어떤 무공을 썼는지 짐작해 낼 수는 있다.

치검령과 벽사혈의 움직임은 그야말로 환상이다.

쒜에엑!

벽사혈이 날아왔다.

그녀는 자신을 숨겨놨던 곳으로 질주해 왔고, 자신 대신 풀어져 있는 포승줄을 움켜쥐고는 고개를 푹 떨구는가 싶더니 이내 신형을 쏘아냈다.

조금만 주위를 돌아보면 자신을 발견할 수 있다. 하지만 그녀에게는 그런 시간조차도 주어지지 않는다.

쒜엑! 쒜에엑!

뒤쫓는 자들이 어느새 등 뒤에 바짝 따라붙었다.

치검령도 같은 입장에 처했다. 일촌비도를 쏘아내자마자 벽사혈이 도주한 쪽과는 반대 방향으로 몸을 튕겨냈지만 이내 십여 명이 따라붙었다.

두 사람이 추격자들에게 잡히는 것은 시간문제처럼 보인다.

당우는 두어 번 정도 눈을 깜빡거렸다.

서로가 서로를 죽이지 못해서 안달을 하던 두 사람이 한편이 되어 같이 움직인다.

버마재비 두 마리가 서로 다투고 있는데, 참새가 들이닥쳐 두 마리를 모두 노린 것인가?

어떻게 된 영문일까?

궁금증만 치밀고 해답은 찾을 수 없지만 자신이 매우 위험하다는 것은 안다.

저들 세 부류 중 누구라도 되돌아올 수 있다.

치검령, 벽사혈, 그리고 그들과 싸우는 무인들…… 그들 모두 자신에게는 적이다. 그들 모두가 자신의 목숨을 노린다. 어떤 이유가 있어서 잠시 죽이는 것을 보류할 뿐이지 결국은 죽일 게다.

살기 위해서는 당장 이곳을 벗어나야 한다.

문제는 지금 상태로는 한 발짝도 움직일 수 없다는 것이다. 움직이기는커녕 몸을 뒤트는 것도 힘들다.

그때, 두 사람을 쫓아갔던 사람들 중에 몇몇이 되돌아왔다.

쉬익! 타아앗! 쉬이익!

바위에서 바위로 건너뛴다. 나무에서 나무로 날아다닌다. 산에 있는 모든 것들이 그들에게는 발판이다.

당우는 위기감을 느꼈다.

자신은 호흡을 조절할 수 없다. 인기척도 감추지 못한다. 초령신술이나 천시지청술 같은 것을 펼치면 여지없이 걸려든다.

저들이 지척에 이르면 자신은 틀림없이 발각된다.

'숨어야 돼.'

마음은 간절하지만 숨을 곳이 있을 리 없다. 굴속이나 바위 뒤 같은 곳으로 몸을 이동시킬 수는 있겠지만 무인들의 이목을 속인다는 건 불가능하다.

더군다나 저들은 이런 일에 전문가들 같다.

당우는 다짜고짜 두 손으로 자신의 머리만 한 돌멩이를 주워 들었다. 그리고 조금도 망설이지 않고 머리를 향해 짓찧었다.

자해를 할 경우에는 주저함이 가장 큰 적이다.

잠시라도 머뭇거리는 마음이 들면 제대로 된 타격을 가할 수 없다. 마음속에 미련이라는 게 티끌만치라도 남아 있으면 내리찍는 힘은 절반 이상이 감소된다.

빠악!

단 한 번의 자해!

당우는 머리가 깨지면서 푹 널브러졌다.

저들로부터 자신을 숨기기 위해서는 혼절하는 방법밖에 없다. 그것이 인기척을 흘리지 않는 유일한 길이다.

숨소리를 죽인다고 죽여지겠는가? 저들 귀에는 천둥소리처럼 들릴 것이다.

혼절한 자의 숨소리는 미약하다. 기식(氣息)이 엄연하다고 하지 않던가. 그런 상태로 만들면, 혼절해 있으면 혹여 살 수 있을지도 모른다.

쉬익!

그가 혼절해 있는 곳으로 천검귀차 무인들이 날아왔다.

『취적취무』 2권에 계속…

저작권 보호!!
장르문학의 성장에 힘이 되어주십시오.

저작물의 무단 전재와 복제, 불법 다운로드! 이것은 관심이 아니라 무관심입니다!

작가님들은 창의적 열정과 시간을 투자해 자신의 꿈과 생계를 유지합니다.
한 권의 책을 만들어 많은 사람들은 자신의 인생과 미래를 설계합니다.

저작물 속에는 여러 사람의 노력과 희망이 담겨 있습니다!

저작물의 무단 전재와 복제, 불법 다운로드는 여러 사람들의 꿈과 생계를
위협함으로써 장르문학을 심각한 상황에 빠뜨리고 있습니다.

이제는 무관심이 아니라 관심으로 장르문학의 성장에 힘이 되어주세요.

[도서출판 **청어람**은 항시적인 저작권 보호를 통해 장르문학과
여러분의 희망을 지키겠습니다.]

저작물의 무단 전재와 복제, 불법 다운로드는 법률에 의해 처벌받을 수 있습니다.
저작권법 제97조의5 (권리의 침해죄)
저작재산권 그 밖의 이 법에 의하여 보호되는 재산적 권리(제73조의 4의 규정에 의한 권리를
제외한다)를 복제·공연·방송·전시·전송·배포·2차적 저작물 작성의 방법으로 침해한
자는 5년 이하의 징역 또는 5천만 원 이하의 벌금에 처하거나 이를 병과(동시에 두 가지 이상의
형벌을 지우는 일)할 수 있다.

장영훈 新무협 판타지 소설

절대강호
絶代强虎

보표무적, 일도양단, 마도쟁패, 절대군림에 이은
장영훈의 다섯 번째 강호 이야기.
절대강호(絶代强虎)!!

악의 집합체 사악련에 맞선 정파강호의 상징 신군맹.
신군맹이 키운 비밀병기 십이귀병, 그들 중 최강의 실력을 지닌 적호.

*"우리가 세상을 얻기 위해 자식을 죽일 때…
그는 자식을 위해 세상과 싸우고 있어. 웃기지?"*

신군맹 후계 자리를 차지하기 위한 대공자와 삼공녀의 치열한 암투 속에서
오직 딸을 지키기 위한 적호의 투쟁이 시작된다.

*"맹세컨대, 내 딸을 건드리면…
상상도 할 수 없는 일이 벌어질 거야."*

Book Publishing CHUNGEORAM

유행이 아닌 자유추구 -
WWW.chungeoram.com

김용희 新무협 판타지 소설

天府 천부 天下 천하

**강호와 천하를 삼킨 천부(天府).
천부천하를 뒤흔든 게을러빠진 천재가 나타났다!**

어떤 무공이든 한눈에 익힐 수 있는 공전절후한 무위.
좌수(左手) 마두, 우수(右手) 대협으로 펼치는 독창적인 무쌍류.
빼어난 요리 실력과 정도를 아는 횡령(?)까지.
놀라운 재능을 가진 무림의 신성 이무쌍!

**그가 친우(親友) 소운과 자신의 안락함을 위해 강호에 섰다!
가슴 따뜻한 무쌍의 인정 넘치는 이야기.
천부천하(天府天下)!**

Book Publishing CHUNGEORAM

유행이 아닌 자유추구 -
WWW.chungeoram.com

대중원 大中原

임영기
新무협 판타지 소설

천룡(天龍)이 지상으로 내려왔다.
구름과 바람과 영웅들이 모여든다.

운종룡풍종호(雲從龍風從虎).

천룡이 가는 곳에 **구름**이 가고,
범이 가는 곳에 **바람**이 간다.

천룡은 구름과 바람을 일으켜
대중원(大中原)을 호령한다.

Book Publishing CHUNGEORAM

유행이 아닌 자유추구 -
WWW.chungeoram.com

Dragon order of FLAME 폭염의 용제

김재한 판타지 장편 소설

「사이킥 위저드」, 「마검전생」의 작가 김재한!
그가 그려내는 새로운 액션 히어로가 찾아온다!

모든 것을 잃고 복수마저 실패했다.
최후의 일격마저 막강한 레드 드래곤 앞에서 무너지고,
죽음을 앞에 둔 그에게 찾아온 또 하나의 기회!

"네 운명에 도박을 걸겠다."

과거에서 다시 눈을 뜬 순간,
머릿속에 레드 드래곤의 영혼이 스며들었을 때,
붉은 화염을 지배하는 용제가 깨어난다!

강철보다 단단한 강체력을 몸에 두른
모든 용족을 다스리는 자, 루그 아스탈!

세상은 그를 '폭염의 용제' 라 부른다!

Book Publishing CHUNGEORAM

WWW.chungeoram.com